NORTH' STANGE

Leta Blake

Originalpublikation von Leta Blake Books

Cover: Dar Albert
Formatierung: BB eBooks
Übersetzung: Xenia Melzer

Erste print Ausgabe: 2022
ISBN: 979-8-88841-025-7

Gay Romance Newsletter

Letas Newsletter hält euch auf dem Laufenden über ihre neuesten Veröffentlichungen, Sales und Deals, zukünftige Schreibprojekte und mehr aus der Welt der M/M Romantik. Meldet euch heute bei Letas Mailingliste an. Zum Anmelden hier klicken!

Danksagung

Mein Dank geht an folgende Menschen:

Brian und Cecily

Mom & Dad

Die wunderbaren Mitglieder meines Patreons, die mich inspirieren, unterstützen und beraten, vor allem Susan Buttons und Randall Jussaume.

Amy und Kelly für das Beta-Lesen und ihre hervorragenden Vorschläge

Willow und Devon fürs Proofing

Sue Laybourn und Stacey A. für das Lektorat

Und, vor allem, **meinen LeserInnen**, die das Blut, den Schweiß und die Tränen des Schreibens immer lohnend machen.

KAPITEL EINS

North

21. Dezember

Es war nicht so, dass ich der ganzen verdammten Welt meinen „erigierten Penis" hatte zeigen wollen, wie der wütende Mob auf Twitter es immer wieder nannte. Ich hatte nicht vorgehabt, dass *irgendjemand* ihn sehen würde, mit Ausnahme von HungryTop34 und *ihm* hatte ich ihn nur gezeigt, weil wir schon zuvor ein paar Mal gesextet hatten und er mich dieses Mal angefleht hatte, „das ganze Paket" sehen zu dürfen.

Vielleicht war es nicht klug von mir (ach nein?), aber ich hatte ein Foto von meinem „Paket" geschickt. Noch dazu eine großartige Aufnahme. Ich hatte zwanzig Minuten gebraucht, um den richtigen Winkel hinzubekommen. Nur für seine Augen!

Hatte ich zumindest gedacht.

Denn irgendwie? Was ich tatsächlich getan habe? War, das Foto auf meiner Instagram Story zu teilen, die automatisch auch auf meinem Twitter, Facebook und Snapchat gepostet hat. Wie hatte ich so einen idiotischen Fehler machen können? War ich wirklich so geil und aufgeregt gewesen, dass ich den Chat in meiner Aufriss-App mit meiner Insta-Story verwechselt hatte?

Alle Zeichen deuteten auf Ja.

Hier war ich, lehnte mich auf meinem Bett zurück, die Hand um meinen Schwanz, wartete darauf, was HungryTop34 von meinem „Paket" hielt, als mein Handy anfing, wild mit Nachrichten von jeder Soziale Medien App, die ich hatte, zu pingen, mir

Textnachrichten von allen, die ich kannte, ankündigte.

Über Kommentare in der Art von *„Iih, Bro, wtf"*, blinzelnd, saß ich in erstarrter Verwirrung da, bis jemand kommentierte, *„Das ist dein Schwanz?!?"*

Da hatte ich es gespürt. Genau wie alle es beschrieben.

Mein Blut wurde kalt und mein Magen sank mit Rekordgeschwindigkeit in meine Kniekehlen. Kotze stieg in meiner Kehle nach oben und ich fürchtete, dass ich mich auf meinem Bett übergeben würde. Zum Glück schaffte ich es noch ins Bad.

Als ich aufhörte zu kotzen und meine Gedanken genug gesammelt hatte, um zu erkennen, dass ich etwas in Bezug auf meinen massiven, enormen, *schrecklichen* Fehler unternehmen sollte, zitterten meine Hände so sehr, dass ich die Fotos nicht schnell genug löschen konnte. Ich habe es versucht. Ich habe es wirklich versucht.

Aber es war schon viel zu spät.

Danach wurde mein Hirn leer, als ob jemand es mit dieser körnigen Spachtelmasse für Wände zugekleistert hätte, die man in alten Gebäuden fand oder vielleicht war es eher ein Schneesturm. Einfach nur wütendes, heulendes Weiß. Zusammen mit dem dringenden Bedürfnis, zu entkommen – mich zu *verstecken*.

Ich stopfte ein paar Sachen in meinen Rucksack – der leer auf dem Boden meines Wandschranks lag, seit ich letzten Monat mit dem College aufgehört hatte – und nahm die Treppe zwei Stufen auf einmal hinunter zur Garage. Ich kletterte in meinen Lieblings-Lexus und verließ eilig Seattle, mein Heim in den letzten beiden Jahren.

Zuerst wusste ich nicht, was ich tun oder wohin ich gehen sollte. Ich fuhr blind auf die I-90, kämpfte mit dem Verkehr und meiner Panik. Mein Handy drehte durch. Ich legte es in die Vertiefung der Mittelkonsole unter der Armstütze und drehte die Musik voll auf, damit ich es nicht vibrieren hören konnte.

Als ich in die Dunkelheit fuhr, wirbelten in meinem Kopf Bilder der niemals endenden Demütigung, die vor mir lag.

Unglücklicherweise, aus Versehen ein Dick-Pic hochzuladen war nicht meine erste Begegnung mit einem Skandal. Als Kind berühmter Menschen und zukünftiger Erbe von Millionen Dollar kümmerten sich die Leute viel mehr um jede Kleinigkeit, die ich sagte, tat, dachte, trug, las, schaute oder mir anhörte, als sie es bei jemand anderem tun würden.

Die Kontrolle – das ist ein Wort, das mein Ex-Bodyguard Liam immer benutzt hat, um meine Situation zu beschreiben – war so intensiv, wie sie endlos war.

Klatschseiten und Magazine waren immer auf der Suche nach Informationen über meine Familie. Sie stalkten nicht nur unsere Sozialen Medien, sondern auch die unserer Freunde. Und sogar die von Leuten, mit denen wir *nicht* befreundet waren, wenn sie dachten, dass auch nur die Chance bestand, dass sie uns kannten. Ich war überzeugt, dass es Reporter gab, die den Posts meiner Nachbarn in dem Apartment-Gebäude in Seattle folgten, in der Hoffnung, einen Blick auf mich im Hintergrund der Pool- oder Fitnessstudio-Fotos zu erhaschen.

Mein schlimmster Skandal hatte erst vor wenigen Monaten stattgefunden und war immer noch nicht tot und begraben. Es war nicht einmal meine Schuld gewesen, aber ich hatte die ganze Schuld bekommen.

Die Situation: Ich war auf einer Halloween-Party, die meine Damals-Freundin Lily Maynard gab. (Tochter von Eddie Maynard von Farm Fresh Frozen Foodies, auch bekannt als „Neureiche", wie meine Großmutter Astor sie nannte.) Ich hatte mein Weltraum-Alien Kostüm extra für diese Veranstaltung anfertigen lassen, komplett mit einem großen, runden, grauen Kopfteil, glitzernden Antennen und einem grauen Anzug.

Ich war schon immer ein großer Fan von allem Extraterrestrischen gewesen. Und Drachen! Ich liebte es, Geschichten über diese Fantasie-Gestalten zu lesen, mir Filme und Serien anzuschauen, in denen sie vorkamen und ich liebte es, sie zu zeichnen. Vor allem Drachen. Malen war wahrscheinlich das, was ich im Leben am besten konnte.

Später, nachdem der Skandal passiert war, fragte ich mich oft: Wenn ich mich an diesem Abend als Drache verkleidet hätte, wäre es dann anders gelaufen? Wegen … wie nannte man es? Meine Schwester Southerland hatte mir davon erzählt …

Ah, dem Schmetterlingseffekt. Verändere eine Sache in der Vergangenheit und du änderst alles in der Gegenwart.

Aber da war ich gewesen, stand neben den Chips und der Salsa, stopfte mich voll und verbiss mich in der Tatsache, dass der It-Boy unseres Colleges, Robson Reynolds, ebenfalls auf der Party war. Als ich angekommen war, hatte er meinen Hintern gepackt und geflüstert: „Heiße Aliens kommen zuerst."

Das war eine flirtende Anfrage für Sex, oder?

Verwirrt, besorgt und hoffnungsvoll – und irgendwie geil – hatte ich mir gewünscht, ich hätte eine Verschwiegenheitserklärung, die er unterschreiben konnte, nur für den Fall …

Ja. Eine Verschwiegenheitserklärung.

Weil ich „North Astor-Ford vom Astor-Ford Hotel-Schauspiel Vermögen" war, wie die Klatschseiten mich nannten und ich nicht einfach mit irgendjemandem ins Bett springen konnte. Es gab zu viel zu berücksichtigen.

Was, wenn die Person, mit der ich Sex hatte, heimlich Fotos oder Videos von uns machte und die verkaufte? Was, wenn sie einen schlecht verschleierten Blog-Post oder Twitter-Thread über mich schrieb und Einzelheiten unserer Begegnung zum Amüsement der Welt schrieb, die mich dann auch gleich verurteilen würde? Was, wenn ein Mädchen behauptete, ich hätte sie geschwängert? Was, wenn ich sie *wirklich* schwängerte? Was, wenn ein Typ oder ein Mädchen sagte, ich hätte ihnen eine Geschlechtskrankheit verpasst? Was, wenn sie *mir* eine Geschlechtskrankheit verpassten? Was, wenn sie versuchten, mich für Geld zu erpressen? Was wenn, *was wenn*?

Nicht, dass ich klug genug gewesen wäre, all diese potenziellen Konsequenzen selbst zu bedenken. Voraussicht war keines meiner Talente, auch wenn ich viele andere hatte, wie Großmutter Ford immer sagte. Sie meinte nur mein Aussehen. Mir fiel sonst nichts ein, in dem ich hervorragend war. Nun, außer, dass ich coole Aliens und Drachen zeichnen konnte.

Aber weil ich nicht sonderlich gut darin war, vorauszusehen, was der Ausgang einer bestimmten Situation oder Entscheidung sein mochte, hatte meine Familie besondere Vorkehrungen getroffen. Was der Grund war, warum, seit Southerland und ich Teenager waren, unsere Eltern für uns und unsere Body-guards/Manager monatliche Treffen mit „Image-Beratern" veranlasst hatten, sowie mit Familienanwälten, um dafür zu sorgen, dass wir auf Spur blieben.

Meine Familie wollte sicherstellen, dass wir die potenziellen Probleme eines „Beziehungsfehlers" verstanden. Warner Jackson, der Manager meines Dads, hat einmal zu mir gesagt: „Eine Sache, die klein anfängt, wenn es nur du und das Mädchen allein in einem Zimmer seid – ein Kuss, ein Handjob, ein geflüstertes Geheimnis – kann zu etwas Enormen eskalieren, sobald es in die Welt hinaus-kommt. Vergiss das niemals."

Nun, Warner Jackson?, dachte ich, während ich auf die Berge zufuhr. *Seitdem ich Senden für die Nachricht an HungryTop34 gedrückt habe, habe ich an nichts anderes gedacht.*

Dieses Foto zu schicken hatte wie eine kleine Sache gewirkt – nicht mein Schwanz, der war ziemlich groß – aber das Verschicken des Fotos war mir harmlos vorgekommen. Es war ein privater Moment nur zwischen HungryTop34 und mir gewesen. Intim.

Geheim.

Aber jetzt würde er, wegen meines dämlichen Fehlers, zu einer mammutartigen, riesigen, donnernden, monströsen, stets wachsenden, absolut demütigenden, desaströsen Krise werden, die wahrscheinlich mein ganzes Leben verschlingen würde. Vielleicht hatte sie das bereits, so wie man Handy sich aufführte.

Die Armstütze vibrierte von den neuen Ankündigungen. Ich drehte die Musik noch lauter und umklammerte das Lenkrad mit beiden Händen. Schweiß rollte an meinen Schläfen nach unten und mein Magen drehte sich um, aber ich fuhr weiter.

Himmel, wie war das passiert? Dieses Chaos war die Schuld der App-Designer!

Es hätte für eine Person nicht *möglich* sein sollen, all dieses automatische Cross-Posting einzurichten! Was für eine grauenvolle Idee! Als ich diese Option damals gewählt hatte, hatte ich mich klug gefühlt, hatte an die Zeit und Mühe gedacht, die ich mir von jetzt an sparen würde. Aber wie hatte ich einen Unfall wie diesen nicht vorhersehen können? Es war praktisch vorprogrammiert gewesen.

Dämliche App-Designer! Mein Dad sollte sie verklagen. Nein! Mir wurde klar, dass *ich* das tun sollte. Weil ich erwachsen war und ich konnte so etwas machen. Ja, ich konnte sie auf eine Trillion Dollar verklagen, was nicht einmal ansatzweise mein emotionales Trauma und den Schaden für meinen Ruf abdecken würde.

Auch wenn ich nicht sagen konnte, dass ich viel Ruf übrig hatte, den ich beschützen musste.

Was mich zu dem großen Skandal an Halloween zurückbrachte, den, der mich dazu brachte, mit dem College aufzuhören. Robson Reynolds hatte die Küche betreten, wo ich Chips und Salsa gefuttert hatte, war zu mir geschlendert, hatte seine Unterarme auf meine Schultern gelegt, gegrinst und sich nach vorne gebeugt, um ein wenig Salsa aus meinem Mundwinkel zu lecken.

Sich zurücklehnend, hatte er mich schelmisch angegrinst.

„Wirst du ohne mich schmutzig, Alien?"

Ich war so *aufgeregt*, weil dieser heiße Typ mich anscheinend gut fand, dass mir die ganzen Handys nicht auffielen, all die Fotos und Videos, die gemacht wurden.

Schlimmer, ich schaute mir Robson Reynolds' Kostüm nicht an.

Ich war von seinen breiten Schultern gefangen, seinen stechend blauen Augen, seinem überheblichen Lächeln und seinen Armen um meinen Hals, die mich zu etwas heranzogen, was mein erster und einziger Kuss mit einem Mann wurde. Ich war beinahe erstarrt vor Schock.

Ich hatte schon einige Mädchen geküsst, meistens auf Partys, in dunklen Kammern, die Türen geschlossen und ich hatte mehrere Brüste angefasst, aber ich war noch nie an die Muskeln eines anderen Mannes gepresst gewesen. Es machte mich schwindlig, meine Sinne feuerten wie wild und mein Schwanz pulsierte.

Robson beendete den Kuss, umfasste mein Gemächt und verkündete laut: „Sieht so aus, als ob er es auf beide Arten mag." Er wandte sich dem Raum zu, rief: „Zahltag!"

Geld wechselte den Besitzer. Robson lachte, als er es einsammelte, die grünen Scheine in die Brusttasche seines Kostüms steckte — in diesem Moment erkannte ich es als Militärjacke — und schlenderte aus dem Zimmer, ohne einen Blick zurückzuwerfen. Das laute Lachen meiner sogenannten Freunde füllte meine Ohren. Ich konnte nicht schnell genug von dort wegkommen.

Im Aufzug hinunter zum Erdgeschoss von Lilys Apartmentgebäude, fing mein Handy an, in der Seitentasche meines Alien-Kostüms zu vibrieren. Ich wusste, was das bedeutete: Ich hatte einen anderen Mann in der Öffentlichkeit geküsst und jetzt wusste die ganze Welt davon.

Sobald ich die Garage erreichte, fuhr ich sofort nach Hause zu meinem Apartment, ignorierte mein Handy, das praktisch explodierte.

Genau wie ich es jetzt ignorierte.

Diese Ignoranz der negativen Konsequenzen von Robsons Lippen auf meinen hatte nicht lang angehalten. Meine Eltern waren am nächsten Morgen mit ihrem angsteinflößendsten Anwalt, Lu Weinstein, aufgetaucht und ich musste eine formelle, gefilmte Entschuldigung für meinen „Fehler" herausgeben.

Denn irgendwie, auf irgendeine Weise, war es *meine* Schuld, dass Robson Reynolds an diesem Abend ein Nazi-Armband an seinem Militärkostüm trug (was für ein widerwärtiges Arschloch!) Und es war *meine* Schuld, dass er mich in der Küche geküsst hatte und es war *meine* Schuld, dass die Leute Videos und Fotos davon überall im Internet gepostet hatten.

North Astor-Fords neuer fester Freund ist mehr als problematisch, und das sind die Gründe …

North Astor-Ford ist aus dem Wandschrank und tief im Schmutz …

North Astor-Ford wurde von einem Neo-Nazi geleckt und es hat ihm gefallen …

North Astor-Ford —

Es war ewig so weitergegangen.

Und ich hatte getan, was von mir verlangt wurde.

Ich hatte mich für Robsons beleidigendes Kostüm entschuldigt und dafür, ihn zu küssen, während er es trug – obwohl ich nichts mit seiner Entscheidung, diese grauenvolle Verkleidung zu tragen, zu tun gehabt hatte und ich hatte ihn auch nicht geküsst. Er hatte *mich* geküsst!

Und die Anwälte der Familie stellten sicher, dass ich mich dafür entschuldigte, bei der Party gewesen zu sein und dass ich mich dafür entschuldigte, meine Familie blamiert zu haben und dafür, dass ich schwul war (obwohl ich das nicht bin? Ich bin bisexuell! Und sogar wenn ich schwul wäre, ist daran nichts *falsch*!) Und schließlich entschuldigte ich mich im Grunde dafür, zu *existieren.*

In der Zwischenzeit postete Lily ein tränenreiches Video auf ihren Sozialen Medien, in dem sie sagte, dass Robson und ich ihre Party ruiniert hatten und sie weder ihm noch mir je vergeben würde. Ich konnte mich also von diesen ganzen sechs Wochen Freundschaft verabschieden! Die Längste meines kurzen Lebens. Es sei denn, man zählte meine irgendwie Freundschaft mit Liam und Southerland sagte, die konnte ich nicht zählen, weil er mein Angestellter war.

Robson selbst gab eine gezwungene, kleinlaute Entschuldigung für das Kostüm heraus, nachdem er aus dem Basketball-Team der Universität geworfen worden war. Er hatte gesagt: „Es tut mir auch leid, dass ich North Astor-Ford je kennengelernt habe. Er hat mich dazu gebracht, schlechte Entscheidungen zu treffen. Ich werde mich von ihm distanzieren und über mein Verhalten nachdenken. Ich werde von jetzt an ein besserer Mann sein."

Als ob das meine Schuld war? Als ob wir Freunde oder feste Freunde oder mehr als nur flüchtige Bekannte vor dieser Nacht gewesen wären? Als ob *ich* sein Kostüm ausgesucht hätte?

Nach dcm Robson-Vorfall wurde ich zum Außenseiter auf dem Campus, mehr dafür, dass ich Robsons potenzielle Basketball-Karriere ruiniert und Lily Maynard traurig gemacht hatte – diese unschuldige, hübsche Prinzessin – als dafür, ein Idiot zu sein, der sich an Halloween als Alien verkleidet hatte und irgendwie in einen Streich-Kuss von einem Arschloch geraten war, der mich nur in sein schmutziges Spiel ziehen und meinen Ruf beschmutzen wollte.

Beschmutzen. Das war ein gutes, hochgestochenes Wort. Die Anwälte meiner Familie benutzten es oft, wenn sie darüber redeten, wie vorsichtig Southerland und ich mit unserem Verhalten sein mussten.

Bis zu diesem Tag hat niemand mich gefragt, wie ich wegen dieses Kusses empfand. Niemand kümmerte es, wie er *mich* als

Person getroffen hatte oder dass ich mich beschmutzt und krank fühlte, weil mein erster Kuss mit einem Mann von diesem schrecklichen menschlichen Wesen gestohlen worden war. Niemand hatte *je* gefragt, ob es mir gut ging oder nicht.

Liam hätte das getan, aber er war nicht mehr da.

Weil ich ihn gefeuert hatte.

Die Erinnerung schmerzte und ich packte das Lenkrad, manövrierte um Trucks herum und fragte mich, wie viele der Fahrer von meinem Skandal mit Robson wussten und wie viele von ihnen jetzt meinen Schwanz gesehen hatten.

Irgendwann wurde mir klar, dass ich nicht ewig weiterfahren konnte. Es wurde spät und ich zitterte vor Nervosität und Erschöpfung. Ich musste ein Ziel wählen, aber ich wollte nirgendwo auf der Erde sein. Außer bei Liam. Ich wäre sicher, wenn ich bei ihm war.

Ich wusste, wo er im Moment wohnte. Bei seiner Mom. In Idaho.

Aber das war Stunden entfernt und ich konnte nicht einfach dorthin fahren. Was würde seine Mom denken? Wenn der ehemalige Schützling ihres Sohnes mitten in der Nacht auftauchte und Trost wollte, nachdem er sein Dick-Pic in die ganze Welt gepostet hatte? Das wäre unhöflich. Und ein Astor war niemals in der Öffentlichkeit unhöflich und ein Ford war überhaupt nie unhöflich, darum musste ich ganz sicher höflich sein. Meine Blutlinien zählten darauf.

Meine Panik hatte sich in ein summendes Kratzen unter meiner Haut verwandelt und während ich darum kämpfte, mir ein Versteck einfallen zu lassen, bot mein Verstand mir eine der letzten Erinnerungen an Liam, von vor drei Dezembern.

„Ich habe die ganze Zeit auf der High School im Chalet gearbeitet", hatte er gesagt, seine Stimme warm und ruhig, voller Nostalgie. *„Es war für mich wie ein zweites Zuhause."*

„Hast du ein zweites Zuhause gebraucht?", hatte ich gefragt.

Er hatte gelächelt, strahlend wie ein Penny mit all diesen dichten, roten Haaren und seinen funkelnden, zimtbraunen Augen. *„Brauchen wir nicht alle so viele Orte, die wir ‚Zuhause' nennen, wie wir bekommen können?"*

Ich schüttelte die Erinnerung aus meinem Kopf, die Scheinwerfer meines Autos schnitten einen Pfad auf der dunklen Straße und ich sagte laut: „Ich will nur irgendeine Art Zuhause im Moment. Irgendwo, wo ich mich sicher fühlen kann."

Mir kam eine Idee. Was wenn ich, anstatt zu versuchen, zu Liam zu kommen, der bei seiner Mom war, stattdessen zum Chalet fuhr, wo er früher gearbeitet hatte? Ich könnte dort bis Weihnachten bleiben, die Welt und meine Eltern meiden und vielleicht den Mut finden, Liam zu besuchen, bevor ich wieder abreiste … Mich dafür entschuldigen, dass ich ihn so gefeuert hatte.

Ich zermarterte mir das Hirn, wie das Inn hieß. Ich erinnerte mich daran, dass es sich reimte, aber ich konnte die Einzelheiten nicht greifen. Ich hatte gerade aufgegeben, als es mir kam.

Camp Bay Chalet.

Ich fuhr rechts ran und tippte den Namen des Inns in mein GPS.

Als ich Eingabe drückte, verkündete die Roboterstimme einer Frau: *„Route nach Camp Bay, Idaho, gestartet."*

Ich fühlte mich bereits sicherer.

KAPITEL ZWEI

Liam

22. Dezember

North Astor-Ford, Sohn der Hotelerbin Susan Astor und Schauspieler Deacon Ford, befindet sich in heißem – ja, kochend heißem – Wasser! Dieses Mal wegen eines, ähem, unangemessenen Uploads auf seine Sozialen Medien. Das Internet brennt wegen dieses heißen und unanständigen Fotos!

„WARUM SCHAUST DU dir diesen Müll an?", fragte ich meine Schwester.

„Was? TikTok?" Maeve strich mit ihrem Daumen über den Bildschirm, navigierte von dem Video weg, das den letzten Patzer meines ehemaligen Schützlings, dem einundzwanzigjährigen North Astor-Ford, diskutierte.

Sie lehnte sich auf dem Sofa zurück, legte ihre nach einer Schicht auf den harten Böden der Notaufnahme geschwollenen Füße hoch und scrollte durch TikTok, als würde ihr Leben davon abhängen. „Dein ‚Müll' ist meine ‚leckere Süßigkeit'."

„Es ist schamloser Klatsch über einen Mann, der-" Ich stoppte mich selbst.

Maeve hob den Blick, eine perfekt geformte Braue hob sich, als ihre Lippen sich zu diesem nervigen Grinsen verzogen, mit dem ich als ihr Zwilling nur zu vertraut war. Ich bin mir ziemlich sicher, dass sie mich im Bauch schon so angegrinst hat.

„Es ist auch Katzen-in-Santa-Hüten Videos und alte Leute, die tanzen und Welpen im Regen und Babys, die zum ersten Mal etwas Saures probieren und K-Pop Idole und Feiertags-Memes und-"

„Stopp. Ich habe es kapiert."

„Ganz eindeutig nicht."

„Vielleicht bis *du* diejenige, die es nicht kapiert."

So unreif und ineffektiv diese Antwort auch war, klar, war sie doch alles, was ich zustande brachte, weil meine Gedanken immer wieder zu den Implikationen dieses TikToks über North zurückkehrten.

Ich hielt mir selbst eine strenge innere Standpauke.

Du hast kein Recht, dir noch Sorgen zu machen, wenn es um North Astor-Ford und seine sexy Probleme geht.

Meiden hatte in der Vergangenheit funktioniert und ich konnte dafür sorgen, dass dem wieder so war. Ich richtete meine Aufmerksamkeit darauf, meinem vierjährigen Neffen dabei zu helfen, all seine Tonka Trucks, Matchbox Autos und Paw Patrol Figuren zurück in die große blaue Kiste zu befördern, in die sie gehörten. Wir krochen zusammen auf dem Boden herum, während Aiden das „Aufräum"- Lied sang, das ich ihm beigebracht hatte.

Aiden war ein anbetungswürdiges Kind – rote Haare und lebkuchenbraune Augen wie meine. Es war mein Hauptjob, auf ihn und seinen kleinen Bruder Jack aufzupassen. Alle sagten, dass Aiden genau wie ich aussah und das stimmte. Er hatte meine Sommersprossen noch nicht, aber ich dachte mir, dass ein paar weitere Jahre Spielen in der Sonne das erledigen würden.

Jack, der im Moment ein Nickerchen hielt, war achtzehn Monate alt und niedlicher als ein Korb voller Welpen, aber er sah wie sein Vater aus – auch bekannt als der Bastard, der sie verlassen hatte – mit seinen hellbraunen Haaren und funkelnd blauen Augen.

Zu sagen, dass es mein Job war auf sie aufzupassen, war eigentlich falsch. Ich wurde nicht *bezahlt*, es zu tun. Nicht wirklich. Im Austausch für das Babysitten während Mom in ihrem Buchhaltungsjob arbeitete und Maeve im Krankenhaus, bekam ich freie Kost und Logis in Moms Haus. Ich musste nur drei Tage auf die Kinder aufpassen, weil Mom schon halb im Ruhestand war, was mir Zeit ließ, hin und wieder als gemieteter Aufpasser in den örtlichen Ski-Resorts zu arbeiten.

Ich hatte auch angefangen, über Reise-Apps Ausflüge um Lake Pend Oreille für Touristen anzubieten, auf selbstständiger Basis. Es war gutes Geld in den Monaten mit den höchsten Touristenzahlen. Aber ich hatte seit North keinen Bodyguard-Job mehr gehabt.

Ich hatte auch nicht danach gesucht.

„Gib mir das", sagte ich, kroch zu Maeve und gab meiner Neugierde nach.

Ich schnappte mir das Telefon aus ihrer Hand, wischte aus Versehen zum nächsten Video. Es zeigte einen Mann, der in eine Mülltonne stolperte, sie umriss, fiel und dann einen Hügel hinunterrollte. Die ganze Zeit jammerte eine winselnde sing-sang Stimme „Oh nein" immer und immer wieder im Hintergrund. Welche Unterhaltung die Menschen aus dieser App zogen, war mir schleierhaft, aber das spielte keine Rolle. Ich musste etwas über North erfahren, auch wenn es mich nichts mehr anging, schon seit drei Jahren nicht mehr.

„Wie kann ich …?" Ich versuchte, auf und ab zu wischen, aber das brachte mich nur zu einem Video mit tanzenden Teenagerinnen in sexy Santa-Aufmachung mit halb entblößten Oberkörpern, gefolgt von einem Video von einer schwarzen Katze, die mit überheblichem Gesichtsausdruck eine im Feiertagsstil dekorierte Leckerei fraß, während eine männliche Stimme die selbstzufriedenen Gedanken der Katze erzählte. „Jesus, hol dieses Video zurück, ja?" Ich hielt ihr das Handy hin.

„Ja, Jesus, Mama", wiederholte Aiden. „Hol das Bideo zurück."

„Ich habe dir gesagt, dass du ihm nicht beibringen sollst, Gottes Namen leichtfertig auszusprechen", schalt Maeve mich. „Mom wird einen Herzinfarkt bekommen.“

„Er hat nicht Gottes Namen-“

„Das hat er, Liam.“

„Er hat den Namen seines Sohnes leichtfertig ausgesprochen.“ Zu meinem Erstaunen verbrannte sie mich nicht mit ihrem Blick. „Egal. Finde nur wieder dieses Video.“

„Rotzlöffel.“ Sie schaute das Handy mit gerunzelter Stirn an, während sie scrollte. „Ich weiß nicht, warum du dich immer noch um dieses verwöhnte Kind kümmerst. Er hat dich während einer Pandemie, mitten in einer beschissenen wirtschaftlichen Lage, ohne Job zurückgelassen. Du schuldest ihm nichts.“

„Ich weiß.“

Es stimmte, aber das war nicht die ganze Geschichte.

Ich hatte Maeve nie die Wahrheit über North erzählt und warum er mich in seinem letzten Jahr auf der High School gefeuert hatte. Einen Bodyguard zu haben, auch wenn es ein Neunzehnjähriger war wie ich damals, würde North immer auf die Nerven gehen. Aber einen Bodyguard zu haben, zu dem er sich hingezogen fühlte, war oh-so-viel schlimmer.

Ich konnte North keinen Vorwurf machen, dass er sein Elend beenden wollte, indem er mich so weit wie möglich entfernte. Die Tatsache, dass er auch mein Elend beendet hatte – weil die Attraktion sehr auf Gegenseitigkeit beruht hatte – war etwas, das ich niemandem in meiner Familie erzählt hatte. Auch wenn etwas mir sagte, dass Mom und Maeve die Wahrheit vermuteten.

Vielleicht hatte ich auch einen kleinen Helden-Komplex. Es gab schließlich einen Grund, warum ich mit achtzehn angefangen hatte, dafür zu trainieren, ins Schutzgeschäft einzusteigen. Ich mochte es, der Retter zu sein und ein Mann, auf den man sich verlassen konnte. Und Mann, oh Mann, brauchte North jemanden, auf den er sich verlassen konnte.

Zusätzlich zu all seinen Ungeschicklichkeiten und Skandalen

war er zwei Mal in der Schule sitzen geblieben, was ihn zu einem sechzehnjährigen Freshman machte, als wir uns kennenlernten und zu einem achtzehnjährigen Senior, als ich ging. Dasselbe Alter, in dem ich angefangen hatte, für seine Familie zu arbeiten.

Er hatte es gerade so geschafft, ein ganzes Jahr vor seiner jüngeren Schwester zu bleiben, um nicht die Peinlichkeit zu erleiden, auf ihrem Internat dieselben Klassen zu besuchen wie sie.

Ich glaubte, dass meine Attraktion für North viel mehr über *mich* aussagte als über ihn und einen Teil dessen, was es sagte, wollte ich nicht wirklich konfrontieren. Was der Grund war, warum ich geplant hatte, zu Beginn der Winterferien zu kündigen. Ich hatte seiner Familie Zeit geben wollen, einen neuen Bodyguard zu finden, bevor das nächste Semester in der Schule anfing und mir, um hoffentlich woanders einen neuen Job zu finden.

Aber obwohl ich in der Lage gewesen wäre, Arbeit zu finden – was ich nicht hatte – wusste ich, dass, obwohl unser Altersunterschied gering war (nur drei Jahre), die Situation dennoch unangemessen war. Gefühle für seinen Schützling zu haben, war aus vielen Gründen nie gut.

North hatte nicht auf die Winterferien gewartet, um mich zu feuern. Er hatte es an Thanksgiving gemacht. Schnell, ohne Vorwarnung. Zwei Wochen Frist. Ich glaubte immer noch, dass es gut gewesen war, dass er mich entlassen hatte, auch wenn die Abruptheit geschmerzt und das Timing bedeutet hatte, dass ich wieder bei meiner Mom einziehen musste.

„Hier", sagte Maeve, reichte mir das Handy, bevor sie sich in die Höhe stemmte. Sie tätschelte neben sich auf das Sofa. „Ich will es auch sehen."

Ich nahm an, dass die ganze Welt wieder über North redete und dann wäre es nur eine Frage der Zeit, bis Maeve und jeder mit Internetzugang die Einzelheiten kannte. Ich tat, worum sie mich gebeten hatte, setzte mich neben sie.

Aiden räumte weiter seine Spielsachen auf. Er war so ein guter Junge. Jack hätte angefangen, sie ohne meine direkte Aufsicht wieder herauszuholen. Natürlich war er noch ein Baby. Ich sollte nicht zu viel von ihm erwarten.

Aiden summte weiter vor sich hin, während ich mit einer verschwitzten Handfläche über mein Knie rieb, nervös darüber, was North auf seine Accounts geladen haben könnte, das so einen große Aufschrei verursachte. Ich hatte einen Verdacht –

Und der wurde sehr schnell bestätigt.

Die TikTokerin war eine junge brünette Frau mit Haaren, die halb-lang, halb-kurz waren, aber kein richtiger Vokuhila. Sie trug riesige Ohrringe in der Form von Pfefferminzstangen und sehr lange Fingernägel, die mit glitzernden Zuckerstangen-Streifen bemalt waren. Sie schien eher erfreut als wütend über das, was sie als North' Versehen bezeichnete.

Und es sah für mich wirklich wie ein Versehen aus.

Auch wenn manche im Internet es anscheinend als widerliche Verletzung menschlichen Anstands bezeichneten und andere sagten, dass es sexuelle Belästigung über nicht-einvernehmliche weltweite Internetveröffentlichung war.

„Es stimmt, ich habe nie zugestimmt, dieses Foto zu sehen", sagte die Frau, ihre Augen waren vor Freude geweitet. „Aber ich bin auch nicht wütend darüber!" Sie lachte. „Wenn du schon dein Werkzeug ins verdammte Internet hochlädst, in diesem verdammten Jahr unseres Herrn zwanzig-zwanzig-zwei, dann sorg zumindest dafür, dass du einen netten Hammer zeigst, habe ich recht? Und, oh mein Gott, North Astor-Ford hat einen *göttlichen* Hammer!" Die TikTokerin tat so, als würde sie an einem Schwanz würgen, bevor sie hinzufügte: „Nennt ihn einfach Thor! Wow, was für ein Dick-Pic!"

„Gütiger Gott", murmelte Maeve.

„Wie war das, den Namen des Herrn zu benutzen?", fragte ich

leise.

„Dick-Pic!", sang Aiden fröhlich, machte ein Lied daraus, während er die letzten seiner Tonka-Trucks wegräumte. „Dicky-Dick-Pic, Dick-Pic, Dickidy Pic."

„Großartig." Maeve reichte mir ihr Handy, erhob sich, um Liam auf den Arm zu nehmen. „Honey, das darfst du nicht sagen. Es ist nicht nett."

„Dick-Pic?"

„Ja."

„Warum?"

„Oh Mann." Sie rieb ihre Stirn. „Ich bin zu müde dafür."

„Musst du tanken, Mama?", fragte Aiden, seine kleinen Brauen zogen sich vor Sorge zusammen. „Ist es Zeit für einen Snack?"

Maeve küsste seine volle Wange. „Ja. Lass uns sehen, was wir essen können." Sie drehte sich zu mir, griff nach ihrem Handy. „Vertiefe dich da nicht zu sehr. Er ist nicht dein Problem. Vergiss das nicht."

Ich nickte, als sie mit Aiden in die Küche trug.

Nicht mein Schützling. Nicht mein Problem.

Ich saß schweigend da, betrachtete den Holzboden und den gemusterten Teppich, auf dem Jack gerne herumkrabbelte und Aiden seine Spielzeugautos herumschob und Welten für seine Paw Patrol Figuren schuf.

Ich wechselte meinen Fokus zu dem breiten Fenster gegenüber dem Sofa und dem Blick auf Mr McNallys Garten mit seinen verschiedenen Gartenzwergen, alle passend zu Weihnachten und der neu hinzugefügten, im Dunkeln leuchtenden Krippenszene.

Ich atmete tief ein und wiederholte das Mantra: *nicht mein Problem.* Warum *fühlte* sich North dann immer noch wie mein Problem an?

Ich versuchte eine Technik, die eine Psychologin, die bei einer meiner Touren um Pend Oreille dabei gewesen war, als gute

Methode verkauft hatte, um mit Nervosität klarzukommen. Ich konzentrierte mich auf das, was ich sehen, fühlen, riechen und berühren konnte, schaute mich im Wohnzimmer des Hauses um, in dem ich aufgewachsen war, bemerkte, wo die Dinge sich verändert hatten und wo sie gleich geblieben waren.

Das Sofa unter meinem Hintern war ein anderes als das, auf das Maeve und ich gesprungen waren, wenn wir *der Boden besteht aus Lava* gespielt hatten. Dieses hier war viel bequemer und nach Dads Tod vor acht Jahren gekauft worden – eine mehrteilige Couch in Navy, auf der mehrere Familienmitglieder gleichzeitig sitzen konnten.

Der Schaukelstuhl aus Holz in der Ecke war derselbe wie immer, auch wenn das Sitzkissen ein anderes war. Mom hatte es ausgetauscht, nachdem Jack das Alte mit einem Filzstift vollgekritzelt hatte.

Der Flachbildschirm war natürlich viel größer als der, mit dem ich aufgewachsen war, aber er spielte immer noch jeden Abend Moms aufgenommene „Geschichten", genau wie damals, als ich ein Kind gewesen war. Und gerade im Moment flackerte ein leise gestellter Cartoon darauf.

Nicht mein Problem. North ist nicht mein Problem.

Wir hatten erst letztes Wochenende einen echten Weihnachtsbaum aufgestellt und die Kinder hatten eine Menge Spaß gehabt, beim Schmücken zu helfen. Keine künstlichen Plastikbäume mehr, auf die Dad bestanden hatte, als wir Kinder waren. Er hatte immer behauptet, dass die Nadeln aufkehren zu müssen den himmlischen Geruch nach Tanne nicht wert war.

Ein weiterer tiefer Atemzug. Der Geruch nach Harz war, für mich, jegliches Aufräumen wert. Außerdem waren Handstaubsauger im Grunde darum erfunden worden.

Die Socken am Kamin waren ebenfalls neu. Mom hatte aus Versehen die Kiste, in der sich die aus meiner und Maeves Kindheit befunden hatten, vor zwei Jahren weggeworfen, als sie die Garage ausräumte. Aber die neuen waren bunt und fröhlich, unsere Namen waren mit Pailletten aufgenäht und die Jungs liebten sie. In den letzten paar Jahren hatte ich auch angefangen, sie zu lieben.

Alles im Haus meiner Mom war gemütlich, bequem und das absolute Gegenteil der Astor-Ford Villa in Los Angeles. Dieser Ort war kein Heim. Es war ein wunderschönes, chaotisches Gefängnis.

So hatte es sich zumindest für mich angefühlt und so hatte es sich scheinbar auch für North angefühlt, damals, als ich sein Manager/Bodyguard war. Damals, als ich immer wieder mit ihm dort gewohnt hatte.

Ich erinnerte mich nur zu genau an das zweite – und letzte – Weihnachten, das ich in der Astor-Ford Villa verbracht hatte. Was für ein seltsamer, befremdlicher Tag das gewesen war. North' Eltern waren so voller Alkohol gewesen, wie das Haus voller bekannter Fremder gewesen war. Keine Spur eines familiären Gefühls.

Außerdem war Victoria Astor, North' Großmutter mütterlicherseits, an den Feiertagen immer in Hochform. Voller scharfer Kommentare über die Dekoration, die Häppchen, die Musik, ebenso wie subtiler und offener Bemerkungen gegen North' Eltern, seine andere Großmutter, Mrs Ford, seine Schwester Southerland und sogar North selbst.

Ich konnte mir nur vorstellen, wie Weihnachten für North jetzt sein würde. Über die Feiertage nach Hause zu dieser bitteren, zynischen Großmutter und diesen betrunkenen, ihn halb vernachlässigenden Eltern zu kommen, war schon immer hart für ihn gewesen, aber es würde garantiert besonders übel sein mit diesem neuen Skandal über seinem Kopf.

Wenn er nur nicht seine letzte Managerin/Bodyguard, Eleesha, gefeuert hätte, an dem Tag, als er einundzwanzig wurde. Sie hätte ihn vor dieser Katastrophe bewahrt.

Kurz nachdem er sie entlassen hatte, hatte Eleesha mir eine

Textnachricht geschickt. *Es tut mir leid, Liam. Ich habe alles versucht, aber er ist entschlossen, auf seinen eigenen Füßen zu stehen. Wenn er nur das Hirn hätte, zu wissen, wo seine verdammten Füße sind!*

Vielleicht war das unfreundlich von ihr, aber es stimmte auch.

North war ziemlich viele, wunderbare, erwähnenswerte Dinge: Freundlich, sanft, lustig (in der Regel ohne Absicht), gutmütig, unheilig gut aussehend, reicher als die meisten Leute sich vorstellen konnten, verwöhnt, privilegiert, süß, sanft und hatte ich sein gutes Aussehen erwähnt? Wunderschöner, *wunderschöner* Junge.

Aber ich musste zugeben, dass er, was den Intellekt betraf, immer ein Defizit gehabt hatte.

Na schön, das *war* unfreundlich.

Aber es war sehr gut, dass North all diese anderen Qualitäten hatte, weil er sich ganz sicher nicht durch die Kraft seines Intellekts irgendwelche großartigen Positionen im Leben erarbeiten würde.

Versteht mich nicht falsch, ich liebte den Jungen weit über das, was professionell oder richtig war hinaus – was der Grund war, warum es gut war, dass er mich gefeuert hatte – aber er war kein Genie.

Anscheinend musste ein Mann nicht klug sein, damit ich mich zu ihm hingezogen fühlte oder mich in ihn verliebte. Er musste nur ein gutes Herz haben. Und North' Herz war übermäßig gut.

Das Gesicht schadete auch nicht.

Und auch nicht sein muskulöser Körper.

Oder seine ständigen Sich-so-sehr-bemühen-aber-Versagen Probleme.

Nicht, dass ich je in ihn *verliebt* war. Überhaupt nicht.

Nachdem Maeve und Aiden das Zimmer verlassen hatten, holte ich mein eigenes Handy und suchte nach Hashtags auf Twitter, die im Moment im Trend lagen, suchte nach mehr Informationen, wie dieses Missgeschick passiert war. Hatte North schon eine offizielle Erklärung und Entschuldigung herausgegeben? Und wenn nicht, warum?

Ich verdrehte meine Augen angesichts des öftesten geklickten Hashtags für den Skandal, *#North'Stange* und war entsetzt, als ich feststellte, dass das Dick-Pic selbst immer noch herumschwirrte, leicht zu finden, sogar beinahe elf Stunden nachdem es online gegangen war.

Der Spruch stimmte: Das Internet *war* für die Ewigkeit. Von jetzt an würde irgendjemand immer in der Lage sein, einen nicht genehmigten Blick auf North' Schwanz zu werfen. Armer Junge. Das musste ihm so peinlich sein.

Nicht, dass es viel gab, was ihm peinlich sein müsste. Verdammt, sein Werkzeug war herrlich.

Perversling, schalt mein Hirn mich.

Hey. Ich habe nicht absichtlich versucht, es zu sehen!, verteidigte ich mich.

North' Ständer war da draußen überall und ein einfaches Scrollen durch die Hashtags ließ ihn immer wieder auf meinem Handybildschirm auftauchen. Ich konnte nur eine begrenzte Zeit die Augen zukneifen und leugnen, bevor ich vor mir selbst zugeben musste, dass ich jetzt definitiv North' Schwanz gesehen hatte. Nicht auf die Art, die ich mir in den Monaten vor (und im Anschluss an) meine Entlassung vorgestellt hatte, sondern in einem ganz anderen, nicht einvernehmlichen Kontext, der mir das Gefühl gab, schmutzig zu sein.

Ich schloss die App, lehnte mich zurück und seufzte. Starrte auf den zusammengefallenen übrig gebliebenen Schnee von dem Sturm letzte Woche und auf den grauen, verhangenen Himmel draußen. Es war für die Jahreszeit zu warm heute. Beinahe vier Grad. Das war für diese Zeit sehr ungewöhnlich. Weihnachten hier war nicht immer weiß und wunderbar, aber es war immer *kalt*.

Meine Gedanken wanderten zurück zu einem anderen Tag mit nicht zur Jahreszeit passendem Wetter und dem ersten Mal, als ich

North' Gesicht gesehen hatte.

„Es sind immer noch vier Grad vorhergesagt!", rief Susan Astor, unterbrach unser Gespräch erneut, um auf die Wetter-App auf ihrem Handy zu schauen.

Sie schob die Seiten ihres brünetten Bobs hinter ihre Ohren, erhob sich vom Sofa, trat über die Beine ihres gut aussehenden Schauspielerehemannes, Deacon Ford und schaute auf das Sonnenlicht, das auf dem Pool glitzerte. Das blaue Rechteck war deutlich durch die riesige, bewegliche Fensterwand des Wohnzimmers zu sehen.

Im Moment war das Pool-Deck mit Weihnachtssternen, Weihnachtsrosen und einigen Bediensteten gefüllt, die Tischdecken, feines chinesisches Porzellan und Besteck auf mehreren langen Tischen verteilten, die von silberüberzogenen Stühlen und einem Bogen, der mit funkelnden Lichtern umwunden war, flankiert wurden.

„Im Dezember?" Mr Ford lachte leise, zwinkerte mir zu, bevor er sich schnell im Raum umschaute, um sicherzustellen, dass Lu Weinstein, sein Anwalt und Eddie Monroe, mein Boss, ebenfalls von seiner niedlichen Erwiderung bezaubert waren. „Ganz sicher nicht, meine Liebe. Wir sind in L.A., nicht auf Island."

Eddie lachte und Lu rang sich ein Lächeln ab, zum ersten Mal, seit er uns für das Gespräch in den Raum geführt hatte. Das noch nicht stattgefunden hatte, weil Mrs Astor nicht lang genug sitzenbleiben konnte, um daran teilzunehmen, sich aber weigerte, es ohne sie über die Bühne zu lassen.

„Lass mich ihnen nur schnell von den neuen Blumen erzählen, die ich angefordert habe, um diese grauenvollen Gardenien im Blumenbogen zu ersetzen. Ich bin gleich wieder da. Ich hasse es, Ihre Zeit zu verschwenden, aber das hier ist dringlich."

Während ihrer Abwesenheit benahm Mr Ford sich, als wären wir als seine Fans hier. Er erzählte Geschichte um Geschichte über Vorkommnisse an verschiedenen Filmsets und „zum Brüllen komische"

Exzesse, die meine Wangen vor Scham für ihn erröten ließen.

Nachdem Mrs Astor zurückgekehrt war, hatten wir gerade wieder mit dem Gespräch angefangen, als ihre Panik bezüglich des Wetters zurückkehrte.

„Die Vorhersage meint, dass es den ganzen Tag so sein wird", meinte sie nervös, tippte ihr Handy an, als könnte es vielleicht seine Meinung ändern, wenn sie noch einmal nachschaute. „Diese Party wird ein Desaster. Wir werden alles nach drinnen verlegen müssen, Deacon. Was bedeutet, dass wir den Veranstaltungsraum oben ausräumen und vor dem Abend alles neu einrichten müssen und ich habe einfach nicht-"

Eddie räusperte sich. „Mr Ford, Mrs Astor, wir können gerne zu einem anderen Zeitpunkt zurückkommen."

North' Eltern wechselten einen Blick und ich dachte, dass wir weggeschickt werden würden. Aber Mr Fords Brauen wanderten in stiller Kommunikation wild in seinem Gesicht herum und Mrs Astors Schultern sanken nach unten. Sie schaute erneut voller Verzweiflung nach draußen, murmelte dabei: „Vielleicht kann Andy ein paar hübsche Heizpilze aufbauen, bevor die Gäste ankommen?"

„Ich bin mir sicher, dass er das kann", sagte Mr Ford tröstend, griff nach ihrer Hand, um ihre Fingerspitzen zu küssen. „Bitte. Damit ist das Problem gelöst, oder?"

Mrs Astor warf noch einen Blick nach draußen, wandte ihre Aufmerksamkeit dann mir zu. „Nun, Sie sehen eindeutig gut genug für den Job aus."

Ich blinzelte und Eddie schlug mir auf die Schulter, sagte dabei: „Ich habe den am besten aussehenden und jüngsten mitgebracht, genau wie Sie mich gebeten haben."

Ich war verwirrt. Was hatte mein Aussehen mit diesem Gespräch zu tun? Ich hatte gedacht, dass sie Schutz für ihren Sohn suchten, wenn er in der Schule war.

„Er sieht definitiv jung genug aus, um durchzugehen", meinte Mr Ford, musterte mich genau. „Er ist gut, sagen Sie? Verantwortungs-

bewusst? Reif?"

„Natürlich. Einer der Besten, die ich im Moment habe", bestätigte Eddie. „Er ist nicht nur ein hübsches Gesicht."

„Und er ist wie alt?"

„Neunzehn. Hat vor Kurzem den Abschluss gemacht. Aber ich kann Ihnen versichern, er ist hervorragend ausgebildet."

„Bitte entschuldigen Sie", unterbrach ich. Ich mochte ja jung sein und ich mochte sogar noch jünger aussehen, aber mir gefiel das Gefühl nicht, das ich bei diesem Gespräch bekam. Sie redeten über mich, als wäre ich das Produkt, um das gefeilscht wurde, nicht nur meine Fähigkeiten und Arbeitskraft. „Was haben mein Alter und Erscheinungsbild damit zu tun, Ihren Sohn zu beschützen?"

„Oh, nun, er kann nicht mit jemandem in die Schule gehen, der hässlich oder alt ist, oder? Das würde ihm unerfreuliche Aufmerksamkeit einbringen. Es ist in seinem Alter besser, wenn er Schutz hat, der dazupasst", erklärte Mrs Astor, warf ihrem Ehemann ein Blick zu, damit er sie unterstützte.

Mr Ford schwenkte seinen Drink, überkreuzte seine Beine wieder und sagte: „North neigt dazu, in Schwierigkeiten zu geraten. Die Meisten davon verursacht er nicht selbst, aber er wählt seine Freunde schlecht aus und er ist … wie soll ich das ausdrücken?"

Der Staffelstab wurde wieder an Mrs Astor übergeben. „Er ist ein anbetungswürdiger, liebenswerter junger Mann, aber er ist nicht das schärfste Messer in der Schublade." Sie lächelte verschwörerisch. „Er braucht mehr Hilfe, als nur, ihn vor den Paparazzi zu schützen. Wir suchen jemanden, der nicht nur seinen Körper beschützen kann, sondern auch seinen Ruf. Sind Sie für so einen Job geeignet?"

Ich runzelte die Stirn. Ich hatte einfach nur Arbeit erwartet und plötzlich fühlte ihr Angebot sich schmutzig an.

„Oh, einen Moment! Andy ist da", rief Mrs Astor, sprang auf und nickte einem großen, steifbeinigen Mann zu, der nach draußen getreten war, um sich anzusehen, wie die Party-Vorbereitungen liefen. „Komm

mit, Deacon, du weißt, dass er nur dich respektiert.“

„Wir sollten ihn feuern und durch jemanden ersetzen, der dich respektiert“, meinte Mr Ford mit gerunzelter Stirn und erhob sich.

„Nein, das können wir nicht tun. Er ist der Beste und ich will das Beste für meine Partys.“

Sie entschuldigten sich erneut und verschwanden nach draußen, um sich um die andauernde Wetter- und Party-Krise zu kümmern.

Eddie wandte sich mir zu. „Das ist ein guter Job. Sie zahlen sehr gut. Es wird in deinem Lebenslauf fantastisch aussehen. Du wärest ein Narr, ihn nicht anzunehmen.“

„Der Junge ist nett und Sie werden ihn mögen“, fügte Lu hinzu.

„Ich würde es vorziehen, wenn ich meinen Schützling kennenlernen könnte, bevor ich zustimme.“ Ich versuchte, meine Wortwahl professionell zu halten. Ich mochte jung sein, aber ich würde mich nicht verarschen oder sie denken lassen, dass ich keine respektvolle Behandlung verdiente.

„Das sollte kein Problem sein“, meinte Lu und erhob sich. „Ich werde versuchen, ihn zu finden.“

Als es nur noch wir beide waren, stand Eddie auf, packte meine Schulter und flüsterte: „Sei klug, Liam. Du wirst keinen besseren ersten Job für deine Karriere finden.“ Mit seinem üblichen Mangel an Höflichkeit fügte er hinzu: „Ich muss pissen.“

Allein in dem Raum starrte ich hinaus auf den funkelnden Pool und atmete die parfümierte Luft des Wohnzimmers der Astor-Fords ein – ein eigens gemischter Duft, wie Mrs Astor erklärt hatte, als Eddie einen Kommentar dazu gemacht hatte – bis es mir langweilig wurde, das lebhafte Gespräch zwischen den Astor-Fords und ihrem Partyplaner zu beobachten.

Ich durchquerte das Zimmer, kam an einem Piano vorbei, um mir die Aussicht durch die andere Wand beweglicher Fenster anzuschauen.

Dort, auf dem Grün-Braun des sonnenverbrannten Gartens, stand ein junger Mann. Er trug einen schwarz-weißen Weihnachtspulli über einer Jeans und sah aus, als wäre er zwanzig oder einundzwanzig — älter als ich. Aber wenn er North war, wie ich vermutete, wusste ich, dass er jünger war. Sechzehn, hatte Eddie gesagt.

Aber Mann, er war wunderschön.

Schwarze Haare, die in der Sonne glänzten, ein Hauch Stoppeln auf seinen Wangen und lächelnde Lippen, die so rosa waren wie kalifornische Mohnblumen.

Ein großer Hund mit sehr viel Fell — ein Goldendoodle — kam auf ihn zugelaufen, warf ihn mit der Leichtigkeit eines Rehs um, das gegen eine Mülltonne krachte. North fiel auf seinen Hintern, lachte und griff nach dem glücklichen, springenden Hund. Die Süße seiner Energie, das Funkeln, das die Luft um ihn herum zu erleuchten schien, ließ meinen Atem stocken. Ich starrte ihn an.

Und irgendwie wusste ich. Dieser Typ? Dieser Typ war etwas Besonderes.

„Ich habe den Astor-Fords gesagt, dass Sie ihren Sohn kennenlernen wollen", sagte Lu hinter mir. Ich war so abgelenkt gewesen, dass ich ihn nicht einmal hatte kommen hören. „Ah, ich sehe, Sie haben ihn schon entdeckt. Gut aussehender Junge, nicht wahr?"

„Nicht schlecht", murmelte ich. „Er kommt mir süß vor."

„Süß wie ein Pekan-Pie und dumm wie ein Türknauf."

Wir beide drehten uns um, als die Astor-Fords zurückkamen. Mrs Astors Haare waren vom Wind zerzaust und sie brütete unglücklich über dem Zustand ihrer Party. „Wir haben einen Angestellten geschickt, um nach North zu suchen. Mr …" Sie verstummte. „Oh, es tut mir leid. Wie war noch gleich Ihr Name?"

„Liam Kelly." Die Leichtigkeit, mit der diese Menschen mir trauten, auf ihren Sohn aufzupassen, der Beschützer seines Körpers und seines Geistes zu sein, dem Wort von Eddie vertrauend und nur wenig weitere Informationen anfordernd, kam mir nachlässig vor. Wenn ich den Job ablehnte, welche Art Mann würden sie dann anheuern, ohne die richtigen Fragen zu stellen?

„Nun, Liam, wir haben jemanden, der jetzt nach ihm sieht."

„Es ist egal. Ich brauche ihn nicht kennenzulernen", sagte ich, meine Handflächen wurden feucht in dem Gefühl, dass ich etwas Schicksalhaftes wählte. „Ich nehme den Job."

„Oh, gut", meinte Mr Ford mit offensichtlicher Erleichterung. „Lassen Sie uns die Verträge unterschreiben und das alles hinter uns bringen." Er deutete auf den Stapel Papiere, die Lu Weinstein dabeihatte, die die ganze Zeit über auf dem Kaffeetisch gelegen hatten.

Ich schaute noch einmal aus dem Fenster. North warf ein quietschendes Rudolph-Spielzeug für seinen Hund und lachte vor Freude, als das Tier es zurückbrachte.

Ich setzte mich hin, nahm den Stift und unterschrieb die Verträge.

Ich riss mich aus der Erinnerung, hatte Schmerzen in meinem Brustkorb um des Jungen willen, den ich beschützt und angefangen hatte sehr zu mögen, suchte dann online weiter nach mehr Informationen über North' momentanes Problem.

Es hatte noch kein offizielles Statement gegeben. Keine sorgsam formulierte Entschuldigung von den PR-Leuten von North' Familie. Darum waren die Wölfe unterwegs, schlichen durch die Nullen und Einsen des Cyberspace, hatten Messer als Zähne, bereit, ein Stück aus North' Fleisch zu reißen. Alle waren zu sehr damit beschäftigt, die schlimmsten Absichten bei dem Jungen zu erwarten, einfach weil er reich und schön war …

Nicht, dass eine Menge reiche und schöne Kids keine arroganten Arschlöcher waren, aber …

Nicht North.

Nicht wirklich.

Ich seufzte und machte etwas, das ich mir seit vielen Monaten nicht mehr gestattet hatte. Ich rief die Find My iPhone App auf und überprüfte, wo North sich befand.

Es war nicht meine Schuld, dass North meine Find My iPhone

Privilegien nie gelöscht hatte. Auch wenn es wohl *meine* Schuld war, dass ich nie angemerkt hatte, dass er oder Eleesha das tun sollten. Ich war wohl noch nicht bereit gewesen, ihn loszulassen, und diese letzte Verbindung gab mir das Gefühl, ihm weiter nahe zu sein.

Aber es war kein Gefühl der Nähe, das mich traf, als ich sah, wo genau er war. Es war ein Schock.

„Was macht er ausgerechnet dort?", fragte ich laut, wie ein Irrer. North war weniger als dreißig Minuten von mir entfernt. „Warum ist er nicht zu Hause? Es sind noch drei Tage bis Weihnachten."

Es musste schlimm sein, wenn er nicht in L.A. war, sich auf den Wirbelwind der diversen Feiertagsaktivitäten seiner Familie vorbereitete. Ich war schon bei der Erinnerung an all die vielen Partys, Wohltätigkeitsveranstaltungen, Galas und Feiern erschöpft, bei denen die Astor-Fords jedes Jahr zwischen Weihnachten und Neujahr entweder Gastgeber waren oder teilnahmen. Sorge braute sich in meinen Eingeweiden zusammen, gemischt mit saurer Furcht.

„Oh, North, was *machst* du nur?"

Er hatte Eleesha gefeuert und wenn die Klatschspalten recht hatten, hatte er im Moment niemanden, der ihn beschützte. Er war zweifelsohne allein. Oder war jemand bei ihm? Ein Freund? Eine Freundin? Ein *fester Freund*?

Ich konnte es nicht wissen.

Nach nur einem Moment des Zögerns machte ich noch etwas, das ich mir seit dem Tag, an dem ich gegangen war, nicht gestattet hatte. Ich schickte ihm eine Nachricht.

Habe gesehen, was los ist. Scheint mir ein ziemliches Desaster zu sein. Brauchst du jemanden, der zuhört? Ich bin für dich da.

Ich rieb mit einer Hand über mein Gesicht, lehnte mich wieder zurück. Jetzt konnte ich nichts tun als warten.

Es sei denn …

Es sei denn, ich wollte in mein Auto steigen und losfahren.

KAPITEL DREI

North

E S HATTE FÜNFEINHALB Stunden gedauert, durch die Nacht über einige holprige Teile der I-90 zu fahren, um Camp Bay Chalet zu erreichen.

Um ungefähr drei Uhr morgens, als meine Augen anfingen, sich klebrig anzufühlen, und ich mich nicht mehr konzentrieren konnte, fuhr ich bei Ritzeville ab und checkte in einer Unterkunft ein, die sich Emperor Motel nannte. Lasst mich nur sagen, dass die Stadt *nicht* das Ritz war und das Motel für einen Kaiser oder eigentlich jeden Menschen völlig unzureichend.

Aber ich hatte mein jetzt leeres Handy in die Powerbank eingesteckt, die ich im Handschuhfach hatte, ließ es im Auto und stieg aus, um mich ein paar Stunden auszuruhen. Ich war am nächsten Morgen gegen zehn aufgewacht, um meine Reise fortzuführen.

Als ich endlich an meinem Ziel ankam und auf einen überraschend vollen Parkplatz vor Camp Bay Chalet einbog, war ich erschöpft und mir war übel.

Das Inn war genau, wie Liam es beschrieben hatte: Dicke Bohlen bildeten ein altmodisches, dreistöckiges Gebäude. Es sah alt aus, *wirklich* alt, als wäre es gebaut worden, bevor meine Großmütter auf die Welt gekommen waren.

Balkone säumten den zweiten Stock und sie und der überdachte Eingang waren mit Schnee bedeckt und mit Girlanden aus Immergrün geschmückt. Es sah aus wie ein Lebkuchen-Chalet.

An der Eingangstür gab es einen riesigen Kranz mit einer roten

Schleife und neben dem Haus stand ein großer, lebendiger Weihnachtsbaum, gepflanzt ich-weiß-nicht-wann und geschmückt mit großen roten, goldenen und silbernen Kugeln, die in der Sonne funkelten und glitzerten.

Überall, auf den Bäumen und Bergen und dem Gebäude selbst, glitzerte Schnee, wobei die oberste Schicht am Schmelzen war. Ich parkte neben einem Dodge Truck, starrte das Chalet an, versuchte zu entscheiden, was ich jetzt tun sollte. Würden die Menschen, die da drin arbeiteten, mich erkennen? Hatten sie meinen Schwanz gesehen?

Ich hatte mich gerade darauf vorbereitet, das B&B zu betreten, als die Besitzerin – Rhonda? Ich dachte, das wäre der Name, den Liam mir gesagt hatte – die Eingangstür des Chalets öffnete, warm lächelte und mir winkte, hereinzukommen. Ich bedeckte meinen Kopf so gut es ging mit der Kapuze meines Hoodies und gehorchte, flehte stumm wen auch immer und was auch immer meine Gebete an diesen Feiertagen hören konnte, an, dass sie weder mein Gesicht noch meinen Namen erkennen würde.

Das tat Rhonda nicht.

Sie war alles, was Liam mir beschrieben hatte – warm, freundlich und hatte ein nettes Lächeln, das auf ihrem kantigen Kiefer wohnte. „Was kann ich für Sie tun?“

„Ein Zimmer bitte.“

Ihr Grinsen verblasste. „Es tut mir so leid. Wir veranstalten jedes Jahr ein gemütliches Weihnachtswochenende für ausgewählte Gäste und wir sind in der Regel ein Jahr im Voraus ausgebucht. Wenn Sie wollen, kann ich Ihnen ein anderes Hotel hier in der Gegend von Lake Pend Oreille empfehlen.“

Mein Magen sank in meine Kniekehlen und ich wischte mir mit zitternder Hand über mein Gesicht, war mir nicht sicher, was ich jetzt tun sollte. Es war klar, dass mein Pech mich den ganzen Weg von Seattle verfolgt hatte. Tränen brannten in meinen Augen.

Ein weiterer Angestellter – ein Mann, der einen hässlichen Weihnachtspulli trug und dazu ein Namensschild, auf dem *Sal* stand – kam aus einem anderen Raum. Unglücklicherweise erkannte *er* mein Gesicht. Ich konnte es sehen, weil seine Miene aufleuchtete, aber er war professionell genug, um es nicht anzusprechen. Ich fragte mich, ob er mein Dick-Pic gesehen hatte. Wahrscheinlich. Und ein gewisses Funkeln in seinen Augen ließ mich sicher sein, dass dem so war.

„Oh, Rhonda, einen Moment", sagte Sal. „Wir haben doch ein Zimmer frei. Zimmer 11? Sie schaffen es nicht."

„Die Jablonskis? Ah. Das ist so schade." Rhonda runzelte die Stirn. „Aber sie haben mich letzten Monat schon gewarnt, dass sie vielleicht nicht kommen. Seine Mutter ist krank. Schlechtes Timing."

„Traurig für uns", sagte Sal lächelnd. „Aber ein Glück für den Kleinen Prinz hier." Er nahm Rhondas Platz am Laptop ein.

„Das ist in der Tat Glück", sagte Rhonda, klopfte mir auf die Schulter, als sie mich weiterreichte. „Sal wird sich um alles kümmern, Mr Astor-Ford."

Sie *hatte* mich erkannt! Hatte *sie* auch meinen Penis gesehen? Ich wusste es nicht sicher, aber meine Wangen wurden so heiß wie ein Lagerfeuer am Weihnachtsabend.

„Willkommen. Wir freuen uns, dass Sie da sind." Immer noch warm lächelnd, marschierte Rhonda in einen Raum, der wie der Speisesaal des Chalets aussah.

Sals Finger klackten über die Tastatur und er nickte nachdrücklich, als er gefunden hatte, was er brauchte. „Da sind wir. Zimmer 11. Es ist nicht unser größtes Zimmer und es hat nicht die beste Aussicht, aber es sollte ausreichen, wenn Sie nur hier übernachten wollen."

„Nein. Ich will es für die Woche", platzte ich heraus. *Vielleicht für immer.*

„Dann für die Woche", sagte Sal, ohne zu zögern.

Während er weiter tippte, schaute ich mich um.

Der Rezeptionsbereich des Chalets bestand überall aus Holz – Wände, Böden, Decke. Es gab ein paar hübsche Teppiche und bequeme Sofas vor einem Kamin und einen etwas informelleren Sitzbereich gegenüber des Rezeptionstisches. Jede flache Oberfläche war mit Grün und festlichen Bändern dekoriert. Blinkende Lichter verschönerten die breiten Bohlen, die die Decke bildeten. Das ganze Inn fühlte sich ein wenig kitschig und fremd und sehr, sehr, *sehr* weit weg von Seattle an – oder L.A.

„Und eingecheckt." Sal griff nach meiner Kreditkarte. Ich reichte sie ihm und er blinzelte nicht einmal, weil es eine Schwarze American Express war. Er sagte jedoch „Ich bin sicher, dass Sie das ständig hören, aber ich bin ein großer Fan ihres Vaters. Einmal bin ich nach New York geflogen, um ihn in *After the Sun, the Roses* zu sehen. Ich hatte gehofft, ein Autogramm zu bekommen, aber er ist nach der Vorstellung nicht durch die Bühnentür gekommen."

Ich nickte mit schmalem Lächeln. Was sollte ich jetzt sagen? Das wusste ich nie. Mein Vater war offensichtlich nicht mit mir hier und es war nicht so, dass ich Karten mit seinem Autogramm in meiner Hosentasche herumtrug.

Aber Sal ließ das Thema fallen, fing an, mir all die wunderbaren Aktivitäten zu beschreiben, die Camp Bay Chalet für das Weihnachtswochenende geplant hatte. „Wir wissen, dass Sie Ihre Ferien hier genießen werden. Wir sind stolz darauf, sicherzustellen, dass dies bei all unseren Gästen der Fall ist."

Ich hob meinen Rucksack höher auf meine Schulter und sagte so höflich wie möglich: „Kann ich bitte meinen Schlüssel haben?"

„Natürlich. Lassen Sie mich mit Ihrem Gepäck helfen oder …" Er neigte seinen Kopf, eine Falte furchte den Raum zwischen seinen Brauen. „Oder ist *das* alles, was Sie dabeihaben?" Er klang ein wenig entsetzt. Es musste seltsam aussehen – *der* North Astor-Ford tauchte in letzter Minute zu ihrem besonderen Weihnachtswochenende auf und hatte nichts dabei außer einer schwarzen Karte und einem Rucksack.

„Das ist alles."

„Ich verstehe." Sal räusperte sich, nahm einen altmodischen Metallschlüssel von einer Wand voller Schlüssel hinter dem Schreibtisch und bedeutete mir, ihm zu folgen. „Ich bringe Sie auf Ihr Zimmer. Es ist in dieser Richtung."

Vier Stunden später machten die vibrierenden Geräusche, die aus der Schublade, in die ich mein Handy gestopft hatte, mich wahnsinnig. Ich hätte besser aufpassen sollen, als Southerland versucht hatte, mir beizubringen, wie ich es auf lautlos stellen konnte. Ich hatte es zwischen den wenigen Sockenpaaren und der noch spärlicheren Unterwäsche vergraben, die ich in meinen Rucksack gepackt hatte, als ich das Apartment verlassen hatte. Aber sie halfen nicht, das Telefon zu dämpfen, das gegen das Holz klapperte.

Ich wünschte, ich hätte das Handy einfach ausgehen lassen, anstatt es über Nacht aufzuladen. Die ankommenden Nachrichten waren konstant. Endlos. Warum konnten sie mich nicht alle einfach in Ruhe lassen?

Ich zog ein Kissen noch fester um meine Ohren, aber das blockte das Geräusch nicht. Ich setzte mich auf, hielt das Kissen immer noch verzweifelt um meinen Kopf gewickelt und schaute mich um, auf der Suche nach einem besseren Ort, es aufzubewahren. Irgendwo mit mehr Dämmung.

Gab es nicht.

Es sei denn, ich wollte es in den Gas-Kamin werfen und den anfeuern.

Das Zimmer, das ich bekommen hatte, war gemütlich, mit einem Bett in Queensize, das so viel Raum einnahm, dass die restlichen Möbel wie eingequetscht wirkten. Die antik aussehende

Kommode, ein Stuhl unter dem gegenüberliegenden Fenster und ein kleiner Tisch.

Dazu ein schmaler, altmodischer Schreibtisch, der neben dem Kamin stand, zusammen mit einem kleinen, dazu passenden Stuhl. Über dem Kaminsims hing ein Spiegel und ein zweiter, Mannshoher hing an der Rückseite der Tür zum Bad – das ebenfalls gemütlich und klein und kein guter Ort war, um ein vibrierendes Handy zu verstecken.

Die Fenster sahen so aus, als könnte man sie öffnen …

Vielleich könnte ich es hinaus in eine der zusammenfallenden, schmelzenden Schneewehen werfen.

Ich *hätte* es ganz ausgeschaltet oder die Batterie ausgehen lassen, aber meine Eltern könnten dann vielleicht denken, dass ich tot war, oder entführt und wenn sie nicht erleichtert waren, mich Trottel los zu sein, schickten sie vielleicht jemanden, um nach mir zu suchen. Und *das* würde alle möglichen Arten zusätzlichen Ärgers heraufbeschwören. Sie würden vielleicht sogar eine Vermisstenanzeige aufgeben und dann wäre ich aus *zwei* peinlichen Gründen in den Nachrichten.

Wenn meine Familie meinen Aufenthaltsort auf den Überwachungs-Apps sehen konnte, von denen ich wusste, dass sie auf meinem Handy installiert waren, würden sie nicht zu sehr ausflippen.

Zumindest nicht, dass ich entführt oder tot war.

Sie mochten wegen *anderer* Dinge ausflippen, wie dem Dick-Pic, warum ich ausgerechnet *hierher* gekommen war oder was sie tun sollten, wenn ich nie ans Telefon ging, um mir ihre Schelte anzuhören, oder nie mit ihren Anwälten arbeitete, um die nötige Entschuldigung herauszugeben. Aber zumindest würde ich nicht „wird vermisst" Ängste ihrer bereits überlangen Liste an Problemen, die sie wegen mir hatten, hinzufügen.

Und Mann, diese Probleme fühlten sich riesig an.

„Fuck", flüsterte ich, kniff meine Augen zu und schnappte nach Luft. „Warum bin ich so dumm?"

Nach dem Robson Vorfall hatte ich mich bemüht, besonders vorsichtig und privat zu sein. HungryTop34 hatte nicht einmal gewusst, dass er mit North Astor-Ford schrieb. Er hatte gedacht, ich wäre ein dunkelhaariger kleiner Twink namens Riley, der gerade aus San Fran hergezogen war.

Ich hatte meinen Account sogar mit einem falschen Foto versehen, das ich von einer Stock-Foto Seite bekommen hatte. All die Männer, mit denen ich geschrieben und mir online einen runtergeholt hatte, hatten keine Ahnung gehabt, dass ich North Astor-Ford war. Überhaupt keine. Ich war *so* vorsichtig gewesen.

HungryTop34 wusste nicht, wer ich war.

Oder er *hatte* es nicht gewusst. Es war möglich, dass er mittlerweile erraten hatte, dass er Nachrichten mit North Astor-Ford vom Astor-Ford Hotel/Schauspiel Vermögen ausgetauscht hatte, wenn man das Timing des Dick-Pics und die Worte darunter in Betracht zog.

Hier ist das ganze Paket. Hungrig?

Kapiert? HungryTop? Ich hatte mich so clever gefühlt.

Fuck.

Ich war alles andere als clever.

Es machte mich krank zu denken, dass HungryTop34 vielleicht da draußen war und Interviews gab oder TikToks postete, über Dinge, die ich ihm privat geschickt hatte, bevor ich alles verbockt hatte.

Ich rollte mich noch kleiner auf meinem Bett zusammen, wünschte mir, ich könnte die Welt für den Rest meines Lebens aussperren. Vielleicht konnte ich das. Ich würde einfach in Camp Bay Chalet bleiben, bis ich starb oder endlich den Mut aufbrachte, Liam zu kontaktieren.

Also … bis ich starb.

Und warum *war* ich zu Liam gerannt?

Weil ich wusste, dass er, wenn er jetzt hier bei mir wäre, mir das Gefühl geben würde, sicher zu sein, obwohl die ganze Welt im Moment meinen Schwanz anstarrte, darüber diskutierte, ihn sezierte und Kommentare dazu abgab. Er würde mir das Gefühl geben, von all dem abgeschirmt zu sein. Er würde mir sagen, dass es in Ordnung war, dass ich es verbockt hatte. Er würde sagen, dass er mich, trotz allem, mochte.

Mich vielleicht sogar liebte.

Ich schnaubte laut. Extremes Wunschdenken. Außerdem hatte ich ihn rausgeworfen und konnte ihn jetzt nicht bitten, zurückzukommen.

Außerdem war es nicht *richtig* von mir, das zu tun, oder?

Vor allem nicht, weil ich sein Leben ruiniert hatte, indem ich ihn gefeuert hatte und das nur, weil ich mich in ihn verliebt hatte und wollte, dass er mich niederdrückte, meine Pobacken auseinanderzog und mich fickte.

Bevor ich Liam gefeuert hatte, hatte ich meiner Schwester von meiner Schwärmerei erzählt, weil Southerland, obwohl sie drei Jahre jünger war als ich, superklug war und gut im Planen, Strategien ersinnen und anderen komplizierten Dingen. Wie Algebra.

„Ich glaube, ich habe mich in Liam verliebt.“

Southerland rollte sich auf ihrem mit Kissen bedeckten Bett herum und starrte mich an, als wäre mir ein zweiter Kopf gewachsen. „Du bist ein wandelndes Desaster, weißt du das? Hör zu, du musst ihn feuern, bevor du eine Anklage wegen sexueller Belästigung am Hals hast, was du schaffen wirst, da habe ich keinerlei Zweifel. Und sogar wenn Liam zu nett ist, um eine Anzeige aufzugeben, wenn sein Schützling zu anhänglich wird, wäre es dennoch ein Skandal.“

„Er steht wahrscheinlich nicht einmal auf Männer.“

„Oh, er steht definitiv auf Männer“, sagte Southerland, verdrehte

erneut ihre Augen. „Himmel, warum bist du so dumm, North? Mann.“

„Woher weißt du, dass er auf Männer steht?“

„Ich weiß, was du denkst. Du denkst, weil du jetzt achtzehn bist, wäre das alles in Ordnung.“

Das hatte ich überhaupt nicht gedacht. Ich wollte nur unbedingt herausfinden, warum sie so sicher war, dass Liam schwul war.

„Das wäre es aber nicht. Er ist dein Angestellter. Er war dein Bodyguard, als du nicht achtzehn warst-“

„Er ist nur drei Jahre älter als ich.“

„Das spielt keine Rolle. Jetzt etwas mit ihm anzufangen wäre ein Skandal, der alle anderen Skandale in den Schatten stellt.“

„Aber woher weißt du, dass er schwul ist?“, flehte ich.

Southerland gab keine Antwort. Sie deutete auf mich. „Schmeiß ihn raus. Oder ich erzähle Mom und Dad, dass du verknallt bist, und sie machen es.“

„Was soll ich sagen?“

„Sag ‚Es tut mir leid, Kumpel, aber das hier funktioniert nicht. Ich feuere dich, ab sofort. Du bekommst zwei Wochen Abfindung.‘“

„Oh, nun, so kann man es wohl sagen. Aber welchen Grund soll ich ihm nennen?“

„Das tust du nicht. Ihm einen Grund zu nennen, macht dich angreifbar für eine Anklage wegen Vertragsbruch. Schmeiß ihn einfach raus und mach mit deinem Leben weiter.“

„Was soll ich Mom und Dad erzählen?“

„Sag, dass dir sein Geruch nicht gefallen hat.“ Southerland wandte sich wieder ihrem Handy zu. „Das werden sie glauben und es ist nichts, gegen das sie etwas einwenden können. Was sollen sie schon machen? Ihm sagen, dass er sich öfter duschen soll?“

Also hatte ich getan, was sie gesagt hatte.

Ich werde niemals den Ausdruck auf Liams Gesicht vergessen, als ich mich mit ihm hingesetzt und die Worte „Du bist gefeuert“

zu ihm gesagt hatte. Ich hatte gedacht, er würde wütend oder verletzt oder sogar verängstigt sein, weil er Rechnungen hatte und er seinen Job als mein Bodyguard brauchte, um sie zu bezahlen.

Aber seine Augen hatten keines dieser Dinge gezeigt. Er hatte mich mit einer Sanftheit angeschaut, die ich nicht verdiente, hatte irgendwie stolz und fürsorglich und verständnisvoll ausgesehen.

Das hatte ich zumindest entschieden, als ich an diesem Abend im Bett lag, den Moment immer und immer wieder abspielte, in dem Versuch herauszufinden, was sein Gesichtsausdruck bedeutet hatte. Ich war den Rest der Woche herumgelegen, hatte mich unglücklich gefühlt, hatte zu verstehen versucht, *warum* er mich so angesehen hatte. Was gab es, worauf man stolz sein konnte? Ich war ein Feigling, weil ich ihn aus selbstsüchtigen, grauenvollen Gründen feuerte. Warum war er nicht wütend geworden? Warum war er immer noch nett zu mir, wenn ich ihn verletzte?

Aber Liam war ohne ein böses Wort gegangen.

Meine Familie hatte nicht mit mir diskutiert, als ich ihnen gesagt hatte, dass ich Liam gefeuert hatte. Sie hatten nur mit den Schultern gezuckt, unseren Sicherheitsservice angerufen und Eleesha – die fünf Jahre älter war als Liam – hatte innerhalb einer Woche als mein Bodyguard und Managerin übernommen.

Danach hatte ich mehrmals versucht, Liam Nachrichten zu schreiben. Nur kleine Fragen. Einfache Dinge, wie *geht es dir gut? Hast du einen neuen Job?*

Er hatte nie geantwortet. Vielleicht hasste er mich doch. Vielleicht hasste er mich immer noch.

Irgendwann machte ich mit meinem Leben weiter, stolperte durch den Rest der High School und zwei Jahre College, bevor ich aufhörte. Warm? Es war nicht nur wegen Robson Reynolds.

Es war auch, weil ich keine Richtung hatte (wie mein Vater sagte) und keinen Ehrgeiz (wie meine Mutter sagte) und keine Ideen für eine Karriere, die der Rede wert waren (wie meine

Großmutter sagte) und kein Hirn, um irgendetwas davon auf die Reihe zu bekommen (wie Southerland sagte). Sie sagten, dass es gut war, dass ich gut aussah, weil ich niemals irgendetwas mit meinem Kopf erreichen würde, aber da war ich mir nicht so sicher.

Ich war mir bei vielen Dingen nicht so sicher.

Ich wünschte, ich wäre es.

Was ich aber jetzt wusste? Dass ich niemals wieder nach Hause gehen würde, ich würde niemals wieder an mein Telefon gehen und ich würde *niemals* dieses ruhige Weihnachtschalet verlassen. Denn wenn ich das tat, würde ich den Rest meines Lebens damit verbringen müssen zu wissen, dass jeder, mit dem ich redete, ein Foto meines Schwanzes gesehen hatte.

Ich schrie in das Kissen und trat wie ein Kind auf die Matratze ein.

Ich drehte mich um, schlug erneut auf das weiche, dicke Kissen, bevor ich meinen Kopf wieder darauflegte.

Mein Schwanz gehörte *mir*. Er war privat. Ich teilte ihn mit Leuten, mit denen ich ihn teilen *wollte*. Das hatten sie mir in der ersten Klasse Grundschule beigebracht und ich hatte es seitdem geglaubt. Und, wenn man bei der Wahrheit bleiben wollte, wenn man die wenigen Fummeleien mit Mädchen in Kammern auf Partys oder die raue Berührung von Robson nicht mitzählte, hatte ich meinen Schwanz noch mit *niemandem* geteilt.

Ich war immer noch eine Jungfrau. Warum? Weil ich älter aussah, als ich war, dachten alle, ich würde im Bett ein männlicher Mann sein und winzige, hübsche Mädchen oder schlanke, feminine Jungs dominieren, aber das wollte ich nicht.

Ich wollte …

Ich errötete nur beim Gedanken an das, was ich wollte.

Mädchen oder Junge, ich wollte nicht derjenige sein, der das Sagen hatte oder oben war. Ich musste genommen werden. Ich *mochte* es, genommen zu werden.

Vielleicht lag es daran, dass Eleesha und Liam so gut darin gewesen waren, sich in den letzten Jahren um mich zu kümmern, dass ich mich daran gewöhnt hatte. Ich hatte es nie geliebt, wenn Eleesha das Kommando übernommen hatte. An ihrem festen Griff der Zügel war nichts Erotisches gewesen. Aber Liam? Das stand auf einem anderen Blatt.

Er hatte mich immer kommandiert und mir hatte es gefallen. Sehr. Er war gut darin, mich auf Spur zu halten, dafür zu sorgen, dass ich mich konzentrierte und er sorgte immer dafür, dass ich keine dämlichen Entscheidungen traf, die mir Ärger mit meinen Eltern oder den Medien einbringen würden.

Liam machte das alles ohne Probleme.

Außerdem wollte ich alles tun, was er von mir wollte, schlicht weil *er* es war, der darum bat. In Wahrheit hatte ich viel zu viele Nächte mit meinem Schwanz in der Hand und dem Wunsch verbracht, dass Liam sich auch auf *diese* Weise um mich kümmern konnte. Aber er hatte seine Hände immer bei sich behalten.

Ganz egal, was Southerland sagte, ich war nicht sicher, dass Liam überhaupt auf Männer stand. Sogar wenn er das tat, wie hoch warcn die Chancen, dass er mich mochte?

Aber wie es auch war, Liam war die einzige Person, bei der ich mich je sicher gefühlt hatte und ich vermisste ihn sehr. Es war, als könnte ich ohne ihn nicht richtig atmen. Wenn ich nur Liam hier bei mir haben könnte, wäre alles in Ordnung.

Wenn ich mehr Mut hätte, würde ich ihm eine Nachricht schreiben und ihn anflehen, mich hier im Chalet zu treffen. Ich würde ihn bitten, sich um mich zu kümmern. Auf jede erdenkliche Weise. Damit ich mich besser fühlte.

Aber es war nicht nur Mut, der mir fehlte. Es war auch Anspruchsrecht (ein weiteres Wort, das Southerland mir beigebracht hatte). Ich wusste, dass eine Menge Jungs mit meinem Hintergrund sich nichts dabei denken würden, einen ehemaligen Angestellten zu kontaktieren und zu verlangen, dass dieser ihnen wieder seine Zeit und Aufmerksamkeit widmete und sie die Person vielleicht dafür bezahlen würden, vielleicht aber auch nicht.

Ich würde das nicht tun.

Großmutter Ford sagte immer, nur weil wir reich geboren waren, hieß das nicht, dass irgendjemand uns irgendetwas schuldete. Großmutter Astor schnitt ihr dann immer das Wort ab, indem sie sagte: „Das ist lächerlich! Alle schulden uns alles, weil wir ihre Jobs schaffen!"

Großmutter Astors Worte hatten aber nie mein Herz erreicht.

Ich konnte Liam nicht kontaktieren. Ich würde es nicht tun. Ich hatte kein Recht auf ihn.

Darum würde ich hier in diesem Inn in der Nähe seines Heimatortes bleiben. Ich würde ihn mir in seinem normalen Haus vorstellen, eines, wie sie im Fernsehen gezeigt werden, wie er einen Weihnachtsbaum mit seiner Familie aufstellte. Ich würde mich selbst mit der Vorstellung quälen, welche Art Familie er jetzt vielleicht hatte … Eine Frau? Ein Baby? Einen Ehemann?

Als die Tränen über mein Gesicht flossen, rollte ich mich auf die Seite und starrte die langen, rechteckigen Fenster an, die in das dunkle Holz der Wände geschnitten waren. Mittagslicht glühte im Zimmer, ließ die Staubpartikel in der Luft aufleuchten, als wären es winzige tanzende Sterne. Sie würden mich aufheitern, wenn ich mich nicht so hoffnungslos fühlen würde.

Ich wischte mir die Augen und entschied, ein Nickerchen zu machen.

Mein Handy vibrierte wieder wütend in der Schublade.

Wieder. Und wieder.

KAPITEL VIER

Liam

ICH BOG MIT meinem Truck in eine leere Stelle auf dem Parkplatz vor Camp Bay Chalet ein, der jetzt voll war mit den Gästen, die für das Weihnachtswochenende gekommen waren. Das grob behauene Holzgebäude war überall mit den Immergrün-Girlanden und funkelnden Lichtern geschmückt, die Eric jedes Jahr aufhängte und der Kranz an der Eingangstür war zweifelsohne von Jerome.

Als ich in meiner Teenagerzeit dort als Hilfe für den Hausmeister gearbeitet hatte, war Camp Bay Chalet einer der wenigen Orte gewesen, an denen ich mich als queerer Mann akzeptiert gefühlt hatte, sogar noch bevor ich bereit gewesen war, mich selbst zu akzeptieren. Ich nahm mir einen Moment Zeit, die kalte Luft einzuatmen und den Blick auf den See und die schneebedeckten Berge zu genießen, aber nicht mehr. Wenn ich verharrte, wusste ich, dass ich es mir ausreden würde, und das wollte ich nicht.

Ich eilte auf die Eingangstür zu, bewunderte den niedlichen, glasierter Lebkuchen Look des Inns. Das Chalet war an Weihnachten definitiv wunderschön.

In der Lobby kam ich an einer kurzen Schlange vor der Rezeption vorbei, an der Sal arbeitete. Die charmante Plaudertasche sah mich und seine Augen leuchteten auf. Ich war froh, dass er so beschäftigt war, dass ich eine Entschuldigung hatte, weiterzugehen. Sal würde mir die Information, die ich brauchte, ohnehin nicht geben. Er war dafür zu professionell. Nun, meistens jedenfalls. Ich hob grüßend meine Hand, ging weiter durch zur Küche.

Ich suchte nach Eric.

Ich kannte ihn, seit er als oberster Hausmeister angefangen und die Rolle meines alten Bosses übernommen hatte. Harvey hatte praktischerweise sein Rentenalter erreicht, gerade als Rhondas Pflegebruder – Eric – aus dem Gefängnis kam. Zweifelsohne hatte Vitamin B dabei geholfen, dass er Harveys alte Stelle bekommen hatte, aber es hatte alles funktioniert. Harvey konnte nach Florida ziehen und in der Nähe seiner Tochter und Enkel leben und Eric hatte einen dringend nötigen Job nach einer sehr schweren Zeit bekommen.

Damals hatten Eric und ich uns gleich verstanden und wir waren stets in Kontakt geblieben. Wenn er in der Stadt war, um Ersatzteile für die Arbeit zu holen, rief er mich an, damit wir uns auf ein Bier trafen und wenn ich mich von Maeves Kindern loseisen konnte, nahm ich gerne an. Er wusste, dass North mein Schützling gewesen war.

Ich fand ihn im Keller, in einem Bereich des Hauses, in dem sich Erics Schlafzimmer und die Kammern mit den Werkzeugen und Putzmitteln befanden. Er stand gerade in einer davon, schob Besen und Eimer herum, ordnete Dinge, die nicht geordnet werden mussten. Das machte er, wenn er nervös war und als wir noch zusammengearbeitet hatten, hatte er das oft getan.

Damals hatte er sich mit einer Menge Gefühle auseinandergesetzt, die mit seiner Zeit im Gefängnis zusammenhingen, aber da ich wusste, welches Datum wir hatten, konnte ich raten, weswegen er nervös war.

Max würde bald ankommen. Heute oder morgen, war meine Vermutung.

Max war Erics Weihnachtsschwarm – so nannte ich ihn zumindest. Eric dachte, dass Max etwas ganz anderes war: Zu gut für ihn und ein Fehler, der nicht hätte passieren dürfen, den er aber liebend gerne wiederholen würde. Ich hatte Max nie kennengelernt, aber Eric hatte es mir vor nicht allzu langer Zeit nach einem Bier zu viel erzählt.

Anscheinend hatte Max, während seines jährlichen Besuchs im Inn letztes Weihnachten, Eric in sein Zimmer gezogen und sie hatten eine Nacht, die man nicht vergisst. Obwohl Eric danach Angst hatte, dass Max sich *nicht* erinnerte. Mir war nicht ganz klar, ob sie getrunken hatten oder ob Eric nur dachte, dass ein One-Night-Stand mit ihm nichts Denkwürdiges wäre, aber er machte sich deswegen eine Menge Sorgen.

Ah, das Drama, das wir Männer mit unseren unausgesprochenen Sehnsüchten und aufgestauten Worten schufen.

Ich wusste, wovon ich sprach, hatte schon seit Jahren aufgestaute Sehnsüchte nach North Astor-Ford und ich hatte ihm das nie mit auch nur einem Wort gesagt. Heute würde sich das ändern.

Mein Magen drehte sich um, als hätte ich zu viel Weihnachtsgebäck gegessen.

„Hey", sagte ich, lehnte mich an den Türrahmen, schaute in die Tiefen der Kammer und musterte die gut geordneten Regale. Ich hoffte, dass ich nicht so nervös aussah, wie ich mich fühlte. „Du siehst gut da drin aus."

„Danke." Eric wischte sich die Handflächen an seiner Hose ab und schüttelte mir die Hand. „Wir haben uns lang nicht gesehen."

Ich hätte liebend gerne herumgealbert, aber mein rasendes Herz und meine verschwitzten Handflächen ließen das nicht zu. „Hey, ich muss dich um einen Gefallen bitten."

„Welche Art Gefallen?" Erics zusammengezogene Brauen brachte mich zum Lächeln. Er war ein ernster Kerl, versuchte immer, das Richtige zu tun, nachdem er einmal das Falsche getan und die Konsequenzen dafür ertragen hatte. Er war auch schon immer ein wenig misstrauisch gegenüber Menschen gewesen.

„Du erinnerst dich an North?"

„Der zu junge, ehemalige Schützling, mit dem du schlafen wolltest?"

„Ja. Er."

„Klar."

„Nun, er steckt in Schwierigkeiten."

„Schon wieder?" Eric schüttelte seinen Kopf.

„Schon wieder, ja. Die Sache ist die, er ist hier, im Chalet. Ich würde gerne wissen, in welchem Zimmer er ist."

Eric verschränkte seine Arme vor seinem Brustkorb. „Er will es dir nicht sagen?"

„Er reagiert weder auf Anrufe noch auf Textnachrichten."

Erics Brauen hoben sich. „Denkst du, es ist ein Notfall? Diese Art Ärger?"

Ich bezweifelte ernsthaft, dass North sich umbringen wollte, aber wer konnte irgendetwas schon mit Sicherheit sagen? Der Junge musste im Moment vollkommen verzweifelt sein und wenn das Eric überzeugte, mir seine Zimmernummer zu geben? Hervorragend. „Vielleicht. Ich weiß es nicht sicher."

„Lass uns gehen." Eric bedeutete mir, zur Seite zu treten. Nachdem ich das getan hatte, marschierte er entschlossen aus der Kammer, die Treppe hinauf und durch die Küche bis in die Lobby. Ich hatte den Verdacht, dass ich doch mit Sal reden musste.

Ich irrte mich nicht.

„North Astor-Ford? Er ist hier?" Sal täuschte Überraschung vor, nachdem die fröhliche Schlange Neuankömmlinge – zum Glück Leute, die ich nicht aus meinen Tagen hier kannte – verschwunden war. „Oh, Honey, glaubst du, ich *weiß* nicht, wer er ist? Ich habe ihn in dem Moment erkannt, als er hier herein geschlendert ist, versucht hat, sich in einem Hoodie zu verstecken. Hat sich wegen seines kleinen Skandals geschämt, glaube ich. Nicht, dass ich ihn als klein bezeichnen würde. Oh, nein, nein. Überhaupt nicht klein."

North „schlenderte" nicht, aber ich ignorierte das.

„Liam war früher sein Bodyguard", erklärte Eric, deutete auf mich. „Er denkt, dass North vielleicht in Schwierigkeiten steckt, und will seine Zimmernummer."

Sal runzelte die Stirn. „Zimmernummern sind keine öffentlich zugängliche Information. Ich versuche, ihn anzurufen. Es ist besser, wenn wir seine Erlaubnis haben. Wir wollen nicht, dass seine reiche Familie uns wahnsinnig übertriebene Probleme macht, oder?"

Ich zuckte mit den Schultern und Sal nahm das Telefon, um North' Zimmer anzurufen. Er legte auf, als niemand abnahm.

„Na schön." Er räusperte sich, schaute zu Eric, als wollte er bestätigt haben, dass ich kein Serienkiller war, und sagte: „Nun, wie wäre es, wenn Eric mit dir raufgeht? Du brauchst vielleicht einen Schlüssel, wenn niemand an die Tür geht und Erics Masterschlüssel passt überall." Er klang jetzt nervös, als würden Eric und ich feststellen, dass North Astor-Ford sich etwas Schreckliches angetan hatte. Der Gedanke daran verursachte auch mir Übelkeit.

Ich beruhigte mich selbst. Ich kannte North. Er neigte zur Dramatik, ja, aber er würde es nicht auf die Spitze der Verzweiflung treiben. Hoffentlich.

„Ich brauche nur die Zimmernummer. Wenn er die Tür nicht für mich öffnet, schicke ich Eric eine Nachricht, in Ordnung?"

„Zeit könnte der entscheidende Faktor sein", wandte Sal mit zusammengezogenen Brauen ein.

„Nur die Nummer, bitte. Ich will ihn nicht überwältigen oder ihm das Gefühl geben, bedroht zu sein, wenn zwei Männer vor seiner Tür stehen."

Sal schnalzte mit der Zunge. „Ich wünschte, Rhonda wäre hier, damit ich sie fragen kann, wie ich das hier machen soll, aber sie ist im Moment nicht da. Na gut, er ist in Zimmer 11."

„Dem kleinen Zimmer?" Ich war überrascht. North mochte Luxus.

„Es war das Einzige, das frei war."

Natürlich. An Weihnachten war es hier immer voll. „Stimmt. Nun, wenn ihr nichts mehr von mir hört, könnt ihr annehmen, dass alles in Ordnung ist."

Sal winkte ab. „Mach schon, hilf diesem armen Jungen. Er ist zu reich und gut bestückt, als dass ihm etwas Schlimmes zustoßen sollte."

Ich schnaubte. Man konnte sich darauf verlassen, dass Sal trotz seiner Sorgen vulgär war. Ich schüttelte erneut Erics Hand. Er klopfte auf das Handy in seiner Gesäßtasche und sagte: „Ich bin nur eine Textnachricht entfernt, solltest du feststellen, dass es ein Problem gibt."

„Danke."

Die Leichtigkeit, mit der ich Eric gefunden und Sal überzeugt hatte, mir North' Zimmernummer zu geben, fühlte sich wie ein Segen des Universums an. Eine höhere Macht wollte, dass ich für North da war, auch wenn es nur die Macht des Geistes der Weihnacht war.

Nachdem ich über die Treppe in den dritten Stock gegangen war, eilte ich den Flur entlang, wobei mein Magen hüpfte wie ein Kind am Weihnachtsmorgen. Ich fühlte mich kindisch und dämlich, aufgeregt und besorgt, hoffnungsvoll und nervös. Jedes widerstreitende Gefühl der Welt staute sich in mir auf, bis ich nicht mehr atmen konnte.

Vor Zimmer 11 blieb ich stehen, schloss meine Augen. Das war es. Der Moment, nach dem ich mich seit beinahe drei Jahren sehnte, ihn aber auch fürchtete. Ich würde North wiedersehen. Endlich.

Ich klopfte.

Wie vorauszusehen, kam keine Antwort. Ich war nicht überrascht, da North sich zu verstecken schien, basierend auf dem, was Sal darüber gesagt hatte, dass er versucht hatte, sein Gesicht in einem Hoodie zu verstecken und der Tatsache, dass er seine

Textnachrichten nicht beantwortete und nicht ans Telefon ging.

Ich klopfte lauter.

Nichts.

„North", rief ich. „Ich weiß, dass du da drin bist. Ich bin es, Liam. Mach auf."

Ich hörte ein Wummern und einen gedämpften Fluch aus dem Zimmer, bevor die Tür sich halb öffnete und ein rotgesichtiger North seinen Kopf herausstreckte, die blauen Augen geweitet, sein sinnlicher Mund offen und seine dunklen Haare standen in alle Richtungen von seinem Kopf ab, als ob er daran gezogen oder sie an einem Kissen gerieben hätte, während er weinte. Wahrscheinlich beides.

Mein Herz knackte und brach. Der Schmerz, den ich beinahe drei Jahre lang ignoriert hatte, füllte mich von Kopf bis Fuß und ich konnte mich gerade beherrschen, nicht die Hand auszustrecken und ihn für eine Umarmung zu packen, seinen Hals zu küssen und ihm ins Ohr zu flüstern, dass jetzt alles in Ordnung war. Ich würde mich darum kümmern. Ich würde mich für ihn um alles kümmern.

Aber soweit ich wissen konnte, war er nicht allein und vielleicht war ich auch gar nicht willkommen. Er hatte mich gefeuert, oder nicht? Während ich immer angenommen hatte, das wäre geschehen, weil er sich auf dieselbe Weise nach mir sehnte, wie ich mich nach ihm, was, wenn dem gar nicht so war? Was, wenn er mich schlicht nicht mochte und mich nicht in seinem Leben haben wollte?

Warum zweifelte ich plötzlich an *allem,* jetzt da ich vor ihm stand? Und *wie* konnte er so unmöglich gut aussehend sein? Noch mehr als vor drei Jahren.

„Liam", sagte North mit einer Atemlosigkeit, die all meine frischgeborenen Ängste verschwinden ließ. „Du bist es. Du bist gekommen."

„Natürlich bin ich gekommen."

„Aber wie hast du-"

Ich warf einen Blick über meine Schulter und sah Eric oben an der Treppe. Er zeigte mir einen hochgereckten Daumen und ich nickte. „Kann ich reinkommen? Ist das in Ordnung?"

„Ja, ja, natürlich. Komm rein." Er strich sich hektisch über die Haare und mit einer Hand über sein Gesicht, das im Moment Stoppeln zeigte, die zwei Tage alt zu sein schienen. Für North war das ziemlich viel Bart. Er sah immer noch älter aus als ich, obwohl ich ihm drei Jahre voraus war.

„Setz dich", sagte er, deutete auf den gepolsterten Stuhl im Zimmer. Nachdem ich das getan hatte, schaute er sich nach einem Sitzplatz für sich selbst um. Es gab keine anderen Optionen als den kleinen Schreibtischstuhl, der nicht so aussah, als könnte er seine große, muskulöse Gestalt tragen oder das Ende des Bettes, darum wählte er Letzteres, rutschte unruhig herum. Er schob sich die Haare aus dem Gesicht und zerzauste sie dann wieder.

„Äh ...", fing North an, schluckte schwer und starrte mich aus großen Augen an, die voller wilder, wirbelnder Emotionen waren. Ich konnte sie alle verstehen. „Ich nehme an, du hast es gesehen."

„Geht es dir gut?"

North' Augen füllten sich mit Tränen und er schluckte hektisch. Er erhob sich und ging zum anderen Fenster, schaute nach draußen.

Ich wusste von der Lage des Zimmers und meinen Jahren hier im Chalet, dass er auf die kurvige Straße und die Wälder an einem verschneiten Berghang schaute. Der Berg schien immer magisch zu sein, auch wenn ein Teil des Schnees in dieser ungewöhnlichen Wärme davonschmolz. Die Bäume draußen knarzten, während ich schweigend wartete und draußen im Flur ein paar enthusiastische Stimmen vorbeikamen.

Endlich fing North zu reden an. „Es geht mir nicht gut, nein. Ich bin blamiert und gedemütigt." Er wischte sich über das Gesicht, wandte mir weiter den Rücken zu. „Hast du es gesehen?"

Ich ignorierte die Frage und stellte meine eigene. „Es war ein Unfall?"

„Natürlich war es das!", spie er aus, seine Schultern spannten sich an. „Dachtest du, es wäre Absicht? Dass ich meinen Schwanz wissentlich gepostet habe?"

„Nein, habe ich nicht. Das würde ich niemals denken."

„Warum hast du dann gefragt?" Seine Stimme zitterte.

„Weil ich nicht weiß, was genau passiert ist. Es hätte auch sein können, dass jemand es auf deinem Account gepostet hat oder dass du gehackt wurdest. Aber ich kenne *dich*, North und ich war mir sicher, dass du ein solches Foto nicht mit Absicht hochgeladen hast. Ich wusste auch, dass du leiden würdest, darum habe ich mich so schnell wie möglich bei dir gemeldet."

„Hast du?"

„Ja und als ich keine Antwort bekommen habe, bin ich losgezogen, um dich zu finden."

North warf mir aus dem Augenwinkel einen Blick zu. Das Licht vom Fenster beleuchtete seine Wimpern, streichelte über seine vollen Lippen und ließ sein ganzes Gesicht wie das eines Engels glühen. „Woher wusstest du, dass ich hier bin?"

Ich entschied mich, ehrlich zu sein. „Du hast mich nie aus der Find My iPhone App entfernt und ich habe nie vorgeschlagen, entfernt zu werden …"

„Ah."

Mein Magen schmerzte, als ich seine Pein sah. Ich wollte sie verschwinden lassen. „Als ich die Neuigkeiten heute gesehen habe, habe ich dir eine Textnachricht geschrieben und als du nicht geantwortet hast und sie nicht als gelesen angezeigt wurde, hat meine Sorge mich übermannt."

„Darum hast du nachgesehen, wo ich bin."

„Ja, nur um mich zu beruhigen, sicherzustellen, dass du bei der Familie oder Freunden bist. So in der Art. Stell dir meine Überraschung vor, als ich gesehen habe, dass du *hier* bist." Für den Moment behielt ich die Frage, warum genau er ausgerechnet hierhergekommen war, für mich. „Als ich gesehen habe, dass du hier im Chalet bist, habe ich nicht nachgedacht. Ich bin einfach nur in mein Auto gestiegen und bin zu dir gefahren. Ich hoffe, du hast nicht das Gefühl, dass ich deine Privatsphäre verletzt habe."

North' Schultern entspannten sich. „Nein. Ich habe immer gewusst, dass du noch sehen konntest, wo ich bin. Auf der App, meine ich." Er errötete und räusperte sich. „Ich habe mir gerne vorgestellt, dass dir wichtig war zu sehen, wo ich bin und was ich vielleicht machte."

„War es. Ist es."

North senkte seinen Kopf, seine Stimme wurde rau. „Obwohl ich dich gefeuert und dein Leben ruiniert habe?"

Ich lachte leise. „Du hast mein Leben nicht ruiniert. Nur ich hätte das tun können und vielleicht, wenn du mich nicht gefeuert hättest, hätte ich das getan."

Er drehte sich wieder. Sein wunderschönes Profil wurde von der Sonne durch das Fenster hervorgehoben. Er war wie Kunst und ich wollte ihn einatmen. „Wie hättest du dein Leben ruiniert?"

Ich kalkulierte in meinem Kopf all die Beweise der drei Jahre durch, die ich mit ihm verbracht hatte und die Zweifel, die meinen Verstand überflutet hatten, als ich vorhin darauf gewartet hatte, endlich an seine Tür klopfen zu können und wog dies alles ab, bis die Summe klar war. Was hatte ich jetzt zu verlieren? Wenn es ihn aufregte, wenn er wollte, dass ich ging, würde ich gehen.

Ich ging das Risiko ein. „Vielleicht, wenn du mich nicht gefeuert hättest, hätte ich irgendwann meinen Gefühlen für dich nachgegeben, was tatsächlich mein Leben ruiniert *hätte*. Du warst gerade achtzehn geworden und ich war dein Bodyguard und Manager, in einer Position der Autorität dir gegenüber-"

„Du warst *mein* Angestellter", wandte North ein. „Southerland hat gesagt, es wäre meine Schuld, wenn etwas passiert. Sie sagte, dass ich *dich* sexuell belästigt haben würde."

Ich lächelte. „So etwas würde sie sagen."

North wandte sich mir voll zu, das Licht, das durch das Fenster kam, machte es unmöglich, seinen Gesichtsausdruck zu sehen. Ich konnte seine Mimik nicht lesen, aber das musste ich nicht. Ich kannte ihn zu gut. Sogar jetzt sagten die Nuancen in seiner Stimme mir alles. „Sie hatte unrecht?"

„Nein und ja. Aber das spielt keine Rolle. Du hattest recht, mich zu feuern, und ich habe dir das nie zum Vorwurf gemacht. Aber ich bin jetzt hier, weil du mir wichtig bist und ich dich nicht allein leiden lassen kann, wenn ich meine Unterstützung anbieten kann." Ich hob meine Hände und zuckte mit den Schultern.

North kam näher, zögerte, und setzte sich wieder ans Fußende des Bettes, gegenüber von meinem Stuhl. Sein Atem kam in flachen Stößen und seine Pupillen waren geweitet, trotz des starken Sonnenlichts, in das sie gerade geblickt hatten. So viele Emotionen huschten über sein Gesicht, dass ich nicht einmal anfangen konnte, sie alle zu benennen. „Okay", meinte er schlicht, nachdem wir uns beide eine lange Zeit angestarrt hatten. Er rieb seine Arme und wandte den Blick von meinem ab. „Du bist hier."

„Ja."

„Was jetzt?"

Ich warf einen Blick auf seine Kommode, aus der stakkatoartiges Rumpeln erklungen war, seit ich das Zimmer betreten hatte. Es vibrierte erneut, als wäre eine Klapperschlange in der Schublade, die versuchte, herauszukommen. Ich wusste, was es war und warum es sich da drin befand, weil ich, wie ich schon gesagt hatte, North kannte. „Jetzt kümmern wir uns um dein Handy."

Er stöhnte und rieb mit beiden Händen über sein Gesicht, kratzte über seine Stoppeln und brach dramatisch auf der Matratze zusammen. „Noch nicht."

„Alles andere wird einfacher, sobald wir uns darum gekümmert haben.“

„*Noch nicht*“, wiederholte er.

Ich saß für einen Moment schweigend da, ließ ihn denken und atmen, ließ ihm Zeit, sich daran zu gewöhnen, dass ich mit ihm im Zimmer war. Ich nahm mir einen Augenblick, um mich selbst daran zu gewöhnen. Sein Geruch war für mich vertraut und wunderbar. Ich atmete tief ein – seinen subtilen Vanille- und Holzduft, der, wie ich mir ziemlich sicher war, von seinem Designer-Shampoo kam und den Gestank seines Nervositätsschweißes, mit dem ich ebenfalls vertraut war, von den Jahren, in denen er immer wieder in unmögliche Situationen geschliddert war.

„Wenn du dich jetzt nicht darum kümmern willst, warum hast du dein Handy dann nicht auf stumm geschaltet?“

North wandte den Blick ab. „Ich kann mich nicht erinnern, wie das geht.“

„Du hättest das online nachschauen können. Sie haben auf YouTube Video-Tutorials für alles.“

„Ich werde *nicht* online nachschauen!“

„Stimmt, natürlich nicht.“ Ich stand auf. „Ich kümmere mich darum.“

North setzte sich auf und packte meine Hand, zog mich zu sich. „Willst du nicht wissen, warum ich hierhergekommen bin? An diesen Ort?“

„Ich nehme an, dass du dich versteckst“, sagte ich, wollte meine wahren Hoffnungen nicht verkünden, aus Angst mich selbst zu blamieren, weil ich falsch lag oder er es leugnen würde.

„Ja, das tue ich, aber …“ Er starrte mich an und sein Blick wanderte von meinem Kopf zu meinen Füßen und wieder zurück. „Du bist wirklich hier. Du bist wirklich gekommen.“

„Dachtest du, dass ich das nicht tun würde?“

„Nein. Nun, ich hatte es gehofft. *Darum* bin ich hierhergekommen. Nach Camp Bay Chalet. Weil ich dich unbedingt sehen wollte. Ich wollte, dass du mir sagst, dass alles gut wird, wie du es immer getan hast, aber …" Ein bitteres Lächeln erschien auf seinen Lippen, als er mein Handgelenk fallen ließ. „Aber ich war damals ein Feigling und bin es jetzt, darum habe ich hier an deinem alten Arbeitsplatz eingecheckt, anstatt zum Haus deiner Mom zu fahren, um dich zu sehen."

„Es gäbe direkt in Sandpoint nähere Hotels." Ich setzte mich erneut, beugte mich vor, stützte meine Ellbogen auf meine Knie.

„Ja, aber ich habe mich daran erinnert, wie du gesagt hast, dass es hier großartig ist. Offen. Ich hatte gehofft, es würde auch für mich ein sicherer Ort sein." Rosa erschien auf seinen Wangen über seinem Bart. „Ich hatte gehofft, es wäre ein Ort, an dem ich bleiben kann, bis dieses ganze Desaster verschwindet."

„Es wird nicht verschwinden, wenn wir uns nicht um dein Handy kümmern." Es vibrierte erneut, als würde es spüren, dass ich von ihm sprach.

„Nicht jetzt."

Ich sagte nichts weiter, überkreuzte meine Beine und lehnte mich auf dem Stuhl zurück. Ich spielte eine geduldige Lässigkeit, die ich nicht verspürte. Ich wollte zum Bett gehen, ihn auf die Matratze stoßen, auf ihn klettern, mich rittlings auf seine Hüften setzen und ihn küssen, bis er keine Luft mehr bekam und sich an mich klammerte. Vorzugsweise nackt.

Aber jetzt war nicht der richtige Zeitpunkt und es war viel zu früh im großen Ganzen, um solche Gedanken überhaupt zu denken. Ich wusste nicht, wo er geistig gerade stand, oder was wir tun mussten, um all das hier in Ordnung zu bringen. Oder es zumindest zu versuchen.

Zuerst das Wichtigste.

„Hast du mich nicht gehört?", fragte North, neigte seinen Kopf, sein Blick bohrte sich in mich. „Ich *wollte* dich. Ich bin wegen *dir* hergekommen. Ich hatte die Adresse deiner Mom, die ich gegoogelt hatte, nachdem du gegangen warst und ich wollte einfach dort auftauchen, aber ich konnte es nicht."

„Warum nicht? Und sag nicht, weil du ein Feigling bist. Weil du das nicht bist."

„Ich hatte Angst, dass du mich hasst. Das und Southerland hat gesagt, dass ich aufpassen muss, nicht arrogant zu sein, was bedeutet, dass ich nicht annehmen kann, dass ich Zugang zu dir oder deiner Hilfe habe, nach dem, was ich dir angetan habe."

„Du hast mir gar nichts angetan."

„Ich habe dich gefeuert. Und habe dich gezwungen, wieder bei deiner Mutter einzuziehen! Auch wenn du sagst, dass ich es nicht getan habe, weiß ich, dass ich dein Leben durcheinandergebracht habe, indem ich-"

„Indem du was? Zu attraktiv gewesen bist?" Ich lächelte. „North, ich habe es ernst gemeint, als ich sagte, dass dieses Gefühl auf Gegenseitigkeit beruhte. Es war ein Fass Schießpulver, das explodiert wäre. Ich hätte mich zusammenreißen und kündigen sollen, Monate bevor du mich gefeuert hast. Ich war nie wütend auf dich. Nicht eine Minute lang."

„Ich habe dich vermisst." North' Stimme war kratzig und unglücklich. „Ich habe dich wirklich sehr vermisst."

„Ich habe dich auch vermisst."

Der Raum zwischen uns fühlte sich elektrisch an, als würde einer von uns oder wir beide Feuer fangen, wenn wir uns dorthin bewegten. Ich hielt den Atem an und ließ das einsinken, bevor ich sagte: „Es gibt in dieser Hinsicht noch viel zu besprechen, aber ich hasse es, dir das sagen zu müssen, Baby – wir müssen uns erst durch diese Krise arbeiten." Ich deutete auf die klappernde Schublade. „Hol dein Handy."

KAPITEL FÜNF
North

*B*ABY. ER HATTE das so einfach gesagt. Das Wort weckte in mir den Wunsch zu weinen. Ich hatte noch nie das Gefühl gehabt, irgendjemandes Baby zu sein, nicht einmal das meiner Mom. War es mir gestattet, seines zu sein? Wollte er wirklich, dass ich das war? Was hatte es überhaupt zu bedeuten, dass er mir einen so süßen Kosenamen gegeben hatte?

Ich hatte viele Fragen, vielleicht weil ich ein Idiot war. Andere Männer würden wahrscheinlich einfach *wissen*, was er damit meinte. Ander Männer würden –

Moment. Andere Männer?

Oder Mädchen?

Oder Menschen?

Ich kaute für einen Moment auf meiner Unterlippe, aber das Handy vibrierte so laut, dass ich nicht denken konnte. Ich hievte mich mit einem gemurmelten Fluch vom Bett und riss die Schublade auf, holte mein wütendes iPhone heraus. Es summte wie ein Schwarm Bienen auf meiner Handfläche.

„Was jetzt?", fragte ich, starrte es voller Furcht und Widerwillen an.

Liam war ruhig und sicher. Alles, was ich immer an ihm geliebt – *gemocht* – hatte. „Gib es mir."

Das tat ich.

„Ist das Passwort noch dasselbe?"

Das war es.

Liam setzte sich aufs Bett und bedeutete mir, dass ich neben ihn kommen sollte. Ich gehorchte, fragte mich, ob er spüren konnte, wie ich zitterte – vor Furcht, Aufregung und Freude, dass er hier war? Allem davon? Ja.

Liam gab das Passwort ein und ich schluckte, als der Bildschirm sich mit Benachrichtigungen füllte. „Wen willst du zuerst anrufen?", fragte er.

Ich zögerte nicht. Es gab nur eine Person, mit der zu reden ich mir auch nur vorstellen konnte, auch wenn sie mich wahrscheinlich ebenfalls schimpfen würde. „Southerland."

„Na gut." Liam nahm meine Hand und drückte sie. Meine Finger waren verschwitzt und seine trocken, absolut solide. Ich wollte ihn niemals wieder loslassen. „Los geht's."

„Nein." Ich überraschte mich selbst damit, dass ich das sagte, aber ich brauchte zuerst Antworten. Ich war nicht so geduldig wie er.

„Baby, wir müssen-"

„Hast du eine feste Freundin?", platzte ich heraus, mein Magen drehte sich um, als ich ihm das Handy wegnahm. Ich packte es fest und die Hülle grub sich in meine Handfläche.

Was, wenn sein „Baby" väterlich gemeint war? Pater – wie hieß das Wort? Paternell? Ja, paternell. Liam sagte, dass er in der *Vergangenheit* etwas für mich empfunden hatte, nicht, dass dem *jetzt* so war.

Er hatte es angedeutet, aber wie meine Familie mir im Laufe der Jahre Millionen Male erklärt hatte, war ich nicht immer die hellste Kerze am Weihnachtsbaum und ich konnte mich nicht immer auf meine eigene Interpretation der Dinge verlassen.

„Nein", sagte Liam, ein Lächeln huschte über seine Lippen. Sie waren nicht sonderlich voll, nicht wie meine, aber an ihrer festen Form war etwas Zufriedenstellendes und Tröstliches. Schmal, aber nicht zu schmal. Gerade, aber leicht mit einem Lächeln an den

Seiten nach oben zu bewegen. Ich hatte schon immer von ihm geküsst werden wollen.

„Nein?", fragte ich, um sicherzustellen, dass ich es richtig gehört hatte.

„Ich bin schwul, North."

Heilige Scheiße. Er war schwul. Ich rieb mir den Nacken, ein kalter, aufgeregter Schauder wusch über mich hinweg. „Southerland hat das gedacht."

„Das hat sie wohl."

„Und hast du, ähm …" Mein Herz hämmerte, mein Atem kam viel zu schnell. Ich keuchte die letzten Worte heraus. „Hast du einen festen Freund?"

Liams Brauen schossen nach oben. „Hast du einen?"

„Nein!"

„Eine feste Freundin?" Sein zimtbrauner Blick durchbohrte mich. „Wolltest du ihr das Foto schicken?"

„Nein!"

„Wem dann?"

„Einem Aufriss, aber nicht einem richtigen Aufriss. Ein online Ding. Ein Typ", plapperte ich. „Aber du hast nicht gesagt, ob du einen festen Freund hast oder nicht. Antworte mir."

„Nein, ich habe keinen festen Freund."

„Hattest du je?"

„Ich hatte ein paar."

Irrationale Wut durchströmte mich. „Wie viele?"

Liam lachte. „Wir müssen uns konzentrieren. Für all das ist später Zeit."

„Wie viele feste Freunde?", drängte ich.

„Fünf."

„Fünf!" Ich warf meine Hände in die Luft. „Wie? Wann?"

„Himmel. Lass uns das mit deinem Handy erledigen und-"

„*Wann* hattest du fünf feste Freunde?"

Liams Seufzen klang erschöpft. „Zwei während der High School. Einen während meiner Ausbildung zum Bodyguard. Und ja, ich bin mit zwei Männern ausgegangen, während ich auf dich aufgepasst habe."

„Wie?" Ich hatte ihn ziemlich beschäftigt. Wann hatte er die Zeit gefunden? Außerdem hatte er bei mir gewohnt! Im Internat und bei mir zu Hause! Wie konnte ich das nicht gewusst haben?

„Ich hatte freie Tage."

„Du hast an deinen freien Tagen andere Männer gefickt?" Ich knirschte die Frage heraus, mein Blut hämmerte und mein Kopf fühlte sich an, als würde er gleich abfallen. Hässliche Eifersucht. Ich war damit vertraut, aber nicht so. Nicht, als würde ich gleich kotzen oder in Tränen ausbrechen oder beides.

„North …"

„Hast du?"

„Ja."

„Aber vorhin hast du gesagt, dass du damals Gefühle für mich hattest!"

Liam seufzte. Er roch nach Pfefferminzkaugummi und ich wollte ihn schlagen und ihn küssen oder vielleicht wollte ich ihn auf die Matratze schubsen und mich überall an ihm reiben, bis ich auch so roch.

„Ich hatte Gefühle für dich", erklärte Liam. „Aber ich wusste, dass sie nicht angemessen waren. Ich habe versucht, sie zu unterdrücken, indem ich mit anderen Männern ausgegangen bin. Es hat nicht funktioniert."

„Aber du hast dennoch mit ihnen geschlafen."

„Das habe ich." Liam neigte seinen Kopf. „Ich bin mir sicher, dass du auch mit einigen Leuten geschlafen hast. Hast du jeden Einzelnen geliebt?"

„Ich habe noch nie mit *irgendjemandem* geschlafen", sagte ich nachdrücklich, als ob ich meine Jungfräulichkeit geschützt hätte oder so, was überhaupt nicht stimmte. Ich hätte jede Anzahl von Menschen gefickt, wenn es die richtigen Umstände und unterzeichnete Verschwiegenheitserklärungen gegeben hätte, aber ich wollte nicht, dass Liam das wusste. Ich wollte, dass er sich schlecht fühlte, weil er diese anderen Männer angefasst hatte.

Liams Brauen hoben sich erneut, dieses Mal vor Überraschung. „Aber du bist-"

„Ich habe noch nie jemanden gefickt", wiederholte ich. „Nie."

„Oh."

Ich dachte darüber nach, ihn für einen Moment zappeln zu lassen, aber sein verwirrter und verlorener Gesichtsausdruck war zu viel für mich. Ich platzte heraus: „Weil die Anwälte mir so viel Angst gemacht hatten, dass ich mich praktisch fürchtete, zu *masturbieren*, für den Fall, dass es irgendwie zu den Klatschzeitungen durchdrang, dass ich meinen eigenen Schwanz berührt habe. Ich konnte keinen richtigen Sex riskieren. Bis ich es riskierte. Ich meine, irgendwie. Es war nicht real – niemand hat mich berührt. Es war nur auf dieser App. Aber ich habe so aufgepasst. Das habe ich wirklich."

„Ich glaube dir."

„Ich habe ein Alias benutzt und ein falsches Foto und ich habe nie jemandem gesagt, wer ich wirklich bin, oder habe mich persönlich getroffen. Ich war *vorsichtig*-vorsichtig."

„Wegen der Sache an Halloween?"

„Davon weißt du?"

„Es war schwer, das nicht mitzubekommen. Ich bin froh, dass er nicht dein fester Freund war. Ich habe mir Sorgen um dich gemacht – war nicht glücklich über die Art Menschen, mit denen du dich umgibst."

„Er war nicht mein fester Freund. Wir waren nicht einmal befreundet."

„Es tut mir leid. Das muss für dich eine harte Zeit gewesen

sein.“

„Warum bist du nicht zu mir zurückgekommen?“

„Weil ich dachte, dass du danach Eleesha wieder anstellen würdest oder zumindest *irgendjemanden*.“

„Sie hat dir erzählt, dass ich sie gefeuert habe?“

„Natürlich. Wir sind befreundet. Haben dieselbe Ausbildung gemacht und sie hat mir manchmal geschrieben, wie ich bestimmte Probleme mit dir angehen würde. Solche Sachen.“

„Du hast immer noch auf mich aufgepasst?“

„Natürlich, aber was ich aus der Ferne tun konnte, war begrenzt und ich wollte mich nicht in dein Leben einmischen, wenn ich nicht erwünscht war.“

„Ich wollte dich. Sogar nachdem ich dich entlassen hatte.“

„Du hast mich gewollt, während du auf deinen Partys im letzten High School Jahr Mädchen in Kammern geküsst hast?“

„Das hast du auch gehört?“

„Eleesha war ein Spion.“ Liam lachte leise.

„Was hat sie dir sonst noch erzählt?“

„Das du die Verschwiegenheitserklärungen weggeworfen hast, die ich ihr geraten habe, für dich zu besorgen. Sie hat mir erzählt, dass du ständig Angebote von Männern im Alter deines Vaters bekommen hast, sogar von Kollegen deines Vaters und Schlimmeres.“

Ich schauderte. „Bäh. Diese alten Arschlöcher. Als ob ich mich von denen anfassen ließe.“

„Aber es gab Leute, die du berühren wolltest, oder? Männer und Frauen, Jungs und Mädels?“

Ich schluckte. „Ja.“

„Dann verstehst du es.“

„Vielleicht.“ Ich spannte meinen Kiefermuskel an. „Es gefällt mir aber nicht.“

Liam lachte. „Nun, vor ein paar Jahren habe ich mir vorgestellt, wie du dir die Hörner abstößt, mit Männern und Frauen und Professoren und wem sonst noch schläfst und wie du dich dann besser fühlst. Das hat mich ziemlich gestört.“

Mein Herz klopfte laut, als ich mir vorstellte, wie Liam an mich dachte, wie ich … sexy Dinge machte. Wollte er das immer noch? Nicht nur daran denken, sondern … „Eleesha hätte dir das erzählen sollen, dass ich nie mit jemandem geschlafen habe. Sie wusste das.“

„Eleesha tratscht gerne, aber sie hat ihre Grenzen.“

Ich stöhnte, schob meine Hände in meine Haare. „Ich *wünschte,* ich hätte mir die Hörner abgestoßen!“

„Ich wünschte das auch. Auch wenn mir der Gedanke an dich mit anderen Männern oder Frauen nicht gefällt, heißt das nicht, dass es nicht gesund für dich gewesen wäre. Jeder junge Mann braucht wilde Jahre.“

Ich zuckte mit den Schultern. „Ich weiß nicht. Vielleicht ist es gut, dass ich nichts abgestoßen habe. Ich bin nicht gut mit Stößeln.“ Ich begegnete seinem Blick, der aus irgendeinem Grund voller Erheiterung war. „Und insgesamt finde ich, dass wild zu werden überbewertet wird.“

Liam lächelte erneut, sein einnehmendes, gut aussehendes Grinsen, das mein Herz zum Hüpfen brachte. „Ach ja? Warum?“

„Ich habe jede Menge Erfahrung mit den Konsequenzen, wenn man wild ist, auch wenn ich nie wirklich wild *gewesen* bin. Es ist beschissen. Ich will das nicht.“

Das stimmte nicht ganz. Vor einer Woche hätte ich etwas vollkommen anderes zu beinahe jedem anderen gesagt. Aber wenn ich Liam anschaute, mit seinem sommersprossigen Gesicht, seinen wunderschönen braunen Augen und seinen roten Haaren, die er immer so ordentlich kämmte und die wirklich großartig aussehen würden, wenn meine Hände sie zerzausten, meinte ich es ernst, als ich sagte: „Mir bist nur du wichtig.“

Liam holte schnell Luft. „Du bist ein netter Junge.“

„Ich bin kein Junge mehr."

Ehe ich ihm beweisen konnte, wie erwachsen ich schon war – oder zumindest sein wollte – erwachte das Handy in meiner Hand zum Leben und während ich versuchte, es nicht fallenzulassen, wischte ich anscheinend über den Bildschirm und nahm den Anruf an.

„Heilige Scheiße, du Riesenidiot, wo zur Hölle bist du gewesen?" Das Gesicht meiner Schwester füllte den Bildschirm, die braunen Augen geweitet, die Brauen hochgezogen und ihre Haare, die wie Herbstblätter gefärbt waren, in einem Pferdeschwanz. „Ich weiß, wo du bist. Sie haben dich getrackt. Aber warum?"

„Das ist das Inn, in dem Liam gearbeitet hat, als er noch jünger war."

Southerlands Brauen führten einen Tanz auf. „Du bist bei Liam?"

Ich schaute zu ihm und mein Magen flatterte wild. *Er ist hier. Er ist wirklich hier bei mir.* „Ja."

„Wow, na schön, er ist jetzt gerade bei dir?"

„Ja." Auf Liams Nicken hin neigte ich kurz den Bildschirm, damit Southerland ihn neben mir sitzen sehen konnte. Liam salutierte.

Southerland atmete lang aus, schob ihre losen Strähnen aus ihrem Gesicht und zog ihren Pferdeschwanz fest, bevor sie sich aufrecht hinsetzte, und meinte: „Okay, nun, gut. Ihr seid beide erwachsen und du bist nicht länger sein Boss. Ich nehme an, was auch immer passiert, passiert und er *muss* besser für dich sein als der verdammte Robson Reynolds."

„Ich bin nie mit ihm ausgegangen!" Und einfach so begrub eine Lawine aus Scham mich wieder unter sich. Liam berührte zögernd mein Knie, als mir Tränen in die Augen stiegen. Der warme Druck seiner Hand fühlte sich an, als würde er mich davon abhalten, in eine Million Stücke zu zerspringen.

Southerland lächelte. „Ich weiß, dass du das nicht getan hast. Himmel. Beruhige dich. Hältst du kein Frotzeln aus?"

„Nein. Nicht wirklich. Jedenfalls nicht heute." Ich wischte die dämlichen Tränen weg.

Southerlands Gesichtsausdruck wurde weicher. „Schon gut, ja, ich sollte nett zu dir sein. Obwohl, andererseits, *warum sollte ich, North*?" Ihre Stimme wurde lauter. „Dir ist klar, dass dies wahrscheinlich die traumatischste Sache ist, die mir je zugestoßen ist. Ich musste dein … dein … Gemächt sehen, *ugh*, immer und immer und immer wieder. Es ist in jedem Feed der Sozialen Medien und meine Arschloch-Freunde schicken es mir ständig. Ich werde deswegen selbst vielleicht homosexuell, das ist dir doch klar? Wenn ich jetzt an harte Schwänze denke, erscheint deiner vor meinem inneren Auge und *ugh*, würg, widerlich. Trauma. PTBS. Ich muss in Therapie."

„Wir alle brauchen eine Therapie", sagte ich, denn das stimmte. Neben mir schnaubte Liam leise und ich spürte seine Zustimmung.

„Ja, nun, zur Hölle." Southerland seufzte und schob ihre losen Strähnen erneut zurück. „Mom und Dad haben einen Plan. Ich finde ihn gut, aber so wie ich dich kenne, und das tue ich, wirst du dich weigern."

„Welchen Plan?"

„Sie wollen, dass du sagst, du wärest gehackt worden und dass dies nicht dein Schwanz ist."

„Klug", bemerkte Liam. „Das hätte ich auch vorgeschlagen."

„Aber es *ist* mein Schwanz!", rief ich.

„Lügen ist nicht immer schlimm, North." Southerland seufzte erneut lang und laut.

„Natürlich werden es nicht alle glauben", sagte Liam. „Versteh mich nicht falsch, es ist ein guter Plan, aber im besten Fall wird er zwei Fronten schaffen. Du wirst jene haben, die glauben, dass es wirklich North' Schwanz ist und dass dies alles nur eine Coverstory ist – was stimmt – und dann wird es jene geben, die denken, dass er gehackt *wurde* und es nicht sein Schwanz ist-"

„Es ist mein Schwanz!"

„Ich weiß, Baby", sagte Liam und ich bebte erneut bei diesem Kosenamen.

Irgendwie liebte ich ihn. Er bedeutete etwas, oder? Die Leute laufen nicht einfach herum und nennen einander grundlos „Baby". Ich hoffte, dass er mich für immer und immer und immer Baby nannte und mich niederdrückte und alles machte, was ich mir immer vorgestellt hatte und –

Moment, nein, ich musste mich konzentrieren. Er sagte jetzt noch etwas.

„Es spielt keine Rolle, ob es dein Schwanz ist. Was eine Rolle spielt, ist, ob wir Zweifel aufkommen lassen können, ob es wirklich dein Schwanz ist."

„Die dritte Fraktion werden die sein, die denken, dass er gehackt *wurde*, aber es sein Schwanz *ist*", endete Southerland.

„Ja", stimmte Liam zu.

„Also werden zwei Drittel der Menschen immer noch denken, dass es mein Schwanz ist?" Seht her, wie ich rechne. Und Mrs Drumm, meine High School Mathelehrerin, hatte immer gesagt, dass ich hoffnungslos bin.

„Aber ein Drittel wird sich sicher sein, dass er es nicht ist", meinte Southerland. „Was besser ist, als dass die ganze Welt denkt, es ist definitiv dein Schwanz."

„Die ganze Welt …", murmelte ich. „Die ganze Welt hat meinen Schwanz gesehen."

„Ich bin mir sicher, dass es jemanden in Bangladesch gibt, der ihn noch nicht gesehen hat, aber gib ihnen ein paar Stunden."

Ich krächzte. „Mom hat ihn gesehen?"

„Natürlich."

Ich wischte mir mit der Hand über das Gesicht. „Und Großmutter?"

„Ford oder Astor?"

„Welche?"

„Beide."

Ich zuckte zusammen. „Ich kann ihnen nie wieder in die Augen sehen."

„Nein, vor allem nicht Großmutter Astor, die dich wahrscheinlich aus ihrem Testament streichen wird-"

„Southerland", schalt Liam.

„Das tut sie vielleicht", meinte sie mit einem Grinsen. „Aber es ist unwahrscheinlich, weil er, trotz allem, immer noch ihr Liebling ist. Es muss nett sein, schön zu sein. Sogar die böse Großmutter liebt dich am meisten."

„Du bist hübsch", sagte ich, weil das stimmte und weil Großmutter Astor ein Miststück war. Sie mochte mich mehr lieben, als sie Southerland liebte, aber sie hasste mich auch sehr und wir alle wussten es. Ich wollte nur nicht daran denken, dass eine meiner Großmütter dieses Foto gesehen hatte. Es zeigte meinen gesamten harten Schwanz! Das hätten sie niemals sehen sollen!

„Wie auch immer. Jedenfalls, Großmutter Ford ist ‚besorgt'."

„Was bedeutet das?"

„Dass sie sich Sorgen um dich macht. Du solltest sie als Nächstes anrufen."

Ich würde meine Großmutter definitiv *nie wieder* anrufen. „Was ist mit Mom und Dad?"

„Ihnen geht es gut." Southerland verdrehte die Augen. „Sie sind dir über die Überwachsungs-Apps gefolgt und haben sich ausgerechnet, dass du bei Liam bist."

„Du wusstest bereits, dass er hier ist?"

„Das haben wir angenommen. Es ist nicht so, dass deine Schwärmerei für ihn je ein großes Geheimnis gewesen ist."

„Mom und Dad dachten, dass ich ihn gefeuert habe, weil er

riecht!"

Liam krächzte. „Weil ich *rieche*?"

„D riechst gut", versicherte ich ihm. „Sogar großartig. Wie Pfefferminze und-"

„Ugh, nicht jetzt", murmelte Southerland. „Mom und Dad sind nicht die Idioten, als die sie erscheinen und sie wussten die ganze Zeit, dass du von Liam wie ein Rodeopferd geritten werden wolltest."

„Warum hast du mir dann gesagt, dass ich lügen soll?"

„Weil es mich amüsiert hat und ich wusste, dass sie es ohnehin nicht glauben würden."

Ich sagte nichts. Was gab es zu sagen? Ich war der Idiot, der darauf hereingefallen war und all die Jahre dachte, dass meine Familie glaubte, dass Liam nach Kokosnuss roch. Ich hasste den Geruch von Kokosnuss.

„Mom und Dad denken, dass es gut ist, dass er bei dir ist. Sie wissen, dass er dich davon abhalten wird, noch mehr Ärger zu bekommen."

„Wie könnte ich noch *mehr* Ärger bekommen? Ich werde sicher kein zweites Foto mit einem besseren Winkel schicken!"

Southerland schauderte. „Iih. Du bist widerlich. Wie konntest du überhaupt so einen Fehler machen?"

Ich erklärte ihr die ganze Geschichte, und sie fing ungefähr bei der Hälfte zu lachen an.

„HungryTop34, willst du mich *verarschen*? Sagst du gerade diese Worte? Zu deiner jüngeren Schwester? Vor deinem festen Freund?"

Mein Gesicht brannte. „Liam ist nicht mein fester Freund."

„Wirklich?"

Liam war verdächtig still und ich sagte auch nichts weiter.

„Wie auch immer. Du hast also versucht, dieses Foto einem Kerl zu schicken, mit dem du gerade einen Online-Aufriss hattest und bumm! Du hast es in die ganze Welt geschickt! Soziale Medien

Cross-Posting Shitshow!"

„Ja."

„Oh North." Sie rieb ihr Gesicht. „Ich denke, Großmutter Ford würde sagen-"

„Tu es nicht."

„Gesegnet sei dein Herz."

Ich verdrehte die Augen. Großmutter Fords Südstaaten-Ausdruck für „Honey, du bist so dumm wie Brot" war mehr als einmal in meinem Leben in meine Richtung geflogen. „Wie schlimm ist es? Wirklich?"

„Oh, es ist schlimm. Die Anwälte schreiben sich die Finger wund. Sie haben Computer-Gurus, die versuchen, das nicht Löschbare zu löschen. Sie haben Vorlagen für Entschuldigungen und Vorlagen für Leugnungen. Mom und Dad trinken und streiten schon den ganzen Tag. Es ist spaßig."

„Es tut mir leid."

„Das sollte es. Du hast dieses Chaos verursacht und ich bin diejenige, die sich hier mit den Folgen herumschlägt, während du dich mit deinem heißen neuen festen Freund versteckst."

„Er ist nicht-" Ich redete nicht weiter, weil ich wollte, dass dem so war. „Stopp. Wir haben noch nicht einmal darüber geredet. Er sagt, dass wir uns zuerst um das hier kümmern müssen."

„Gut, Liam", rief sie. „Du hast schon immer getan, was richtig ist. Mit Ausnahme von damals, als du mich gezwungen hast, meinen Bruder dazu zu überreden, dich zu feuern, anstatt das Richtige zu tun und selbst zu kündigen. Ich, die damals erst sechzehn war."

„Tut mir leid, Southerland", sagte Liam, seine sanfte, aber feste Stimme klang überhaupt nicht so, als würde es ihm leidtun. „Ich bin nicht perfekt."

„Ich denke, du kommst dem nahe genug oder zumindest denkt meine Familie das, was gut ist, weil es einfacher sein wird, mit ihrem Segen mit North zusammen zu sein. Nicht, dass er die Familie nicht für dich aufgeben würde. Ich bin mir sicher, das würde er, aber-" Sie brach ab, als es an ihrer Schlafzimmertür klopfte. „Moment. Es ist Mom."

Sie verschwand vom Bildschirm und ich war mir gleichzeitig übermäßig Liams Atmung bewusst und was ich von Southerlands Seite des Anrufs mitbekam. Ich hörte, wie sie die Tür öffnete, hörte Moms Stimme, gedämpft, aber leicht zu verstehen. „Redest du mit ihm?"

„Ja."

„Er soll mich anrufen. Auf der Stelle."

„Das werde ich ihm sagen. Er erkundigt sich nur, wie es ist. Du weißt, wie es abläuft. Er will wissen, wie schlimm es ist, bevor er mit dir redet."

„Sag ihm nur, dass er deinen Dad oder mich anrufen soll. Auf der Stelle."

„Hast du getrunken, Mom? Du siehst aus, als hättest du dir etwas hinter die Binde gekippt." Southerland lachte und schloss die Tür. Sie erschien wieder auf dem Bildschirm, legte sich quer über ihr Bett. „Hat sie. Martinis, glaube ich. Mach dich bereit! Sie fühlt *Gefühle*, North. Ich weiß nicht, welche, aber sie hat wenigstens nicht wütend ausgesehen."

„Was ist mit Dad?"

„Oh, er trinkt, seit er aufgestanden ist. Bloody Marys, gefolgt von Manhattans, gefolgt von mehr Manhattans."

„Großartig."

„Es ist aber besser, wenn sie betrunken sind", sagte sie und das war keine Lüge. „Dann sind sie nachsichtiger."

„Kann sein."

„Dieses Mal? Sind sie auch ziemlich wütend. Wer weiß, was du wirklich bekommen wirst? Du solltest besser anrufen."

Mein Herz hämmerte. „In Ordnung."

„Das Schlimmste, was passieren kann, ist, dass sie dich zwingen, eine Entschuldigung aufzunehmen, die ihre Anwälte hochladen können. Sogar wenn sie das mit dem Hacken durchziehen, wirst du dich dafür entschuldigen müssen-", sie wedelte mit ihrer Hand herum, „dass du gehackt wurdest, nehme ich an. So funktioniert es, oder?"

„Ich glaube nicht, dass ich vor der Kamera lügen kann", murmelte ich. „Alle werde es wissen."

„Das stimmt. Also lüg nicht."

„Aber wenn sie mich zwingen-"

„Sag einfach nicht die Wahrheit. Das ist ein Unterschied."

„Nein, ist es nicht."

„Oh, North. Verdammt. Halt dich einfach ans Drehbuch. Sie werden eines vorbereitet haben." Ein weiteres Klopfen erklang an ihrer Tür. „Er wird dich anrufen! In einer Sekunde!" Sie schaute durch ihre Kamera mich an und murmelte: „Ich liebe dich, Dummkopf. Ruf sie an."

Der Bildschirm wurde dunkel.

Liam rutschte ein wenig näher zu mir, seine Hand immer noch warm und perfekt auf meinem Knie. Ich wollte mich in seine Arme drehen, ihn küssen, mich in Lust verlieren und vergessen, dass meine Eltern mich jede Sekunde anrufen würden, wenn ich es nicht zuerst tat.

Liam bewegte sich als Erster. Er stand auf, strich mit seinen Händen über meine Haare und sagte: „Lass es uns tun. Dann sind wir mit diesem Teil fertig."

Sein sexy Lächeln besagte, dass er mich, sobald ich diesen Anruf bei meiner Familie überstanden hatte, ausziehen würde. Zumindest war das meine Interpretation?

Mann, ich hoffte, dass ich ausnahmsweise einmal recht hatte.

Als die Gesichter meines Dads und meiner Mom erschienen, wusste ich nicht, ob ich die Kraft hatte, das durchzuziehen, ohne aufzulegen. Und als sie beide gleichzeitig anfingen zu schreien, schloss ich meine Augen und tastete nach Liams Hand.

Er gab sie mir willig und ich drückte, ließ die Stimmen meiner Eltern über mich branden.

KAPITEL SECHS

Liam

NORTH' ELTERN HATTEN sich kein bisschen verändert. Sie waren beide vollkommen auf sich selbst fokussiert und wie die Reise von North' Penis um die Welt ihre Karrieren beeinflussen konnte oder ihren Ruf, ihre Gefühle, ihren sozialen Status, wie viele Leute wahrscheinlich an dem Weihnachts-Benefiz-Ball morgen teilnehmen würden und mehr.

North war, wie immer, anbetungswürdig, in seinem Versuch, mit ihnen klarzukommen, aber er hatte keine Chance, auch nur ein Wort anzubringen. Nicht, während sie beide ihn so anschrien. Ich saß neben ihm, auf dem Bildschirm sichtbar, aber anscheinend unwichtig für Mrs Astor und Mr Ford, während sie keiften.

„Es tut mir leid!", platzte North zum fünften Mal heraus. „Ich wollte das nicht!"

„Wolltest das nicht? Was soll das überhaupt heißen?", kreischte Mrs Astor, aber, wie immer, wenn sie das Gefühl hatte, dass ihr sozialer Status von einem Missgeschick ihres Sohns an den Wurzeln erschüttert wurde, ließ sie ihn nicht einmal antworten. „Du musst es ganz sicher ‚gewollt haben', um dieses Foto zu machen." Sie bedeckte dramatisch ihr Gesicht und schüttelte ihren Kopf, während ihr Ehemann mit der von Panik durchzogenen Schimpftirade fortfuhr.

„Hast du eine Ahnung, was uns das an Anwaltsgebühren und Gebühren für Technik-Gurus kostet und was sonst noch nötig ist, um deinen riesigen Schwanz aus dem verdammten Internet zu bekommen?“

Riesig stimmte. Wie würde er sich anfühlen –

Ich stoppte diesen Gedanken. Ich konnte mich jetzt nicht in dem weichen, wunderbaren Gefühl verlieren, mit North zusammen zu sein. Ich musste ihn durch diese schlimme Phase pushen, damit wir uns der Aufgabe widmen konnten, mich die Größe seines Schwanzes in meinem Mund, meinem Hintern und überall auf meinem Körper, wo er ihn haben wollte, erfahren zu lassen.

Mein Gesicht wurde rot, als die Hitze meiner Kopfbilder mich von innen anzündete. Ich versuchte, sie von mir zu schieben, aber meine Gedanken schweiften immer wieder von den endlosen „wir sind so arm dran“ Tiraden der Astor-Fords ab und hin zu all den Möglichkeiten, wie ich North auf seinem Bett in die höchste Seligkeit führen und all die Dinge, die ich ihm als Erster beibringen konnte.

Ich würde der Erste sein, der sie ihm beibrachte. Ich glaubte, dass wir das beide von dem Moment an gewusst hatten, als er die Tür geöffnet hatte. Jetzt stand nichts mehr zwischen uns. Abgesehen von diesem quälenden Videoanruf.

Ich hatte in dem Moment genug, als Deacon North einen Idioten nannte. Was er, gesegnet seien sein wunderschönes Gesicht und sein engelsgleiches Herz, absolut war – aber er war mein Idiot und ich würde nicht danebenstehen und zulassen, dass sein Dad ihm noch länger wehtat. Deacon Ford bezahlte nicht länger mein Gehalt. Ich hatte nichts zu verlieren, wenn ich mich einmischte.

„Das reicht!“, brach es aus mir heraus. Ich neigte den iPhone Bildschirm in meine Richtung, wodurch North an den Rand kam. „Mr Ford, Mrs Astor, es ist Zeit, all diese Gefühle beiseitezulegen und etwas gegen diese Situation zu unternehmen. Was schlagen die Anwälte vor? Eine Entschuldigung, nehme ich an?“

„Oh-“ Deacon sah überrascht aus, aber er wirkte nicht beleidigt. Was gut war, aber ich konnte sehen, dass Susan schnell blinzelte, weil sie sich von meiner Einmischung wahrscheinlich auf den Schlips getreten fühlte. „Ja, so ist es in der Tat."

„Gut und wir sind uns einig, dass North die Unwahrheit verbreiten wird, dass sein Handy gehackt wurde und die Genitalien auf dem Foto nicht seine sind."

Susan holte scharf Luft, als ob sie erneut dem Foto des Schwanzes ihres Sohnes ausgesetzt gewesen wäre.

„Das stimmt", bestätigte Deacon.

„Großartig. North hat zugestimmt, diesen Weg des geringsten Widerstandes zu gehen-"

„Es *ist* aber mein Schwanz", flüsterte North neben mir, seine dichten Brauen senkten sich frustriert.

„Es wird immer noch dein Schwanz sein, auch wenn wir sagen, dass er das nicht ist", versicherte ich ihm. Ich wollte wirklich, dass er diese Entscheidung selbst traf.

„Okay", sagte North, aber er klang kleinlaut. Ich drückte aufmunternd seinen Oberschenkel.

„Schicken Sie uns die verschiedenen Reden, die die Anwälte vorbereitet haben und ich werde ihm helfen, die Richtige auszuwählen oder die richtige Kombination aus mehreren."

„Du wirst sie sofort aufnehmen", sagte sein Vater, deutete mit einem Finger auf den Bildschirm.

„Weine ein wenig, wenn du kannst", fügte Susan hinzu. „Betone, wie gedemütigt du bist. Die Zuschauer werden Mitleid mit dir haben."

„Ich *bin* gedemütigt", murmelte North. „Das ist nicht geschauspielert."

„Um Himmels willen, ignoriere deine Mutter", platzte Deacon heraus. „Nicht weinen, verstanden? Niemand will einen Mann weinen sehen. Das ist abstoßend."

„Es ist verletzlich!", rief Susan. „Die Leute werden das lieben."

Neben mir zitterte North und als ich mich zu ihm wandte, um

sein Profil zu mustern, sah ich, wie er auf maskuline Weise versuchte, seine Tränen durch seine Augäpfel wieder einzusaugen. Es brach mir das Herz zu wissen, dass er verletzt war und dass seine Eltern keinerlei Empathie für seinen Schmerz hatten.

„Wir wollen das hinter uns bringen", ermutigte ich ihn, wollte den Anruf beenden, damit ich North in meine Arme nehmen und ihm sagen konnte, dass er jederzeit weinen konnte und ich das nicht abstoßend finden würde. Ich würde ihn halten, während er weinte und dann seine Tränen wegküssen, wenn er mich ließ.

In diesem Moment warf Susan einen Blick auf Deacon, der ihr zunickte und sie seufzte. „Liam, Sie müssen wissen, wie sehr wir Ihnen immer mit unserem Sohn vertraut haben. Wir hätten gerne, dass Sie darüber nachdenken, in Zukunft an seiner Seite zu sein. Sie sind immer gut mit ihm zurechtgekommen."

Sie redeten über ihn, als wäre er ein schwieriges Kleinkind.

„Und wir wissen, dass er Ihnen wichtig ist-"

Ich blinzelte, hatte ein panisches Abstreiten auf den Lippen, aber ich schluckte es herunter. Ich hatte nichts, dessen ich mich schämen musste – North war jetzt erwachsen und ich war nur drei Jahre älter als er. Ich hatte nie eine Grenze überschritten, als ich noch sein Bodyguard gewesen war. Es war in Ordnung.

Außerdem schauten Deacon und Susan mich voller Billigung an. Ich nahm an, die Tatsache, dass ich gerade im Moment bei North war, bewies, dass er mir auf persönlicher Ebene wichtig war.

„Wir wissen, dass Sie immer sein Bestes im Sinn hatten und wir waren enttäuscht, als er sich entschieden hat, Sie zu entlassen, als er jünger war."

„Es war aber richtig", warf Deacon streng ein. „Er war viel zu sehr in Sie verschossen. Kannst du dir die Gerüchte vorstellen? Den Schaden an unserem Ruf, hätten wir euch beide euren Gefühlen nachgeben lassen?" Er griff sich an den Brustkorb. „Dieses Dick-Pic ist nichts verglichen mit dem Skandal, der in diesem Fall die

Familie getroffen hätte.“

„Unsere Anwälte hatten uns gesagt, dass wenn North Sie nicht entlässt, wir Sie selbst hätten feuern müssen. Was, wenn wir es zugelassen hätten und es herausgekommen wäre?“

„Können Sie sich den Schaden für Ihren Ruf vorstellen?“, fragte ich mit einem Sarkasmus, von dem ich nicht erwartete, dass sie ihn hören würden, und das taten sie nicht.

„Genau“, sagte Susan, schüttelte ihren brünetten Bob und presste die Seite ihres Cocktail-Glases gegen ihre Wange, ließ sich anscheinend von der Kühle beruhigen. „Peinlich.“ Ihre Augen öffneten sich. „Genau wie dieses Foto peinlich ist und-“

„Ich versichere Ihnen, ich hatte nie vor, mich Ihrem Sohn gegenüber ungehörig zu benehmen, während ich bei Ihnen angestellt war. Jetzt wollen wir uns darauf konzentrieren, diese Krise zu bewältigen“, sagte ich erneut, bemühte mich um einen ruhigen Tonfall, obwohl ich durch den Bildschirm greifen und sie schütteln wollte.

Wie diese Leute sich gerade im Moment mehr Sorgen um ihre Gefühle machen konnten als um die ihres Sohnes, wusste ich nicht. Er saß neben mir, sah unglücklich und krank aus, aber sie fragten nicht einmal, wie es ihm ging.

„Richtig“, meinte Deacon zu Susan, als hätte er schon seit Stunden versucht, sie davon zu überzeugen und sie wäre einfach nur schwierig.

„Wie ich schon sagte, schicken Sie mir die Reden per E-Mail. Ich werde dafür sorgen, dass die Anwälte schon bald eine Kopie seiner Entschuldigung haben. Wenn sie zustimmen, können sie sie hochladen. Ich nehme an, sie haben immer noch seine Passwörter aus der Zeit, als sie Zugriff auf seine Accounts brauchten?“

„Haben sie.“

„Gut. Das ist alles, was wir brauchen.“ Ich drehte mich zu North und flüsterte: „Ist das alles, was du von ihnen brauchst?“

North nickte, schaute erneut mit einem verletzten Gesichtsaus-druck auf den Bildschirm. „Es tut mir leid."

„Nie wieder!", sagte Susan, stand auf und marschierte davon.

„Was deine Mutter gesagt hat." Deacons Brauen waren hoch und gewinkelt, beinahe, als würde er sie auf North richten.

Er legte auf.

„Sie sind so wütend", sagte North mit zitternder Stimme. „Sie haben es mich nicht einmal erklären lassen."

„Ich weiß. Es tut mir leid."

„Ich wollte eine Chance, es zu erklären."

„Das hast du verdient." Ich zog ihn in meine Arme und strei-chelte seine dunklen Haare, summte leise, während ich meine frisch rasierte Wange über seine Stoppeln rieb.

„Liam?"

„Mmm?"

„Wirst du … kannst du …?"

„Kann ich was, Baby?"

„Mich küssen?"

Mein Herz hämmerte, als ich mich weit genug zurücklehnte, um in seine flehenden Augen zu blicken. Ich ließ ihn nicht warten. Ich presste meine Lippen auf seine und einfach so stellte die Welt sich auf den Kopf. Mein Puls rauschte in meinen Ohren und mein Körper bebte, als ich von der Freude und dem Staunen überwältigt wurde, endlich seinen Mund auf meinem zu haben.

Mit einem Laut des Begehrens öffnete North seine Lippen und ließ meine Zunge ein. Wenn North wirklich diese Mädchen in den Kammern geküsst hatte, wie Eleesha behauptete, dann hatte er bei diesen Begegnungen nicht viel gelernt. Sein Mund war unerfahren, Zähne klackten gegen meine und sein Eckzahn glitt schmerzhaft über meine Lippe.

Meinem Schwanz war das egal. Er drückte gegen meine Jeans, während mein Herz in meinem Brustkorb pochte. Sterne explodierten hinter meinen geschlossenen Lidern, weil ich ihn endlich, *endlich* berührte, meinen Mund auf seinen herrlichen Mund legte und seine leisen, aufgeregten Laute hörte. Dennoch, ein weiteres würgendes Drücken seiner Zunge in meinen Mund reichte aus, dass ich mich keuchend zurückzog.

„Warte", flüsterte ich. „Lass mich nur …" Ich positionierte seinen Kopf, rieb meine Nase über seine, bevor ich einen sanften Kuss auf seine feuchten Lippen drückte. „Lass es mich dir zeigen."

North packte meinen Rücken mit beiden Händen, seine Augen hielt er geschlossen, zusammengekniffen mit dem verzweifelten Sehnen nach mehr oder vielleicht aus Scham, weil er angeleitet werden musste, aber er sagte nichts, als ich ihm zeigte, wie er mit seinem Mund weich sein musste.

Ich küsste jede Lippe, saugte die Unterlippe ein, bevor ich seinen Mund öffnete, um meine Zunge hineinzustecken, zärtlich mit ihr über die empfindlichen Teile seines Mundes zu tanzen, ihm zeigte, wie gut ein Kuss sein konnte.

North schauderte an mir, packte mich fester. Ich kämpfte gegen den Drang, sein Oberteil nach oben zu schieben, um mit seinen Nippeln zu spielen, versuchte mich darauf zu konzentrieren, den Kuss nicht über das hinaus eskalieren zu lassen, was ich ertragen konnte, weil wir uns immer noch um sehr viel zu kümmern hatten, bevor wir das hier zu einem natürlichen Ende führen konnten. Ein Ende, an dem ich definitiv keinerlei Zweifel hatte.

Wir beide wollten einander.

Wir würden zusammen kommen.

Ich zog mich zurück, lächelte, als North sich vorbeugte, versuchte, meinen Mund erneut zu erwischen. „Shh." Ich drückte einen Finger auf seine jetzt geschwollenen und feuchten Lippen. „Mehr davon später. Wir müssen uns um diese Entschuldigung kümmern."

„Neeeiiin", jammerte er. „Ich bin so geil."

Ich lachte leise, drückte Küsse auf seinen Hals, seinen Adamsapfel und seine heißen Wangen. Seine Stoppeln kratzten über meine Lippen und ich konnte nicht anders, als mir vorzustellen, wie sie sich anfühlen würden, wenn sie über andere, empfindlichere Teile strichen. Aber nicht jetzt –

„Du wirst für mich kommen, Baby", flüsterte ich. „Bald. Aber nicht, bevor wir uns nicht um dieses Video gekümmert haben."

„Für dich kommen?" North' Augen wurden groß und er starrte mich von Lust benebelt an. „Ich kann für dich kommen?"

Ich schob meine Hände in seine Haare und dachte darüber nach, ob er in der Lage sein würde, sich zu konzentrieren, ohne vorher gekommen zu sein. Es wäre ganz einfach, ihm Lust zu bescheren. Ich könnte ihn zurück auf das Bett drücken, auf ihn klettern und meine Hüften bewegen – er würde in kürzester Zeit in seiner Jeans kommen. Diese Idee ließ *meinen* Puls hochschnellen und ich wollte plötzlich nichts mehr, als es zu tun.

„Komm", murmelte ich, war in Versuchung, seine Lippen erneut zu küssen, die Mundwinkel zu lecken, meine Zunge an seine zu legen und zog mich zurück, blinzelte mich wieder zurück zur Vernunft. „Lass es uns durchziehen."

„Nein", flüsterte North, schüttelte dabei seinen Kopf. „Ich habe so lang darauf gewartet, dich zu haben. Ich werde nicht länger warten."

„Mich haben?" Die Worte weckten meine Neugierde. „Was wirst du mit mir machen?"

North schüttelte erneut seinen Kopf. „Das ist nicht die Frage", sagte er frech. „Es ist, was du mit mir machen wirst."

„Ich werde es mit dir machen?" Der Gedanke, ihn zu toppen, meine Hände auf ihn zu legen und meinen Schwanz in seinen unglaublich gut geformten Hintern zu stecken, war ein Rausch. Ich wusste nicht, ob ich warten konnte. Ich wusste nicht, ob ich *sollte*.

Nun, ich wusste, dass ich sollte – wir mussten die Entschuldigung filmen, aber …

„Ja", zischte North. „Tu es mit mir. Bitte. Ich will, dass du mein Erster bist."

Ich lächelte, etwas an seiner Formulierung sprach mich an. „Oh? Dein Erster? Wen hast du als Zweiten im Auge?"

North' Atmung kam zittrig. „Wieder dich."

„Das ist besser", murmelte ich, holte mir einen weiteren Kuss und dieses Mal drückte ich ihn auf das Bett. Er schlang seine Arme um meinen Rücken und ich begann, meine Hüften wild zu rollen, presste meinen schmerzenden Schwanz durch die Jeans gegen seinen. „Mach und komm jetzt für mich, Baby. Du wirst dich danach viel besser fühlen."

North winselte und klammerte sich an mich, zog an meinem Oberteil, atmete laut und rau an meinem Ohr. „Das ist gut", murmelte ich. „Du bist beinahe da. Ich habe dich."

„Liam", grunzte er, seine Finger gruben sich in meine Seiten. „Ich werde, oh … oh!" Abgewürgte Laute der Lust kamen aus ihm heraus, als er sein Gesicht an meiner Schulter vergrub und schauderte. Ich küsste seine Haare, seine Wangen und erneut seine Lippen, flüsterte ihm aufmunternd zu. „Gib mir deine Wichse. Du bist so heiß. Komm schon, ja."

Er knurrte, als ein letzter Schauder durch ihn hindurchlief. Dann kam er nach oben, küsste mich selbst. Der Kuss war nicht viel besser, aber er war verzweifelt und ich machte mit, bis unsere Lippen rot waren und schmerzten.

„Bist du gekommen?", fragte er mich, als ich mich von ihm herunterrollte und den feuchten Fleck auf seiner Jeans begutachtete.

„Nein", flüsterte ich. „Ich spare meine Wichse auf, damit du sie schlucken kannst."

Er starrte mich einen Moment lang an, leckte sich die Lippen und flüsterte: „Schlucken?"

Ich berührte seine Brauen, glättete sie mit meinem Daumen.

„Es ist sieben Monate her, seit ich das letzte Mal Sex mit jemandem hatte. Ich nehme PrEP. Du bist eine Jungfrau. Brauchen wir Kondome? Ich kann welche besorgen, wenn du willst. Das ist kein Problem."

„Nein", stöhnte er. „Ich will es. Bitte, lass mich dir einen blasen."

Ich grinste. „Oh, North. Ich bin so froh, dass du hier bist. *Fuck*."

Wir küssten uns noch eine Weile und ich hatte wirklich Probleme, mein Versprechen zu halten, nicht zu kommen, vor allem, als ich seine Hose öffnete, seinen Schwanz herausholte und ihm einen Handjob gab.

North war sofort darin verloren. Er starrte mich an oder versuchte es zumindest, weil seine Augen zufielen, als sein Gesicht sich vor Leidenschaft und Lust verzog. Sein Schwanz war immer noch schlaff von seinem ersten Orgasmus, glitschig von seiner Wichse. Das feuchte Geräusch meiner Hand, die ihn bearbeitete und der Geruch seines Schweißes stiegen um uns herum auf. Ich beobachtete gierig sein Gesicht, als er aufschrie und ein zweites Mal explodierte. „Das ist mein Baby", ermutigte ich ihn. „Du bist so gut."

North schluckte und keuchte, seine Hüften schauderten bei jedem Zucken seines Schwanzes. Wichse flog an seinem Oberteil nach oben und befleckte sein Gesicht. Ich beugte mich vor, um sie abzulecken und als ich mich zurückzog, starrte er mich an, als wäre ich ein Superheld oder Gott.

Hatte ich schon erwähnt, dass ich einen kleinen Helden-Komplex habe?

KAPITEL SIEBEN

North

U NGLÜCKLICHERWEISE DAUERTEN DIE Orgasmen nicht ewig. (Orgasmen mit *Liam*!) Unter seinen anbetungswürdigen Sommersprossen war Liam anscheinend ein Sexgott *und* ein grausamer Dämon, der darauf bestand, mich auf Spur zu halten.

Nachdem der den Verstand raubende Orgasmus beinahe meine Erinnerung daran auslöschte, in welcher Scheiße ich gerade steckte – und *Küsse*! So viele Küsse! – zwang er mich, mich zu waschen und eine Jogginghose und ein T-Shirt aus meinem Rucksack anzuziehen und mich hinzusetzen, um die Entschuldigung aufzunehmen.

Ich hatte Schwierigkeiten, mich darauf zu konzentrieren, die Worte zu lernen, die die Anwälte meiner Eltern von mir hören wollten. Meine größte Fantasie war gerade wahr geworden. Ich hatte für Liam abgespritzt. Zwei Mal! Und er hatte mich durch die Lust hindurch gehalten, hatte so ausgesehen, als hätte er meine Orgasmen ebenso genossen wie ich.

Als Liam die Rede, die die Anwälte geschickt hatten, abänderte und sie mir zum dritten Mal laut vorlas, hörte ich ihn kaum. Ich konnte nur zittern und beben, kichern, wenn ich nicht vor Unglauben keuchte.

„Baby, du musst dich konzentrieren", sagte Liam, setzte sich wieder neben mich.

„Ich kann nicht", sagte ich mit einem blubbernden Lachen. „Ich kann nicht glauben, dass das real ist."

Liam lächelte, umfasste meinen Hinterkopf und lehnte seine Stirn an meine. „Es ist real. Und es kann sogar noch realer werden, wenn diese Entschuldigung abgehakt ist."

„Noch realer?"

„Ja."

„Bist du dir sicher, dass das kein Traum ist? Denn letzte Nacht war die Schlimmste meines ganzen Lebens, aber jetzt bin ich hier mit dir und du hast mich geküsst und du hast dafür gesorgt, dass ich komme." Ich schauderte und er machte das auch. „Sag mir, dass ich wach bin."

„Du bist wach."

„Sag mir, dass du mich willst, wirklich."

„Ich will dich, North. Aber ich will auch, dass du diese Entschuldigung aufnimmst."

„Lass uns einfach mehr Sex haben."

Liam lachte. „Verführerisch, glaub mir. Aber nicht jetzt. Zuerst machen wir die harte Sache und *dann* spielen wir."

„Harte Sache." Ich kicherte erneut. „Ich kann die harte Sache machen. Ich bin offen dafür." Meine Anspielung war lahm und Liam machte nicht mehr, als zu lächeln.

„Komm schon. Konzentriere dich."

Er erhob sich erneut und ich versuchte, meine Gedanken so weit zu beruhigen, dass ich mir dieses Mal die ausgearbeitete Entschuldigung anhörte. Das Frustrierende war – abgesehen von der Tatsache, dass es mich davon abhielt, Liam weiter zu küssen – dass ich nicht wusste, wie ich mich vor der Kamera verhalten sollte. Ich hatte nichts vom Talent meines Vaters geerbt, das ihn so berühmt gemacht hatte. Außerdem war ich mir, nach den gemischten Anweisungen von Mom und Dad, was Tränen betraf, nicht sicher, was ich tun oder wie ich mich verhalten sollte. Willkommen zu meiner gesamten Kindheit.

Liam hatte mir gesagt, dass ich weinen oder nicht weinen konnte, was auch immer sich in dem Moment real anfühlte. Was sich im Moment gerade real anfühlte, war, dass ich mich um *gar nichts* davon kümmern wollte. Aber das würde ich, weil Liam hier bei mir war, und er würde mir helfen.

Im Moment bereitete er das iPhone für mich vor, richtete die Kamera aus, damit ich im Bild war, es aber keine Hinweise auf meinen Aufenthaltsort gab. „Sie werden nicht mehr wütend sein", murmelte er, redete offensichtlich von meinen Eltern. Er räumte die verschiedenen Gegenstände im Raum herum, die wir als eine Art Stativ für das Handy gefunden hatten. „Irgendwann."

Ich kämmte eine Hand durch meine Haare, zerzauste sie noch mehr. „Ist es dir aufgefallen, Liam? Niemand sonst hat mich gefragt, ob es mir gut geht. Nicht meine Eltern, nicht Southerland. Nur du."

Liam hob den Kopf und ich spürte seinen Blick wie eine physische Sache, eine Macht, die mich festhielt. Wie in *Star Wars*. „Es tut mir leid. Sie hatten schon immer die falschen Prioritäten, was dich betrifft." Er schnaufte ein seltsames kleines Lachen heraus. „Wenn es ums *Leben* geht, wo wir schon dabei sind."

„Was denkst du, sollten ihre Prioritäten sein?"

„Einhundertachtzig Grad anders", sagte Liam, hatte seine Aufmerksamkeit wieder seiner Aufgabe zugewandt. „Da. Alles bereit."

„Ich nicht."

„Ich weiß, aber je schneller dieser Teil vorbei ist, umso früher können wir uns anderen Dingen widmen."

„Uns mehr Küssen widmen? Und anderen Sachen?"

Liams Blick hob sich erneut und ich konnte die Hitze darin mit Leichtigkeit lesen. „Es sind ein paar Jahre vergangen, seit wir einander gesehen haben. Vielleicht sollten wir uns die Zeit nehmen, wieder miteinander vertraut zu werden, bevor wir ins Bett hüpfen."

„Ich will nicht", sagte ich. „Es ist nicht so, dass ich dich weniger wollen werde, wenn wir reden. Es sorgt in der Regel nur dafür, dass ich dich mehr will.“

Liam kam um den Aufbau herum und kniete sich vor mich, liebkoste meine frisch rasierte Wange. Ich hatte mich rasiert, während er die Entschuldigungsreden gelesen und eine ausgewählt hatte. Ich hatte nicht wie ein totales Wrack in der Aufnahme wirken wollen, da sie auf ewig im Internet existieren würde – zusammen mit meinem Schwanz.

Er murmelte: „Du willst wirklich, dass ich dein Erster bin? Du wirst später nichts bereuen?“

„Ja und definitiv nicht.“

„Ich will nicht beschuldigt werden, dich während einer holprigen Phase in deinem Leben ausgenutzt zu haben. Ich konnte vorhin nicht widerstehen, aber ich sollte mich besser um dich kümmern. Sicherstellen, dass du emotional bereit bist und-“

„Ich bin so bereit“, sagte ich, legte meine eigenen Hände auf seine Wangen und zwang ihn, mich anzusehen. „Ich will dich. Ich habe dich schon immer gewollt. Ich kann mir keinen besseren Mann vorstellen, um mir alles beizubringen, was ich wissen muss.“

„Aber sicher willst du zuerst etwas zu essen oder-“

„Liam, bitte.“

„Lass uns diese Aufnahme machen und danach reden wir noch ein wenig darüber. Du brauchst zumindest etwas Schlaf. Du musst müde sein.“

Ich seufzte und ließ sein Gesicht los. „Lass uns die Entschuldigung aufnehmen.“ Als Liam wieder hinter das Handy ging, strich ich meine Haare glatt. „Sehe ich in Ordnung aus?“

„Du siehst wunderschön aus“, flüsterte er, leise und aufmunternd. „Du kannst das. Komm schon.“

Nachdem er Aufnahme gedrückt hatte, stolperte ich durch die Rede, die für mich vorbereitet worden war. Ich klang nicht glatt, aber es war so real wie irgend möglich, als ich die Worte sagte, die jemand anderes für mich geschrieben hatte – und dazu noch log.

Doch als Liam und ich es uns anschauten, ließ mein Stottern und Beinahe-Hyperventilieren mich wirklich entsetzt aussehen.

„Das liegt daran, dass ich wirklich entsetzt bin", sagte ich.

Wir schickten die Aufnahme den Anwälten meiner Familie und saßen dann da, hielten uns an den Händen und liebkosten unsere Hälse, küssten einander sanft, bis wir die Antwort erhielten, dass es „gut genug" war und dann war es vorbei.

Oder so vorbei, wie es das je sein würde.

Ich erwartete, von meiner Familie zu hören, sobald es live ging, aber alles, was kam, war ein Daumen hoch von Southerland und nichts von meinen Eltern. Ich erinnerte mich, dass sie heute auf eine Weihnachtswohltätigkeitsauktion gehen mussten. Sie wehrten wahrscheinlich in diesem Moment Fragen über mich ab. Auch wenn sie nicht so nett zu mir gewesen waren, wie ich es gebraucht hatte, tat mir doch leid, was ich ihnen angetan und wie ich ihre Feiertage ruiniert hatte.

„Jetzt", fing Liam an, kam her und kniete sich wieder vor mich. „Optionen: Das Inn bietet romantische Kutschfahrten über die Farm nebenan an oder wir können einen Spaziergang um den See machen oder wir können uns auf die Veranda setzen und die Aussicht genießen."

Ich runzelte meine Brauen. „Warum versuchst du, den Sex mit mir hinauszuschieben? Habe ich es vorhin so falsch gemacht, dass du jetzt kein Interesse mehr hast?" Ich erinnerte mich, dass er nicht gekommen war.

„Das ist es überhaupt nicht. Es ist nur … Ich habe das Gefühl … In den drei Jahren, die ich auf dich aufgepasst habe, hatte ich das Gefühl, dass ich meine Empfindungen für dich unterdrücken, sie zurückhalten musste und ich sorge mich, dass wenn ich sie jetzt herauslasse, ich dich überwältigen werde."

„Überwältige mich", bat ich. „Bitte."

„Aber warum willst du nicht warten? Warum gehen wir nicht

runter und-"

„Ich werde dieses Zimmer nie wieder verlassen", erklärte ich rundheraus. „Alle da draußen haben meinen Schwanz gesehen!"

Er lächelte, das Rumpeln eines Lachens in seiner Kehle. „North …"

„Du kannst es nicht einmal leugnen."

„Nein, kann ich nicht."

„Darum werde ich einfach hierbleiben, bis alle vergessen, wie ich aussehe."

„Das ist unmöglich. Du bist zu schön, um vergessen zu werden."

„Ugh. Ich weiß."

Er lachte erneut. „Du bist auch anbetungswürdig."

„Aber ich werde dieses Zimmer heute nicht verlassen", sagte ich erneut.

„Was ist mit Essen?"

„Zimmerservice."

Liam strahlte mich an, als ob er mich jetzt erwischt hätte. „Sie haben hier keinen Zimmerservice."

„Was?", keuchte ich. „Was für ein Hotel ist das? Lassen sie ihre Gäste einfach hungern?"

„Sie servieren drei Mal täglich Mahlzeiten wie im Kreis der Familie."

„Großartig. Ich werde verhungern", trauerte ich, verschränkte meine Arme vor meinem Brustkorb und rieb meinen Bizeps. „Aber ich gehe trotzdem nicht." Ich strahlte. „Du wirst mir etwas zu essen bringen, oder? Du wirst mich nicht hungern lassen."

Liam lachte, verdrehte seine Augen. Ich liebte, dass er sogar auf seinen Augenlidern und unter seinen Brauen Sommersprossen hatte. Er war so gut aussehend und stark gebaut, dass es einfach war, von dem abgelenkt zu sein, was er als Nächstes sagte, nur indem ich an all die Dinge dachte, die mir an seinem Aussehen gefielen.

Und es gab noch mehr Dinge, die mir an ihm als Person gefielen.

„Hast du mich gehört?", fragte er. „Wie wäre es, wenn wir nach Sandpoint fahren?"

„Nein."

„Was, wenn ich deinen Kopf in ein Handtuch wickle, damit niemand dein Gesicht sieht und dich dann zum See schmuggle?"

„Mm, vielleicht", lenkte ich ein. „Aber nicht heute."

„Du bist entschlossen, nicht wahr?"

„Ja!", rief ich, erreichte das Ende meiner Geduld. „Warum zwingst du mich, dir nachzujagen? Nachdem ich so viele Jahre gewartet habe?"

Sein Gesichtsausdruck wechselte von amüsiert zu traurig und er erhob sich. „Du hast recht. Kein Nachjagen mehr. Kein Warten mehr. Es gibt keinen Grund, sich jetzt zurückzuhalten. Du bist einundzwanzig. Du bist nicht mein Boss. Ich bin nicht dein Bodyguard und du hast bereits zugestimmt, dass du-", er lächelte süß, während er sein Oberteil anhob und über seinen Kopf zog, es zur Seite warf, „-mein Baby bist."

„Ja, ich bin dein Baby", sagte ich, zog meinen Hoodie aus und warf ihn quer durchs Zimmer. Mein Herz hämmerte, mein Schwanz pulsierte und ich fühlte mich schwindlig. Es würde passieren. Er würde die Dinge tun, von denen ich nur geträumt hatte. Wir würden uns so gut miteinander fühlen. Ich wusste es.

Liam zerrte seine Jeans und Unterwäsche nach unten. Ich tat dasselbe, trat sie von meinen Beinen, kurz bevor er mich zurück auf das Bett stieß und mich küsste, meine Knochen in Gelee verwandelte und meinen Puls zum Rasen brachte.

Die Welt um mich herum verschwand, bis es nur noch seine Haut auf meiner Haut war, sein Atem in meinem Mund und seine Zunge an meiner. Ich wand mich, wollte mehr, wollte unsere Körper und Seelen vereinen.

Irgendwo im B&B erklang ein Klavier – „Santa Tell Me" – glitt durch das Zimmer, gerade als Liam an meinem Körper nach unten rutschte, meine Beine hochschob und seinen Mund dorthin legte, wo noch kein Mund je gewesen war.

Ich wusste nicht, wie er es schaffte, weil mein Schwanz ziemlich lang und dick ist, aber irgendwie nahm er mich tief genug auf, dass ich direkt in seine Kehle glitt. Ich schrie vor Schock auf, als seine Schluckbewegung mich packte und wieder losließ. Ich wäre beinahe auf der Stelle gekommen.

Ich packte die Laken mit einer Hand und schob die andere Faust in meinen Mund, hielt einen Schrei zurück. Liam glitt nach oben, bis mein Schaft seine Kehle verließ und ich hätte beinahe protestiert. Aber er fing an, stattdessen zu lecken und zu saugen und das Gefühl war so glitschig und kitzlig, so gut und intensiv, dass ich mich fühlte, als würde ich aus meiner Haut fahren. „Das gefällt dir?", fragte ich, Scham erhitzte meine Wangen.

Liam zog sich mit einem schlürfenden Geräusch zurück und mein Schwanz sehnte sich sofort nach seinem heißen Mund. „Ich liebe es, das zu tun."

Ich hatte keinen Raum übrig, mehr von meiner Scham und meinen Ängsten auszudrücken, war stattdessen in der Hitze und dem Saugen verloren, dem ständig ansteigenden, aber nie wirklich die Spitze erreichenden Begehren, das sich in mir aufbaute. Liam konnte ganz hervorragend Schwanzlutschen. Er wusste, wie er mich knapp davor halten konnte, zog sich zurück und spielte mit meinen Eiern oder küsste die Innenseiten meiner Oberschenkel, wenn ich kurz vor der Explosion stand.

„Bitte", flüsterte ich. „Ich brauche es. Ich kann es nicht mehr ertragen, Liam. Lass mich kommen."

Liam lachte und fuhr damit fort, mich vor Begehren und Lust winden und stöhnen zu lassen.

Er brachte mich höher und höher und trug mich dann wieder

zurück. Liam gab erst nach, als mir Tränen in den Augen standen und ich in Beinahe-Schluchzern keuchte. Dieses Mal hörte er, Gott sei Dank, nicht auf, als meine Eier hart wurden, saugte stattdessen härter und nahm mich tiefer auf. Meine Finger kratzten über seine Kopfhaut und ich streckte mich in den dritten Orgasmus mit dem Mann meiner Träume. Ich brauchte ihn. Ich wollte ihn. Ich musste –

„Liam", wimmerte ich. „Oh, oh *Gott*!" Ich packte seine Haare und er saugte fester, bewegte seine Zunge unnachgiebig über meine Eichel. Ich wölbte mich auf, meine Beine legten sich um seine Schultern, als ich schrie: „*Liam*!"

Ich explodierte vor Lust, die Intensität meines Orgasmus traf mich wie ein Blitz. Ich stöhnte und warf meinen Kopf hin und her, während er jeden Tropfen Seligkeit aus meinem Schaft molk und schluckte.

„Liam", winselte ich tränenreich und überwältigt.

Er entließ mich aus seinem Mund und kroch nach oben, um mich in seine Arme zu nehmen. Ich zuckte und zitterte immer noch, winzige elektrische Stöße rasten weiterhin durch mich hindurch, obwohl meine Eier leer waren.

„Du bist süß, Baby", flüsterte er. „Du schmeckst so gut und süß."

Ich stöhnte, als er mein Kinn packte und meinen Kopf für einen Kuss drehte. Der Geschmack meiner Wichse war harsch und vertraut von meinen durch Neugierde motivierten Geschmackstests, aber Liams Kuss machte sie so köstlich wie Honig.

Ich schmolz, als er die Überreste meiner Wichse an mich weitergab. Er saugte an meinen Lippen und leckte in meinen Mund, bis dieser so rot, kribbelig und empfindlich war wie mein Schwanz. Die Zeit hörte auf, real zu sein, als Liam und ich uns ineinander verloren.

Als mein Kinn begann, von der Reibung zu brennen, zog Liam

sich zurück. Sein Kinn und der Bereich um seine Lippen waren ebenfalls von meinen Stoppeln leicht gereizt.

„Bereit für meinen Schwanz?", fragte er, keuchte und stieß seinen harten Schaft gegen meine Hüfte.

„Ja?", flüsterte ich, fragte mich, ob er vorhatte, mich zu ficken.

Aber nein. Er senkte seine Beine und kletterte über mich, verteilte Küsse und Lecken auf dem Weg, bis er rittlings auf meinem Brustkorb saß. Nachdem er ein paar Kissen unter meinen Kopf gelegt hatte und mir klar wurde, was er vorhatte, hüpfte mein Herz und Nervosität hielt mich fest.

„Ich … ich habe noch nie", erinnerte ich ihn. Sein Schwanz war wunderschön. Sein Schaft und seine Eichel, die beide eine normale Größe hatten, kleiner als meine, waren hübscher als die Mammut-Schwänze, die ich in Pornos gesehen hatte. Ich dachte, dass ich sogar einen Großteil in meinen Mund nehmen konnte. Aber was würde ich damit tun, sobald ich das getan hatte? Wie machte ich es gut für ihn?

„Spiel einfach mit mir", ermutigte er mich. „Du musst nicht mehr tun, als Spaß haben."

Liams rote Schamhaare schimmerten und ich strich mit meinen Fingern hindurch, berührte seinen weichen Hodensack und nahm dann seinen samtigen, harten Schwanz in die Hand. Die Spitze war rot vor Dringlichkeit und ein Liebestropfen ruhte dort. Ich kostete ihn.

„Oh, North, ja", murmelte er. „Gut so. Sorg dafür, dass ich mich gut fühle."

Es schien nicht schwer zu sein, ihn zu erfreuen, auch wenn ich nicht dachte, dass ich sonderlich gut war. Meine Lippen dehnten sich weit, als er tiefer eindrang, mich beinahe zum Würgen brachte und ich fragte mich, wie er mich überhaupt in seinem Mund untergebracht hatte. Ich experimentierte mit meiner Zunge und ich berührte seine Hoden voller Ehrfurcht. Sie fühlten sich wie meine eigenen an, aber zu wissen, dass es die von Liam waren, machte alles daran aufregend und als seine Eier hart wurden, fühlte ich mich ganz stolz – ich hatte das getan. Ich hatte dafür gesorgt, dass Liam beinahe kam! Ich hätte platzen können. Aber jedes Mal, wenn er kurz davorstand, zog Liam ihn heraus und kniete über mir, pumpte seinen Schwanz und starrte auf mich herunter.

„North, du bist so verdammt schön. Himmel."

„Du bist auch schön", sagte ich, meine Stimme klang rau und zittrig. „Kommst du für mich? Ich will deine Wichse schlucken." Ich öffnete meinen Mund, bettelte mit meinen Augen.

„Herr im Himmel", knirschte er, packte meinen Kiefer und pumpte sich schneller und schneller. „Mach auf, Baby, mach auf."

Ich öffnete meinen Mund, so weit ich konnte, seine Finger hielten mich an Ort und Stelle und als er knallrot wurde, bis hinauf zu seinem Haaransatz, schob ich meine Zunge heraus, wollte nichts von seiner Wichse verpassen.

„Hier kommt es", stöhnte Liam. „Schluck sie. Fuck, oh *fuck*, schluck für mich."

Er warf seinen Kopf nach hinten, sein Brustkorb wurde röter, als ich ihn je gesehen hatte und seine Atmung kam in wildem Keuchen. Die Spritzer waren schnell und hart. Verzweifelt schluckte ich seine Ladung. Sie schmeckte wie meine Eigene. Nach Backpulver und scharf. Ich liebte es.

Meine Augen füllten sich mit Tränen. Er war zu schön. Ich konnte immer noch nicht glauben, dass dies alles real war.

„North", murmelte er, bevor er mich küsste. „Du bist so süß. Verdammt."

„Du bist auch süß", flüsterte ich.

Er glitt wieder nach unten und neckende Küsse folgten seinem Weg. Meine Beine zitterten, als er erneut anfing, meinen Schwanz zu lutschen, und ich stieg beinahe in den Himmel auf, als er mir wieder zeigte, wie gut er darin war.

Ich packte seine Haare, meine Hüften zuckten nach oben und ich stöhnte, als ich bebte und meine Wichse in seine schluckende Kehle schoss. „Oh mein Gott", keuchte ich.

Der Klang von „Heilige Nacht" auf dem Klavier wehte herauf und Liam brach neben mir zusammen, seine Augen strahlten.

„Oh, heiliges Baby", flüsterte er. „Du bist das beste Geschenk aller Zeiten. Heilige Scheiße."

„Wenn ich ein Geschenk bin, dann mach mich auf", verlangte ich. „Mach mich ganz auf."

„Mmm."

„Fick mich", bettelte ich. „Bitte, Liam."

Liam liebkoste meine Haare. „Dein Wunsch ist mein Befehl. Aber nicht heute." Er keuchte immer noch, weil er mir einen geblasen hatte. „Du musst dich ausruhen. Es waren eine lange Nacht und ein langer Morgen für dich."

„Aber Liam-"

Er drückte mit einem Lächeln seine Finger auf meine Lippen. „Ich verspreche, es wird das Warten wert sein. Vertrau mir."

Ich wollte etwas einwenden, aber ich vertraute ihm.

Ich wartete, mein Orgasmus war mir verwehrt, bis ich mich selbst damit überraschte, dass ich einschlief. Ich träumte, dass Liam mir wieder einen blies und der Traum-Liam war genauso gut im Deepthroaten wie der Reale-Liam. Traum-Ich schrie, als ich für ihn kam. Ich wachte in Liams Armen auf, keuchend und klebrig. Er wachte ebenfalls auf und lachte über mein Missgeschick und die ruinierte Decke.

„Zum Glück weiß ich, wo ich eine Frische herbekomme", sagte er, löste sich von mir. „Du siehst wahnsinnig selbstzufrieden aus."

Ich grinste. Das war ich definitiv. Trotz Liams Bemühungen, mich zum Warten zu zwingen, hatte ich es dennoch geschafft, zu bekommen, was ich wollte. Post-orgastische Freude erfüllte mich und ich war auf jede erdenkliche Art und Weise bis in die Knochen befriedigt.

Ich streckte mich, als Liam aufstand und einen warmen Waschlappen holte, um mich abzuwischen. „Vierter Orgasmus."

„Wenn man bedenkt, dass der arme Kerl in dem Partridge-Song nur vier singende Vögel bekommen hat", bemerkte Liam, beugte sich herunter, um mich zu küssen. „Ich würde sagen, dass du mehr Glück hast."

„Ich bin bereit für einen Fünften."

Liam lachte, zog sich den vom Hotel gestellten Bademantel an und verließ das Zimmer, um sauberes Bettzeug zu holen, sagte, als er durch die Tür trat: „Ich werde sehen, ob ich stattdessen fünf goldene Ringe finden kann. Das scheint mir gleichermaßen wahrscheinlich zu sein."

Ich wusste nicht, was er meinte, aber ich schlief ein, bevor er zurückkam, und wachte stundenlang nicht auf.

KAPITEL ACHT

Liam

NACHDEM ICH IHN nach seinem feuchten Traum – in dem hoffentlich ich die Hauptrolle gespielt hatte – sauber gemacht hatte, war North wieder eingeschlafen, erschöpft von vier Orgasmen und der stressigen Nacht und dem Morgen. Speichel floss aus dem Winkel seines vom Küssen aufgeschwollenen Mundes. Ich lächelte liebevoll und zog die Decke höher auf seinen entblößten Brustkorb, bewunderte die dunkle Brustbehaarung, in die ich meine Finger geflochten und an der ich meine Eier gerieben hatte, als wir gekommen waren. Mehr als das – als wir uns geliebt hatten.

Ich hatte noch nie so bei oralem Sex empfunden, aber mit North? Zur Hölle ja. Liebe. Man konnte es nicht leugnen. Ich hatte ihn so lange geliebt und sogar nach den drei Jahren der Trennung passten wir perfekt zusammen.

Nichts war peinlich, als wir angefangen hatten zu reden und überhaupt nichts war im Bett peinlich gewesen – nun, für mich jedenfalls. North hatte eindeutig einen Teil davon unangenehm gefunden, aber er hatte sich schnell davon erholt.

Es war alles, was ich mir je vorgestellt hatte und es war *endlich* nicht mehr falsch. Ich hatte jedes Recht, ihn zu berühren und von ihm berührt zu werden. Wunderschön.

Ich war nach einem kurzen Nickerchen aus dem Bett geschlüpft. Ich duschte mich und zog mich wieder an, während North die ganze Zeit döste. Ich dachte mir, dass seine Nacht sehr stressig gewesen war und er wahrscheinlich noch eine Weile schlafen würde, aber wir hatten bereits das Mittagessen verpasst und das Abendessen war erst in ein paar Stunden. Er aß immer wie ein Pferd und nach der physischen Anstrengung, die wir gerade verrichtet hatten, würde er sogar noch hungriger sein.

Nachdem ich mit dem wie eine Zuckerstange geformten Stift eine kurze Nachricht auf den kleinen Block, der wie ein Weihnachtsbaum aussah, geschrieben hatte, schlich ich mich aus dem Zimmer und machte mich auf den Weg in Richtung Treppe.

Als ich an Zimmer Neun vorbeikam, öffnete die Tür sich und ein gut aussehender Gentleman steckte seinen Kopf heraus, schaute mich an und drückte mir mehrere Rollen Toilettenpapier in die Hände, bevor er die Tür wieder schloss.

Ich blinzelte verwirrt und dachte darüber nach, zu klopfen und zu fragen, was vor sich ging, entschied mich dann aber dagegen. Vielleicht hatte er sein Eigenes mitgebracht? Und warum er es mir gegeben hatte? Vielleicht wirkte ich wieder wie ein Angestellter hier? Es spielte keine Rolle. Das Leben war seltsam und manche Dinge wurden nie erklärt.

Ich packte die Toilettenrollen zu dem Vorrat in der Putzkammer am Ende des Flurs, und nahm mir etwas Gleitgel aus den vorgehaltenen Sex-Utensilien des Hotels, die den Gästen auf Anfrage zur Verfügung gestellt wurden. Oh, wie peinlich wäre es gewesen, diese Bitte an meine zweite Mutter zu richten. Ich war froh, dass ich wusste, wo die kostenlosen Sachen verwahrt wurden und das nicht tun musste.

Ich zog mich mit dem, was ich brauchte, versteckt in meinen Taschen zurück, und marschierte die Treppe hinunter ins Erdgeschoß, um Sandwiches zu holen. Ich zeigte Sal den hochgereckten Daumen und ein Lächeln, als ich an der Rezeption vorbei in den Speisesaal ging. Zum Glück war er mit dem sich aufspielenden Bill Lawson beschäftigt – der Wettermann für einen örtlichen Sender und sein Ehemann waren jedes Jahr zur Weihnachtszeit hier, sogar damals schon, als ich noch hier gearbeitet hatte. Ich war in der Lage zu entkommen, ohne seinem garantierten Hunger auf Klatsch über North ausweichen zu müssen.

Sobald ich durch die Tür vom Speisesaal in die Küche gegangen war, überfiel mich mein eigener Hunger. Die Gerüche eines langsam garenden Truthahns und anderer Leckereien, die fürs Abendessen zubereitet wurden, ließen mir das Wasser im Mund zusammenlaufen und meinen Magen knurren.

„Schaut nur, wer zu Besuch ist", bemerkte Suzanne mit einem Lächeln, ihre Hände waren voller Mehl, weil sie gerade Pie-Krusten für die Nachspeisen-Auswahl an diesem Abend machte.

Ich lächelte sie an und durchquerte die Küche, um ihr einen Kuss auf die Wange zu geben. Normalerweise würde sie hier nicht allein arbeiten, Jerome war ihre rechte Hand und er erledigte viele der Vorbereitungsarbeiten für sie.

„Wo ist Jerome?"

„Musste in die Stadt fahren, um mehr Zimt für die Süßkartoffelaufläufe zu kaufen. Kannst du glauben, dass ich zugelassen habe, dass wir keinen mehr haben? Und das an Weihnachten!"

Ich schüttelte meinen Kopf. „Du musst an etwas anderes gedacht haben."

„Nicht wirklich. Es war ziemlich hektisch hier, aber nicht mehr als normal."

Ich knickte in der Hüfte ein und lehnte mich an die Arbeitsfläche. „Du scheinst nicht überrascht, mich zu sehen."

„Gerüchte besagten, dass du hier bist."

Ich lachte. „Ach ja und was hast du gehört?"

„Dass der berühmte junge Mann, den du gebodyguarded hast-" Sie hielt inne. „Ist das ein Verb?"

„Beschützen", half ich ihr.

„Ja. Nun, Sal hat geplappert, wie immer und uns erzählt, dass der Junge oben ist und sich nach einer schweren Zeit versteckt, und *dann* hat er gesagt, dass du hergekommen bist, um ihn herauszulocken.“

„Das ist eine gute Zusammenfassung“, stimmte ich zu.

„Hattest du Glück?“

Ich schnaubte. „Überhaupt nicht. Er ist entschlossen, das Zimmer auf unbestimmte Zeit zu übernehmen, wahrscheinlich für den Rest seines Lebens und er wird einfach extra bezahlen, damit jemand ihm seine Mahlzeiten an die Tür bringt.“

Suzanne lachte. „Armer Junge.“

„Genau meine Gedanken.“

„Wie ich höre, ist der Rest der Welt ziemlich gemein zu ihm.“

„Inklusive seiner Eltern.“

„Haben sie dich angestellt, um ihn zu finden?“

Ich schüttelte meinen Kopf.

Suzanne musterte mich nachdenklich. „Und was hat ihn hier in unser Camp Bay Chalet gebracht? Ich kann mir nicht vorstellen, dass er gerade vorbeigefahren ist, als sein – ahem – das Internet gebrochen hat.“

„Warst du auf Twitter, Suz? ‚Das Internet gebrochen.‘ Bevor du dich versiehst, wirst du Selfies aus der Küche posten und dazu schreiben ‚Das bin nicht ich, die ein köstliches Abendessen für die Gäste des Camp Bay Chalet kocht.‘“

„Ich bin noch nicht bereit, alt zu sein! Ich muss den Slang lernen, um jung zu bleiben, und du hast beinahe ins Schwarze getroffen. Jerome will, dass wir auf unseren Seiten in den Sozialen Medien für das Chalet aktiver sind.“

Energische Schritte unterbrachen uns und ich drehte mich lächelnd um, wusste bereits, von wem sie kamen.

„Ah, ich hatte mich schon gefragt, ob du je aus diesem Zimmer kommen würdest“, sagte Rhonda. Eine sehr heftig wedelnde Molly stand an ihrer Seite.

Molly sprang auf mich zu, ihre Zunge schlabberte vor Freude, als sie an meinen Beinen hochsprang und in fröhlichen Kreisen um mich herumscharwenzelte. Ich ging neben ihr in die Hocke, kraulte ihre weichen Ohren und ließ zu, dass sie sich an mich drückte.

„Hast du mich vermisst, Mädel?", fragte ich.

„Du solltest dich nicht so rar machen. Es stört Molly, wenn sie dich nicht sehen kann", bemerkte Rhonda, obwohl ich wusste, dass wenn sie „Molly" sagte, sie sich selbst meinte. Nachdem sie mich umarmt hatte, stemmte sie ihre Hände in die Hüften und sagte: „Wo wir gerade von Fremden reden, dieser Junge da oben? Geht es ihm gut? Ich will nicht, dass meine Weihnachtsgäste von einem dramatischen Vorfall gestört werden, wegen dem ich die Polizei rufen muss. Keine Tragödien, nur Freude, verstehst du, was ich meine?"

„Er wird wieder", sagte ich. „Ich nehme an, du weißt, was passiert ist?"

„Süßer, die ganze Welt weiß, was passiert ist."

„Du kannst dir vorstellen, wie peinlich ihm das ist." Ich lehnte mich wieder an die Arbeitsfläche.

Sie seufzte, schüttelte traurig ihren Kopf. „Die Entschuldigung, die er gepostet hat, macht bereits die Runde."

„Eine berühmte Entschuldigung, gefilmt in einem unserer Gästezimmer", murmelte Suzanne.

Ich fragte: „Und wie kommt sie so an?"

„Soweit ich von unseren tratschfreudigeren Gästen gehört habe, ziemlich gut." Rhonda zwinkerte.

„Einige glauben ihm, andere nicht, stimmts?"

„Es glauben mehr nicht, aber das spielt keine Rolle, weil der Junge so traurig und niedlich ausgesehen hat. Ich denke, jeder, der ein Herz hat, wird ihm vergeben."

„Das hoffe ich. Aber wichtiger noch, ich hoffe, dass er sich selbst vergeben kann."

„Genau!", rief Rhonda. „Es ist Weihnachten. Er sollte zu Hause bei seiner Familie sein. Ich nehme an, sie gestatten nicht, dass er kommt?" Sie schüttelte den Kopf. „Familie ... wozu ist sie gut?"

Ich zuckte mit den Schultern.

Ich hatte nie so Probleme mit meiner Familie gehabt wie Rhonda und Suzanne. Meine Mom und mein Dad hatten mich akzeptiert, als ich mich geoutet hatte, aber, wichtiger noch, sogar wenn sie das nicht hätten, hatte ich mir bereits hier in Camp Bay Chalet ein zweites Zuhause geschaffen und ich hatte gewusst, dass ich mich auf sie verlassen konnte, sogar wenn es zum Schlimmsten kam.

Rhonda und Suzanne aber waren wegen ihrer Liebe von ihren Familien verstoßen worden. Rhonda war am bittersten deswegen, aber nur, weil sie Suzanne so sehr liebte. Sie war jedem auf dieser Erde beleidigt, der sie nicht auch liebte. Und das schloss ihre beiden Familien ein.

„Ich glaube, er hat selbst entschieden, nicht nach Hause zu gehen", sagte ich, zog mir einen Stuhl heran und setzte mich. Meine Beine waren immer noch ein wenig wackelig nach dem Orgasmus von vorhin. Es war seltsam, wie sexuelle Aktivität Effekte haben konnte, die reines Trainieren nicht erzielte. Im Moment fühlte ich mich, als wäre ich einen Marathon gelaufen, und hätte ihn mit bleibendem Zittern und wild strömenden Endorphinen beendet. „Seine Familie ist ... kompliziert."

„Bevor du hereingekommen bist, habe ich Liam gerade gefragt, was diesen jungen Mann nach Camp Bay gebracht hat", sagte Suzanne. „Bei seinem Reichtum hätte ich gedacht, dass er sich vielleicht in, ich weiß nicht, Cabo San Lucas oder irgendeinem anderen Hotspot für die Reichen und Berühmten verstecken wollte."

„Ist es nicht wieder Puerto Vallarta?", fragte Rhonda. „Ich habe das Gefühl, dass ich viel von Puerto Vallarta höre."

„Er ist wegen mir gekommen."

Suzanne und Rhonda tauschten einen wissenden Blick. „Das habe ich mir gedacht."

„Er und ich ..." Ich räusperte mich, Hitze verbrannte meine Wangen. „Haben nie etwas gemacht, als ich sein Bodyguard war. Ich war sein Angestellter und-"

Suzanne hob ihr bemehlten Hände von den Pies. „Du musst dich vor uns nicht verteidigen, Süßer. Wir kennen dich den Großteil deines Lebens und wir wissen, dass du ein Ehrenmann bist."

„Viele Männer sind ‚ehrbar', bis sie sich der Versuchung gegenübersehen", sagte ich. „Es ist nicht einmal weit hergeholt. Ich schäme mich, es zu sagen, aber ich war schon halb in ihn verliebt, als er noch keine achtzehn war. Er hat es natürlich nicht gewusst. Ich habe ihm nie irgendetwas Unangemessenes gesagt, aber es war falsch, so zu empfinden."

„Falsch? Du warst selbst noch ein Baby."

„Ja, aber-"

„Wie auch immer. Du hast ihn nicht angefasst oder dir hergezogen. Es ist kein Verbrechen, etwas tun zu wollen", sagte Rhonda. „Das Verbrechen liegt in der Tat."

Suzanne warf Rhonda einen Kuss zu. „Genau. Erzähl weiter, Liam."

„Als er mich gefeuert hat, war ich schon Hals über Kopf in ihn verliebt und er hat das Richtige getan. Er war erwachsen, aber immer noch zu jung. Keiner von uns war bereit."

„Und jetzt ist er alt genug *und* bereit?"

Hitze flammte erneut in meinen Wangen auf. „Er ist alt genug. Ich weiß nicht, ob er bereit ist. Er ist immer noch jung-"

„Genau wie du!"

„- und auf gewisse Weise behütet. Er ist auch ..." Wie sollte ich das beschreiben, ohne dass es so klang, als ob North weniger war, als es der Fall war? „Er ist naiv, vertraut zu schnell und denkt nicht nach. Ich will ihm helfen. Wenn wir dazu noch mehr haben, dann ist es so."

„Erzähl mir mehr von diesem Jungen", verlangte Suzanne, trug einen Pie zum Ofen und schob ihn hinein.

„Er ist freundlich", fing ich an. „Und er macht seine Fehler nie absichtlich. Sie passieren ihm einfach zufällig mit seinem reinen Herzen. Er ist lustig, ohne es zu wollen, aber auch ängstlich …" Ich hielt inne, erinnerte mich. „Und als ich ihn das erste Mal gesehen habe, hat etwas in mir einfach aufgeleuchtet, als ob er nur durch seine Existenz einen Schalter in mir umgelegt hätte."

„Liebe auf den ersten Blick?"

„Nicht, dass ich mir das damals eingestehen konnte", erklärte ich. „Aber aus der Sicherheit der Jahre zwischen jetzt und damals und weil ich mich nicht mehr in der gefährlichen Zwickmühle befinde, mich zu meinem zu jungen Schützling hingezogen zu fühlen, kann ich sagen Ja. Für mich war es Liebe auf den ersten Blick."

„Was war es für ihn?"

„Die Antwort darauf kenne ich nicht", sagte ich. „Ich habe nie gefragt."

Natürlich hatte ich das nicht. Wir hatten uns all das erst heute gestanden – und diese Gefühle ausgelebt, die viel zu lange in uns beiden gebrannt hatten.

„Was ist dein Ziel? Ihn aus diesem Zimmer zu bekommen und nach Hause zu deiner Mama zu bringen, als Weihnachtsgeschenk?"

Ich grinste. „Das würde ich sehr gerne, aber im Moment will ich ihm nur ein Sandwich oder zwei machen."

Rhonda nickte und ging zu dem großen Kühlschrank, holte das Tablett mit den übrig gebliebenen Sandwiches vom Mittagessen heraus. Sie fing an, zwei Teller mit Essen für uns beide herzurichten. Die Sandwiches bekamen Gesellschaft in Form von verschiedenen Früchten und vier glasierten Weihnachtsplätzchen.

Während sie arbeitete, fuhr ich fort. „Er schämt sich und hat vor den anderen Gästen im Hotel Angst. Er ist überzeugt, dass jeder ihn sofort erkennen wird und er will nicht dastehen und wissen, dass, mit wem auch immer er sich unterhält, die Person seinen – äh, ihr wisst schon gesehen hat.“

„Zauberstab? Schaft der Freude? Fleischflöte?“, warf Suzanne ein, ihr süßes Gesicht verzog sich zu einem Lächeln, als diese Worte, die nicht zu ihrem mütterlichen Ausdruck passten, von ihren Lippen fielen.

„Jep“, sagte ich, lachte und stahl mir ein Extra-Plätzchen von dem Tablett, bevor Rhonda es wieder in den Kühlschrank stellte. Rhonda schlug spielerisch nach meiner Hand und machte dann eine Tasse heiße Schokolade für mich, genau wie ich sie mochte. Das Gefühl, zu Hause zu sein, wusch über mich hinweg, als ob ich nie aufgehört hätte, hier zu arbeiten.

„Die meisten der Gäste dieses Wochenende sind entweder zu sehr mit sich selbst beschäftigt, um sich um so etwas wie North' Gemächt zu kümmern, oder sie würden sich freuen, den Besitzer dieses Monsters kennenzulernen.“

Ich wäre beinahe an meinem Plätzchen erstickt. Krümel steckten in meiner Kehle fest. Ich hustete unelegant, bis Rhonda mir auf den Rücken schlug.

„Ich mag ja eine Lesbe sein, aber ich erkennen einen Großen, wenn ich ihn sehe.“

„Jesus“, murmelte ich. „Warn einen Mann, bevor du so etwas über seinen festen Freund und seinen-“

Ich brach ab, sowohl weil ich vor ihnen nicht „Schwanz“ sagen wollte und weil ich North gerade als meinen festen Freund bezeichnet hatte. Ich hoffte inständig, dass er das war.

„Dein fester Freund“, sagte Suzanne, wobei ein Grinsen ihre Augen mit Falten umgab. „Das gefällt mir.“

„Superreich, superattraktiv, super *andere Dinge*.“ Rhondas Augen funkelten. „Mir gefällt das auch für ihn."

Ich stöhnte.

„Wir wollen ihn kennenlernen", sagte Suzanne. „Wie wirst du ihn aus dem Zimmer locken?"

„Ich muss mir nur einen Plan einfallen lassen, der funktioniert. Ich habe es schon vorhin versucht, aber versagt." Vielleicht würde ich jetzt, nachdem unser Begehren sich etwas abgekühlt hatte, mehr Erfolg haben. „Wer ist dieses Jahr hier?"

Manchmal waren Stars oder Athleten über Weihnachten hier zu Gast. Das Chalet hatte einen Ruf als erstklassiges, gemütliches Hotel für Betuchte, die über die Feiertage eine bodenständigere Erfahrung wollten.

Wenn jemand in der Gruppe war, den North kennenlernen wollte, wie ein Formel 1-Fahrer oder das Mitglied einer Band, die er mochte, wäre er vielleicht fasziniert genug, um herauszukommen. Sogar wenn er das Wissen ertragen musste, dass, wer auch immer es war, seinen Schwanz gesehen hatte. Vielleicht.

„Oh, dieses Jahr ist es niemand zu berühmtes. Mit Ausnahme von North."

Ich verdrehte meine Augen.

„Lass mich überlegen", fing Suzanne an, hob die Augen zur Decke, während sie im Geiste die Gästeliste durchging. „Wir haben …" Sie ging eine Liste durch, die so lang wie divers war – also moderat lang. Die Gäste, die für mich interessant waren, waren Pierce Hunter, der für seine Geisterjäger-Fernsehshow berühmt war und sein fester Freund Haven, ein Horror-Autor. „Das Paar aus Tennessee – Walker Ronson und Ashton Seller – ist anbetungswürdig, genau wie Pierce und Haven. Pierce ist mittlerweile ziemlich berühmt, oder? Dann ist da noch Max-"

Rhonda und Suzanne teilten einen hoffnungsvollen Blick, bevor Suzanne die Liste mit Bill, dem Wettermann und Agatha, der Psychologin der Stars, endete.

„Vielleicht könnte Agatha North helfen?", schlug Suzanne vor, wobei ihre Augen aufleuchteten. „Ich bin mir sicher, dass er sich ihre Preise leisten kann."

„Sie ist im Urlaub", warnte Rhonda. „Ich bin mir sicher, dass sie nicht arbeiten möchte und es wäre nicht richtig, sie zu fragen."

„Nein", stimmte ich zu. „Außerdem hat North eine Aversion gegen Psychiater seit seine Eltern ihn gezwungen haben, wegen Verdauungsproblemen, die er gehabt hat, zu einem zu gehen. Sie hatten entschieden, dass es nur in seinem Kopf ist." Ich verdrehte die Augen.

„Wow."

„So sind sie."

„Armer Junge. Aber wenn Agatha einfach zufällig mit ihm redet?"

„Versuch nicht, irgendetwas zu arrangieren", warnte Rhonda sie. „Du weißt, was passiert, wenn du dich einmischst."

Mein Handy summte und ich holte es aus meiner Tasche, erwartete, dass es North war, der anrief, um zu erfahren, wie lang ich noch mit dem Essen brauchte. Aber das Gesicht, das den Bildschirm mit dem Facetime Anruf füllte, war eindeutig nicht das von North.

Ich hob eine Hand in Rhondas und Suzannes Richtung, um anzudeuten, dass ich diesen Anruf annehmen musste und sie beide wurden still.

„Hey Kumpel", sagte ich, lächelte ins Handy. Aidens Gesicht wackelte im Bildschirm.

„Wann kommst du heim?", fragte er. „Ich vermisse diiiiich."

„Oh, um Himmels willen, Aiden, wen hast du angerufen?" Die Stimme meiner Mutter klang sowohl amüsiert als auch erschöpft, als sie Aiden das Telefon aus der Hand nahm. Rhonda und Suzanne kicherten leise. „Oh, Gott sei Dank, du bist es nur. Ich hatte schon Angst, es wäre ein weiterer Anruf bei 911."

„Ich glaube, das hat er nach dem letzten Mal gelernt."

„Der Feuerwehrmann war gemein zu mir!", schrie Aiden von irgendwo in der Küche, wo er, wie es klang, angefangen hatte, Schränke zu öffnen und zu schließen.

Mom sah müde aus, schob ihre lockigen roten Haare aus ihrem Gesicht und seufzte, sagte dann: „Ich hasse es, das zu fragen, aber wann kommst du nach Hause? Dieser da hat die Energie einer Dampflok und seine Mama ist …" Sie hob ihre Stimme an, als ob sie etwas Nettes sagen würde, „… unterwegs, um sich mit ihrem Anwalt zu treffen, um die Änderungen im Sorgerecht für das nächste Jahr zu finalisieren."

„Nun, ich hasse es, dir das zu sagen, aber ich komme heute vielleicht gar nicht nach Hause. Heute Abend wohl auch nicht."

„Was? Warum?" Mom beugte sich nach unten, wodurch das Bild auf dem Handy verschwommen wurde. Ich hörte die Laute eines kleinen Kampfes, bevor sie mit einem Löffel wieder auftauchte, der voller Nutella war. „Das isst man nicht aus dem Glas, junger Mann. Das schmiert man auf Brot und Toast."

„Ich bin kein junger Mann", nuschelte Aiden, sein Mund war eindeutig voller Haselnuss- und Schokoladen-Köstlichkeit. „Ich bin Baby."

„Du bist ein Kleinkind und-"

„Nein! Ich bin Baby!"

Sie seufzte. „Er ist in einer seiner Stimmungen. Er ist genervt, weil ich Jack gehalten habe, währen er geschlafen hat und-" Ein Knall und ein heulender Laut erklangen im Hintergrund. „Verdammt. Jack ist gerade von der Couch gefallen. Hier, nimm das, Aiden."

Sie drückte ihm den Nutella-Löffel wieder in die Hand, sehr zu seiner lautstarken Freude. „Ich muss nach ihm sehen." Das Heulen wurde lauter, als sie ins Wohnzimmer eilte. „Shh, Oma ist da. Ich habe dich." Die Tränen und das Schniefen gingen noch für einen

Moment weiter, bevor Jacks neugieriges Gesicht auf dem Bildschirm erschien.

„Hi, kleiner Kerl", sagte ich. „Geht es dir gut?"

Er drehte sich, um sich wieder an Mom zu kuscheln, still und ernst, wie nur Jack es sein konnte, bevor er die Energie aufbrachte, ein kleiner Baby-Vorschlaghammer zu sein. Es war blöd für meine Mutter, dass Aiden ebenfalls einen schwierigen Tag hatte. Ich wusste, dass es in ihrem Alter hart für sie war, mit den beiden mitzuhalten. Aber ich würde dennoch nicht nach Hause gehen.

„Du wirst mit ihnen fertig, bis Maeve nach Hause kommt, Mom. Ich glaube an dich." Ich hob eine Faust, damit sie sehen konnte, wie ich sie anfeuerte. „Du hast das im Griff. Du hast schließlich Maeve und mich groß bekommen."

„Ihr zwei wart Engel."

„Das sind auch diese süßen Monster."

Sie schnaubte. „Süße Engel-Monster, das kommt ungefähr hin." Sie neigte ihren Kopf, musterte meinen Hintergrund. „Wie ich sehe, bist du im Camp Bay. Ich nehme an, du hast vor, dortzubleiben."

Ich nickte.

„Aber ich weiß auch, dass sie um diese Jahreszeit ausgebucht sind. Wer hält dich also heute Nacht von zu Hause fern?"

„North."

Sie fuhr fort, sich zu wiegen und Jacks Rücken zu tätscheln, aber ihre Lippen wurden schmal. „Dein North?"

„Ja."

Mom seufzte schwer, dann noch einmal, noch schwerer, sagte dazu: „Aiden, iss nicht einfach aus dem … okay, na gut. Das ist aber dein Glas. Niemand sonst bekommt es."

„Yay!", schrie er.

„North, huh?", bemerkte Mom, war wieder bei mir.

„Ja."

Ich erwartete, dass sie mich daran erinnerte, dass North mich mitten in einer Pandemie gefeuert hatte, so wie Maeve es immer machte, wenn die Rede auf ihn kam. Stattdessen sagte sie: „Nun, na schön. Aber ich will ihn kennenlernen. Bring ihn mit nach Hause."

„Das kann ich noch nicht sagen. Und ich weiß nicht, wann ich heimkomme."

„Wenigstens für Weihnachten?", bat sie. „Als du deinen Job verloren hast, hatte ich gehofft, dass du aufhören würdest, Gründe zu haben, Weihnachten nicht zu Hause zu verbringen."

„Hoffentlich für Weihnachten", stimmte ich zu.

„Gut."

„Oh, und Mom?"

„Ja?"

„Kannst du mir einen Gefallen tun? Geh in mein Zimmer und pack mir einen Koffer mit ein paar Klamotten. Für ein paar Tage. Pullis, Jeans, sowohl für North als auch mich. Ich werde Jerome eine Nachricht schicken und ihn bitten, bei dir vorbeizukommen und alles abzuholen. Er ist in der Stadt und kauft Zimt für Suzanne."

Mom stimmte zu, aber ich fragte mich, ob ich ein halb leeres Glas Nutella und ein verstecktes Kind anstatt von Kleidung vorfinden würde, wenn ich den Koffer öffnete.

„Oh, und Mom? Bitte. Bei der Liebe Gottes. Recherchiere North im Moment nicht im Internet."

„Oh?"

„Ja, ich werde es später erklären oder Maeve. Versprich es mir nur."

„Ich glaube nicht, dass ich Zeit habe, auf FaceSpace zu gehen, solange die beiden hier-" Jack fing an, sich zu winden, weil er runterwollte und Mom ließ ihn. „Schmier das nicht-" Sie setzte Jack auf den Boden und meinte: „Liam, Süßer, bring den Jungen einfach nach Hause. Außerdem habe ich seinen Schwengel bereits gesehen.

Es ist zu spät, mich *davor* zu beschützen. Meine Freundin Mary Beth schickt ihn überall in unseren Gruppenchats herum."

„Was?", rief ich. „Warum sollte sie das tun?"

„Sie behauptet, dass sie mit dem Großvater des Jungen, dem Hotelier, geschlafen hat, vor vielen Jahren, als sie versucht hat, in Hollywood ein Star zu werden. Sie sagt, wie es scheint, hat North zumindest eine Sache von dem Mann geerbt."

„Das ist …", stotterte ich.

Aiden schrie, Jack kreischte und Mom sagte: „Ich muss los. Liebe dich. Bye."

Ich drehte mich von meinem Handy weg und wieder in den Raum und Rhonda und Suzanne brachen in Gelächter aus.

„Fangt ja nicht an", drohte ich mit wackelndem Finger.

Ich schrieb Jerome und hoffte, dass er die Nachricht rechtzeitig bekam.

Wenn North und ich ein paar weitere Tage hierblieben, würden wir schon bald unbedingt frische Kleidung brauchen.

KAPITEL NEUN

North

wie ist das Wetter? Ich schrieb Southerland, benutzte unsere Codewörter, um die Temperatur in der Familie zu checken – waren die Dinge immer noch erhitzt, kühlten sie ab oder waren sie nass und tränenreich, diese Art Informationen.

eine kühle Brise bläst herein und die Sturmwolken sind weg. gut gemacht mit der Entschuldigung

danke. ich frage mich, was du denkst, was passieren würde, wenn ich für Weihnachten einfach nicht nach Hause komme

ehrlich? sie wären wahrscheinlich erleichtert, wenn du nicht kommst. alles ist im Moment noch ziemlich peinlich und sie haben immer noch vier Partys vor dem Jahresende und das sind nur die, bei denen sie Gastgeber sind

zwingen sie dich, hinzugehen?

ich habe ihnen gesagt, dass wenn sie auch nur versuchen, mich dieses Jahr irgendwohin zu zwingen, ich sie noch schlimmer blamieren werde, als du es getan hast. sie haben mir geglaubt

Ich war nicht überrascht. Southerland hatte schon vor einigen Jahren klargemacht, dass sie den Feiertagsstress hasste, und mein Fehler hatte ihnen Angst gemacht. Southerland nutzte das zu ihrem Vorteil. Kluges Mädchen.

was ist mit den Partys zu Hause?

pyjamaparty allein in meinem Zimmer. die östlichen Räume sind den Gästen nicht zugänglich

klingt großartig

komm nach Hause, dann kannst du mit mir feiern oder komm nicht nach Hause, aber erzähl mir von deinen Plänen. haben du und Liam …

Sie schickte mir ein lila Emoji mit Teufelshörnern.

Ich schrieb zurück: *und wenn?*

ugh. wirst du die Feiertage mit ihm verbringen?

ja, vielleicht. ich weiß es nicht. wir haben noch nicht darüber gesprochen. aber sogar wenn er nicht will oder kann, will ich nicht nach Hause. ich würde lieber hierbleiben. ich habe mein Zimmer noch nicht verlassen, aber bis jetzt ist dieses Chalet ziemlich cool

Eine längere Pause als üblich entstand, bevor Southerland zurückschrieb. *was willst du von Liam?*

Ich wusste nicht, was ich antworten sollte, und zum Glück zwang sie mich nicht. Die Punkte erschienen, was zeigte, dass sie wieder tippte. Ich wartete, anstatt zu versuchen mir zu überlegen, was ich sagen sollte. Woher wusste ich, was ich von ihm wollte? Wir hatten einander gerade erst wiedergefunden. Im Idealfall würden wir uns verlieben und heiraten und Welpen adoptieren und zusammenbleiben. Aber was wusste ich schon davon?

er ist ein großartiger Mann, aber stell sicher, dass ihr beide dasselbe denkt. es wäre beschissen, wenn du denkst, das ist eine großartige Romanze, während er es für eine Kurzzeit-Affäre hält, um Dampf mit dem Typen abzulassen, den er vor ein paar Jahren so unbedingt gewollt hat

Der Kommentar schmerzte mehr, als ich dachte, dass er würde. Warum sollte Liam mich nicht für mehr als das wollen sollen? Ich mochte nicht der klügste Kerl sein, den er je kennengelernt hatte, aber ich war ein guter Mensch, das hatte er selbst gesagt und vorhin, als er mich gehalten, dafür gesorgt hatte, dass ich mich gut fühlte, hatten seine Augen gesagt, dass dies alles andere als eine Affäre war. Aber was, wenn ich mich irrte? Ich irrte mich oft.

Southerland schien keine Antwort zu erwarten, darum öffnete ich meine anderen ungelesenen Nachrichten und fing an, auf jede zu antworten. Leute, die sich wegen des Fotos wie Arschlöcher benahmen, bekamen ein Mittelfinger-Emoji. Leute, die nett waren, bekamen ein Emoji, das einen Kuss verschickte. Leute, die Fragen stellten, was passiert war, bekamen ein ‚mehr später' und, wenn ich die Person wirklich mochte, ein Herz. Aber wieder fragte niemand, ob es mir gut ging oder wie ich mich fühlte. Ich brauchte bessere Freunde und Menschen in meinem Leben.

Ich hatte gerade die letzte Nachricht erreicht, als mein Handy mit einem Anruf aufleuchtete. *Großmutter Ford* blitzte auf dem Bildschirm auf und mein Magen drehte sich nervös um. Sie war die einfache Großmutter. Die, der was der Rest der Welt dachte, nicht wichtiger war als ich, aber trotzdem – sie hatte meinen Schwanz gesehen!

Ich nahm zögerlich an. „Hi, Großmutter."

„Hey, Liebling", sagte sie mit ihrem weichen Südstaaten-Akzent. „Ich habe mir Sorgen um dich gemacht."

„Es tut mir leid. Ich habe Mist gebaut."

„Ich wünschte, ich wäre da, um dich fest zu umarmen."

Ich seufzte, hatte Tränen in den Augen. „Danke, Großmutter." Ich richtete mich auf. „Wie läuft es? Southerland scheint zu denken, dass es jetzt ruhiger ist."

„Viel weniger Gebrüll. Merlina hat damit aufgehört, deinen Eltern Vorträge zu halten, dass sie ihre Gelegenheit verpasst haben, als sie dich nicht auf die Militärschule geschickt haben."

„Großmutter hat immer gedacht, dass ich in einer Militär-Akademie gut klarkommen würde."

„Vielleicht, aber ich denke, dass du ein wunderbarer junger Mann bist, genau wie du bist. Dein Herz ist immer am rechten Fleck."

Mein Herz. Das war der Teil meines Körpers, über den alle immer liebend gerne redeten – nun und jetzt meinen Schwanz – weil mein Hirn nicht „immer am rechten Fleck" war.

„Ich werde über Weihnachten nicht nach Hause kommen", verkündete ich, ohne den Rest dessen, was sie gesagt hatte, zu kommentieren. Ich mochte es, ein gutes Herz zu haben, aber ich wünschte, dass ich auch klüger wäre. Ich wünschte, ich hätte, was es brauchte, um ein Anwalt, Arzt oder sogar Astronaut zu sein. Nicht weil ich irgendeinen dieser Jobs interessant fand, sondern weil die Leute dann Dinge wie „North hat so ein gutes Herz" nicht auf diese mitleidige Art sagen würden. Und wenn ich klug genug wäre, einen dieser Berufe zu ergreifen, wäre ich klug genug, sie auch interessant zu finden, oder?

„Dein Vater sagt, dass du bei deinem alten Bodyguard, Liam, bist und Merlina hat angedeutet, dass, nun, du und er vielleicht *involviert seid*", fuhr Großmutter fort. „Ist er ... Ich weiß, dass es vor nicht allzu langer Zeit ein Foto gab, auf dem du einen Jungen bei einer Halloween-Party geküsst hast, aber ich war mir nie sicher ... Du weißt, dass ich dich liebe, ganz egal, was du tust oder sagst oder bist, ja? Oder wen du liebst?"

Ich blinzelte verwirrt. Wussten nicht alle, dass ich Jungs und Mädchen mochte? Ich hatte das Gefühl, als wäre das von Anfang an offensichtlich gewesen, aber ich antwortete ihr dennoch. „Ich bin hier bei Liam und ja, wir sind ..." Ich hielt inne. Ich konnte nicht sagen, dass wir ausgingen. Ich konnte nicht sagen, dass er mein fester Freund war, oder? Vielleicht war er das?

„Involviert?", bot Großmutter Ford erneut an.

„Ja und ich denke, dass ich Weihnachten hier mit ihm verbringen werde. Es wird so für alle besser sein."

„Nun, ich vermisse es, dein Gesicht zu sehen, aber wenn du in Gesellschaft dieses jungen Mannes glücklich bist, freue ich mich für dich. Ich weiß, dass du die letzten Tage viel durchgemacht hast und ich hoffe, dass er dich auch tröstet."

„Das tut er."

„Soll ich diese Nachricht deinen Eltern überbringen? Oder wirst du sie selbst anrufen?"

„Sag du es ihnen bitte. Ich will von ihnen keinen weiteren Vortrag über irgendetwas bekommen, ob es nun ist, weil ich über Weihnachten hierbleibe oder dass sie mich anschreien, was für einen Riesenfehler ich gemacht habe, mit … mit dem, uh, Foto.“

„In Ordnung. Ich möchte nur, dass du weißt, Liebling, dass es nichts gibt, was du tun könntest, dass ich dich je nicht liebe. Nur für den Fall, dass du dir deswegen Sorgen gemacht hast.“

„Ich weiß“, flüsterte ich.

„Du bist mein süßer Junge.“

„Ich liebe dich, Großmutter.“

„Jetzt genieß die Zeit mit deinem Freund und ich werde deinen Eltern sagen, dass du zu Weihnachten nicht kommen wirst.“

„Sie werden ohne mich wahrscheinlich glücklicher sein“, sagte ich, überwältigt von plötzlichem Selbstmitleid.

„Das kann ich nicht sagen. Sie lieben dich und haben sich darauf gefreut, dich zu sehen. Aber du weißt, wie sie Dinge mit ihren Sorgen über ihren Ruf und ähnliches verkomplizieren.“ Sie schnalzte mit der Zunge. „Aber das wird alles vorbeigehen. Skandale wie diesen gibt es im Dutzend billiger. Schon bald wird das Missgeschick von jemand anderem trendig – ist das das richtige Wort dafür?“

„Ja.“

„Ich lerne eure neumodischen Wörter.“

Als ich mich von ihr verabschiedete, bebte mein Herz.

War ich immer noch trendig? Ich war in Versuchung, nachzusehen. Mein Finger schwebte über dem Symbol der Twitter-App auf meinem Handy, als der Schlüssel in der Tür erklang.

Ich warf das Handy zu Seite, als Liam mit einem Tablett mit zwei Tellern hereinkam. Ich setzte mich auf, wollte gerade aus dem Bett steigen, um ihm zu helfen, als er stehen blieb und meinte: „Verdammt, du siehst gut aus, so ganz nackt im Bett. Bleib da. Beweg dich nicht. Lass mich dich sehen.“

Ich tat, worum er mich bat.

Nachdem er das Tablett auf den kleinen Tisch gestellt hatte, drehte er sich wieder zu mir, verschränkte seine Arme vor seinem

Brustkorb und musterte mich. „Zur Hölle mit den Sandwiches. *Du* siehst gut genug zum Vernaschen aus." Er grinste. „Schon wieder."

„Mach ruhig", stimmte ich zu. Liams Zunge auf meinem Schwanz war ein Feiertagswunder gewesen und ich hätte gerne mehr davon.

„Später", sagte er, deutete auf die Teller. „Lass uns stattdessen richtige Nahrung essen. Uns für mehr Spaß später stärken."

Während Liam ins Bad ging, um seine Hände zu waschen, setzte ich mich an den Tisch und fing mit dem Sandwich an – dickes Brot mit allem Chi-Chi und einem fingerdicken Stück Fleisch – und die Plätzchen – Grün, Rot und Weiß glasiert. Sie sahen wie die Zuckerkekse aus, die mein Lieblingskoch immer zu den Feiertagen gemacht hatte, als Southerland und ich noch Kinder gewesen waren. Auch wenn das Rezept nicht dasselbe war, schmeckten sie köstlich.

„Ja, hau rein", ermunterte Liam mich, setzte sich gegenüber von mir hin und nahm einen großen Bissen von seinem Sandwich. Seine Augen schlossen sich, seine braunen Wimpern beschatteten seine sommersprossigen Wangenknochen, und er stöhnte. „So gut. Suzanne gibt irgendetwas Illegales in diese Sandwiches, das schwöre ich. Ich bin mir nicht sicher, was genau, aber ich habe noch nie Bessere gegessen."

Ich nahm einen Bissen von meinem und der Geschmack explodierte in meinem Mund, brachte auch mich zum Stöhnen. „Es ist der Senf", bemerkte ich. „Unser vorletzter Koch hat auch diesen Senf benutzt. Das ist der Beste."

„Vorletzter Koch", murmelte Liam und lachte. „Deine Familie lebt in einer ganz anderen Welt, North. Das weißt du, oder?"

Ich nickte. „Ja, aber was kann ich dagegen tun? Und so peinlich das auch ist, ich nehme an, dass ich nicht wüsste, wie ich anders leben sollte."

„Ich weiß", sagte Liam nachdenklich.

Mein Handy summte und Liam und ich drehten uns in die Richtung.

„Es könnten meine Eltern sein", gab ich zu. „Ich habe vorhin mit Großmutter Ford gesprochen und ihr gesagt, dass ich zu Weihnachten nicht nach Hause komme. Ich will die ganzen Partys und die Aufmerksamkeit vermeiden."

„Und deine Eltern wollen das?"

Ich nickte. „Nun, Southerland sagt es. Ich habe nicht mehr mit ihnen gesprochen seit dem Anruf mit dir."

„Sie haben nicht einmal eine Textnachricht geschrieben?"

Ich schüttelte meinen Kopf.

„Verdammt. Sie sind … sie sind so ganz anders."

„Ich weiß." Ich griff nach dem Handy und wie erwartet war es eine Nachricht von meiner Mom.

Großmutter Ford hat uns gesagt, dass du zu Weihnachten nicht kommst. Dein Dad und ich werden dich dieses Jahr vermissen. Trotz der Schwierigkeiten, die wir im Moment haben, wollen wir dich wissen lassen, dass wir dich sehr lieben. Genieß Weihnachten mit Liam. Es ist eine Erleichterung zu wissen, dass er sich gut um dich kümmern wird. Wir sehen uns zur Spring Break.

Ich las die Nachricht Liam laut vor. „Mach dir keine Sorgen. Ich werde nicht an dir kleben. Du wirst offensichtlich Weihnachten mit deiner Familie verbringen und so. Ich werde einfach hier im Chalet bleiben. Sie bieten hier Aktivitäten an, oder? Wenn ich mich je entschließe, das Zimmer zu verlassen." Ich schnappte mir ein zweites Plätzchen und aß es zwischen Bissen des Sandwiches. „Ich bleibe vielleicht einfach drin und schaue mir *Elf* noch einmal an. Es wird genau wie zu Hause sein: unten eine Party und ich allein mit Buddy Elf."

„Das Leben deiner Eltern ist etwas, von dem ich mir nicht vorstellen kann, es je zu versuchen zu leben."

„Ja."

„Du bist damit aufgewachsen. Es muss für dich normal sein."

„Vielleicht. Aber ich bin willens, eine andere Art Leben zu lernen.“ Ich beobachtete Liams Gesichtsausdruck, machte mir plötzlich Sorgen, dass er vielleicht dachte, ich wäre zu anders als er. „Deine Art Leben.“

Liams Lippen hoben sich an den Mundwinkeln. „Wie wäre es, wenn wir versuchen, uns irgendwo in der Mitte zu treffen? Ich gebe zu, nachdem ich diese Jahre mit deiner Familie verbracht habe, kann ich nicht sagen, dass ich auch nur annähernd neidisch auf ihren Ruhm und Reichtum bin, nicht, wenn das mit so vielen Sorgen verbunden ist.“

„Mein Dad hatte letzten Monat einen weiteren Stalker“, sagte ich nickend. „Es ist mittlerweile so normal, dass Southerland und ich nicht einmal blinzeln. Mom hat ihre eigenen Probleme. Es gibt immer ein Mitglied in einem ihrer Clubs, dass ihr in den Rücken fällt oder über sie tratscht oder versucht, Dad zu verführen.“

„Ich erinnere mich.“

„Es ist erschöpfend.“

„Wie würdest du gerne dein Leben verbringen? Was denkst du, ist der perfekte, gewöhnliche Tag?“

„Für jeden?“

„Nur für dich. Wie wenn du dir deinen idealen gewöhnlichen Tag ausmalen könntest.“

„Hmm. Ich bin mir nicht sicher.“ Ich kaute mein Sandwich und schaute aus dem Fenster. „Ich male zur Zeit gerne. Ich habe angefangen, meine Drachen und Aliens auf größere Leinwände zu malen, jetzt wo ich in Seattle bin und Mom sich nicht über den Geruch der Farben beschweren kann.“

„Ja? In deinem Apartment?“

Ich nickte. „Ich habe ein freies Zimmer und ich ziehe einfach eine Leinwand auf und tobe mich da drin aus. Die Leinwände sind riesig.“ Ich hielt inne. „Wenn sie noch größer wären, könnte ich sie nicht wieder nach draußen bringen und die Decken sind superhoch.“

„Idealerweise würdest du also den ganzen Tag malen?“

„Ich glaube nicht, dass ich das den ganzen Tag machen könnte. Man kann nur begrenzt Zeit damit verbringen, über Drachen nachzudenken und Designs für die Flügel.“

Liam grinste. „Du könntest andere Dinge malen.“

„Vielleicht.“ Ich rutschte ein wenig herum, Scham stieg in mir auf. „Okay, das ist peinlich, aber ich vertraue dir.“

„Schieß los.“

„Mir gefällt der Gedanke zu gärtnern.“

„Wie Tomaten und Gurken zu züchten?“

Ich schüttelte meinen Kopf. „Nein, wie einen riesigen Park zu haben und ein großes Design zu machen, das ich mit Blumen und Büschen und so zum Leben erwecke. Vielleicht einen Garten in Drachenform, aber er wäre so groß, dass man die Farben des Drachen nur aus der Luft sehen kann.“

„Was hält dich davon ab? Wenn es um die Ausbildung geht, bin ich mir sicher, dass wir Kurse finden können, die dir helfen, alles über Gartenbau zu lernen und mit kleineren Versionen deines Traums anzufangen.“

Ich zuckte mit den Schultern. „Es ist peinlich.“

„Sag es mir trotzdem.“

„Das habe ich gerade. Gärtnern zu wollen ist seltsam. Was macht ein Typ wie ich mit so einem Traum? Ich sollte größere Träume haben.“

„Was ist ein besserer Traum für dich?“

„Dad denkt, ich sollte schauspielern.“

Liam hob seine Brauen, als wollte er ‚im Ernst?‘ sagen und ich lachte.

„Ich weiß, oder? Ich kann mich durch Schauspielerei nicht aus einer Papiertüte retten, wie Southerland gerne sagt. Stell dir nur vor, wie schlecht diese Entschuldigung gewesen wäre, wenn ich nicht jedes Wort ernst gemeint hätte. Größtenteils."

„Und was denkt Großmutter, Astor, was du tun solltest?"

„Modeln. Sie sagt, dass ich dafür gut genug aussehe. Es ist etwas, bei dem das Kind eines Schauspielers ganz leicht anfangen kann und sie sagt, dass es das ist, was hübsche Menschen tun, wenn sie nicht das überlegene Hirn zu ihrem überlegenen Aussehen haben."

„Entschuldige, aber sie ist ein Miststück."

„Ja, ist sie. Großmutter Ford sagt, dass ich Kinderbücher schreiben sollte? Über Drachen?" Ich seufzte. „Und das ist keine schlechte Idee, aber Drachen sind nicht nur für Kinder, weißt du?"

„Ich verstehe."

„Im Moment bin ich glücklich mit den großen Drachen-Gemälden."

„Wem hast du von dieser Garten-Idee erzählt?"

Ich zählte ein paar meiner Bekanntschaften vom College auf, denen gegenüber ich es einmal erwähnt hatte. „Sie alle haben mich angestarrt, als ob ich gesagt hätte, dass ich davon träumte, meinen Lebensunterhalt mit Pornos zu verdienen. Nein, dann hätten sie wahrscheinlich *weniger* gestarrt, weil sie mich gerne nackt sehen würden. Die meisten zumindest."

„Mir wäre es lieber, wenn nur ich dich nackt sehe", sagte Liam, nahm meine Hand. „Ich bin kein eifersüchtiger Typ, aber ich bin treu."

Das gefiel mir. Ich fühlte mich dabei ganz freudig und aufgeregt. „Ich auch."

Obwohl ich *auch* der eifersüchtige Typ war.

„Gut."

„Ich habe nie jemandem in meiner Familie von der Garten-Idee erzählt. Ich glaube nicht, dass sie das verstehen würden."

„Großmutter Ford vielleicht."

Ich schüttelte meinen Kopf. „Es ist dumm. Ich sollte es vergessen.“

„Nein, nein“, wandte Liam ein. „Das ist großartig. Es ist nicht unmöglich zu schaffen, North. Ich denke, dass du das könntest. Das tue ich wirklich.“

Ich wusste seinen Glauben an mich zu schätzen, aber ich wusste nicht einmal, wo ich überhaupt anfangen sollte. „Ich nehme an, es spielt keine Rolle, weil ich dieses Zimmer nie wieder verlassen werde.“

„Was das angeht. Dieses Chalet ist wie mein zweites Zuhause. Die Leute hier sind nett. Ich verspreche, dass es sicher ist, aus deinem Zimmer zu kommen.“

„Vielleicht die Leute, die hier arbeiten, aber was ist mit den Gästen?“

„Ich kenne die meisten davon ebenfalls, aber sogar bei denen, die ich nicht kenne, bin ich mir sicher, dass sie nett zu dir sein werden.“

„Sie haben meinen Schwanz gesehen“, murmelte ich, spürte, wie das Sandwich anfing, zurückzukommen. „Sie werden es wissen.“

„Baby, es tut mir leid, dass dir das zugestoßen ist, aber für immer in diesem Zimmer zu bleiben ist nicht die Antwort. Das hier ist ein großartiger Ort zu üben, so zu tun, als wäre dir dies alles egal, wann immer du in Zukunft jemanden triffst. Hier ist nur eine begrenzte Anzahl Leute und keiner von ihnen wird dir gegenüber ein Arschloch sein.“

„Es ist demütigend.“

„Das ist es“, stimmte Liam zu. „Aber ich werde an deiner Seite sein und wir werden dich da durchbringen.“

Ich räusperte mich. „Vielleicht. Aber später.“

„Natürlich, später.“

„Ich will für den Rest der Nacht alles vergessen, was damit zu tun hat. Können wir das tun?“

„Sicher. Keine Handys, kein Internet. Wir werden in unserem

Zimmer bleiben und ich werde Rhonda bitten, uns das Abendessen zu bringen.“

„Ich dachte, das würden sie nicht tun?“

„Ich habe Sonderstatus bei ihr“, zog Liam mich auf. „Sie wird es für mich tun.“

„Nur heute Abend?“

„Ja. Morgen werden wir einen Schritt unternehmen, uns wieder der Welt zu stellen.“

„Morgen auch keine Handys oder Internet?“, fragte ich hoffnungsvoll.

„Wenn du das Zimmer mit mir verlässt, dann ja.“

„In Ordnung. Das ist ein Deal.“

Danach aßen wir unsere Plätzchen auf und ich ging auf meine Knie, warf Liam den süßesten Blick zu, den ich konnte und fragte: „Kann ich deinen Schwanz wieder lutschen? Ich will unbedingt üben. Ich schwöre, ich kann gut darin werden.“

Liam berührte meine Wange. „Du darfst gerne meinen Schwanz zu Übungszwecken hernehmen, wann immer du willst. Deinen Mund um mich zu sehen-“ Er schauderte. „Das ist verdammt heiß.“

„Mach deine Hose auf“, keuchte ich. „Ich will dir einen blasen.“

Er tat es und ich tat es.

Und in diesen Momenten vergaß ich alles außer dem Geruch seines Gemächts, dem Geschmack seiner Wichse und den Lauten, die er von sich gab, als ich ihn bearbeitete.

KAPITEL ZEHN

Liam

NORTH WAR NICHT Gottes Geschenk, was Blowjobs betraf, aber sein Enthusiasmus ließ meine Beine zittern, meine Hüften zucken und meine Eier hart werden, lang bevor ich kommen wollte.

Ich musste dafür sorgen, dass es dauerte, weil es mir immer noch wie ein Traum vorkam, dass North bei mir war, mich berührte und von mir berührt wurde und seine Lippen kirschrot waren, weil sie so um meinen Schwanz gedehnt waren.

„Das ist gut", lobte ich ihn, schob eine Hand in seine Haare und hielt ihn fest, während ich in seinen Mund fickte, die Kontrolle über die glitschige, feuchte Reibung übernahm. „Du bist so wunderschön. Schau dich an."

Er stöhnte und ich entschied, dass in seinem Mund zu kommen nicht gut genug war. Ich sehnte mich danach, ihn mit meiner Wichse zu bemalen, sie in seine Haut zu reiben und ihn komplett zu meinem Eigentum zu machen. Er würde nach mir stinken und ich würde seine Ladung herauslocken und sie meiner hinzufügen. Eine Mischung von uns auf seinem Körper.

Ich zog mich aus seinem Mund zurück und er folgte mir, den Mund hatte er geöffnet wie ein Babyvogel, der hungrig auf mehr war. „Das ist alles für den Moment", sagte ich, zog ihn auf die Füße und schubste ihn aufs Bett. „Zieh diesen Bademantel aus. Leg dich auf den Rücken."

Er tat, was ich ihm sagte, und ich kniete mich zwischen seine gespreizten Beine, schaute auf seine geröteten Wangen, seine roten Lippen und hungrigen Augen, ließ meinen Blick über seinen haarigen Brustkorb wandern, dorthin, wo sein Schwanz im Rhythmus seines Pulses gegen seine schwarzen Schamhaare und seinen harten Bauch klopfte. „Willst du mein sein, Baby?“

„Ja.“

„Willst du meine Wichse überall auf dir?“

„Will sie *in* mir.“

„Mm, ja, das will ich auch.“ Ich biss die Zähne zusammen, um der Versuchung zu widerstehen, seine Beine nach oben zu schieben und einfach in ihn zu stoßen, ohne so darauf hinzuarbeiten, wie er es brauchte. „Aber später.“

North nickte, seine Pupillen waren geweitet, sein Schwanz verteilte Liebestropfen.

„Zwick deine eigenen Nippel“, flüsterte ich. „Ich will es sehen.“

North’ Röte wurde intensiver, aber er tat, worum ich ihn gebeten hatte und als er anfing, sie härter und härter zu zwicken, im Rhythmus meiner Hand, die meinen schmerzenden Schwanz pumpte, spürte ich, wie die Spannung in mir zu heftig wurde, um ihr zu widerstehen.

Ich kam, mit einem Schrei und einem scharfen, harten Spritzer Wichse, der mir den Atem raubte. Das glitschige, perlweiße Zeug landete auf seinem Bauch und Brustkorb und ich zielte meine letzte Ladung auf seinen Schwanz, verteilte sie auf ihm.

Während er seine Nippel weiter bearbeitete, beugte ich mich über seinen Schwanz, leckte meine Wichse ab und saugte ihn in meine Kehle. Er wölbte sich auf und hätte beinahe seine Ladung verschossen, aber ich zog mich wieder zurück.

Ich griff nach dem Gleitgel auf dem Nachtkästchen, fragte ihn: „Willst du in mir sein? Mach dir keine Sorgen. Ich werde alles kontrollieren. Ich zeige dir, wie es geht.“

North schüttelte den Kopf und ich lächelte. „Das ist in Ordnung, Baby. Es ist gut, Nein zu sagen, wenn du etwas nicht willst." Ich stellte das Gleitgel wieder weg. „Außerdem bin ich nach diesem Orgasmus wahrscheinlich zu empfindlich. Meine Augen könnten sich als größer als mein Appetit herausstellen."

„Darf ich kommen?", fragte North mit bebender Stimme.

Ich neigte meinen Kopf zur Seite. „Du bittest um Erlaubnis?"

Er nickte.

„In Ordnung. Moment." Ich rutschte herum, bis ich über ihm war, eine Hand auf seiner Kehle, überhaupt nicht fest, sondern zärtlich und beruhigend, als würde ich ihn beschützen. „Jetzt hol dir einen runter. Ich werde dein Gesicht betrachten, wenn du kommst."

Er wimmerte und ein Hauch Unsicherheit schimmerte in seinen Augen, aber er nahm seinen eigenen Schwanz in die Hand und als ich jede Nuance seiner wechselnden Gesichtsausdrücke in mich aufnahm, seine Augen sich schlossen und wieder öffneten, um zu sehen, wie ich zuschaute, erkannte ich den genauen Moment, in dem er sich verlor. Es war wunderschön. Genau wie er.

Sein Brustkorb hob und senkte sich wild, als seine Wichse in harten Schüben aus ihm herauskam, was ihn zitternd, wimmernd zurückließ. Süßer Jesus, er war heiß.

North brach auf dem Bett zusammen, keuchend und wieder erschöpft. Seine Lider sanken, während ich unsere gemeinsame Wichse überall in seine Haut rieb, dabei flüsterte, dass er jetzt mein war und zu mir gehörte.

„Es ist gut, zu jemandem zu gehören", nuschelte er, als er in den Schlaf nach dem Orgasmus abdriftete. „Habe noch nie so zu jemandem gehört."

Ich brach neben ihm auf der Matratze zusammen und zog ihn an mich. Ich küsste seine Haare, seinen Hals und seine Schulter und murmelte: „Ich auch nicht, Baby. Ich auch nicht."

KAPITEL ELF

Liam

23. Dezember

AM NÄCHSTEN MORGEN stand ich vor North auf, duschte mich und zog die frische Kleidung an, die meine Mom eingepackt und Jerome letzte Nacht vor unsere Tür gebracht hatte. Es war gut, eine neue Jeans zu tragen und sich zu rasieren – sie hatte auch einen Rasierer, eine Zahnbürste, eine Tube Gleitgel und eine ganze Schachtel Kondome in den Koffer gepackt.

Das war ein wenig peinlich – und unnötig.

Aber auch aufmerksam.

Sie wusste wohl mehr über meine Gefühle für North, als mir klar gewesen war.

Darauf achtend, meinen schlafenden Engel nicht zu wecken, verließ ich das Zimmer und ging nach unten, um ein spätes Mittagessen zu holen. Wieder wurde ich abrupt von demselben Mann im Flur aufgehalten, der mir am Tag zuvor die Rollen mit dem Toilettenpapier gegeben hatte.

Mit funkelnden, schelmischen Augen hielt er mir eine leere Kaffeekanne hin, sagte dazu: „Werde die bitte für mich los." Sobald ich sie genommen hatte, schlenderte er davon, zurück zu Zimmer Neun.

Kopfschüttelnd trug ich die Kaffeekanne mit zum Aufzug. Während ich auf dessen Ankunft wartete, summte mein Handy.

Da ich erwartete, dass Maeve sich darüber beschwerte, dass ich nicht auf ihre Kinder aufpasste, und dadurch ihr Leben schwieriger machte, während ich meine Zeit an ein egoistisches Kind verschwendete, das mich während einer Pandemie gefeuert hatte und all die üblichen Nörgeleien, war ich überrascht, diesen Namen auf dem Bildschirm zu sehen.

Obwohl ich das wirklich nicht hätte sein sollen. Ich wusste, dass sie North mochte.

„Eleesha", sagte ich, nahm den Anruf an und schickte den Aufzug weg, als er ankam. Die Verbindung starb in dieser Blechbüchse auf der Stelle. Ich ging zum Ende des Flurs, zu dem Fenster, das auf den See hinausschaute. „Wie geht es dir? Ich nehme an, du hast es gesehen?"

„Habe ich. Und ich habe auch gesehen, dass er in einem Chalet in deiner Nähe ist, darum-"

„Du hast ihn immer noch auf Find My iPhone?"

„Natürlich. Du doch auch? Wenn irgendjemand Gefahr läuft, draußen in den Wäldern verloren zu gehen oder etwas in der Art, dann ist es unser Freund North. Je mehr Leute nach ihm suchen können, umso besser, würde ich sagen."

„Darum hast du nie meinen Zugang zur App entfernt?"

„Das und ich wusste, dass du ihn im Auge behalten wollen würdest. Es ist nicht so, dass nicht sofort, als ich angefangen hatte, North zu beschützen, klar gewesen wäre, was zwischen euch gelaufen war."

„Nichts ist gelaufen."

„Ich weiß. Weil er dich gefeuert hat. Seine Eltern haben es mir erklärt, als ich sie gefragt habe, ob alles koscher gewesen ist."

„Danke für dein Vertrauen", schnaubte ich.

„Hey, nette Jungs können auch problematisch sein." Sie schnaufte. „Du scheinst nicht überrascht zu sein, dass er in einem Chalet in deiner Nähe ist. Ich nehme an, du bist bei ihm?"

Der Hauch Anklage in ihrer Stimme ließ mich wissen, was sie dachte, dass ich mit North machte und die Tatsache, dass es stimmte, nadelte mein Gewissen. „Er kann gehen, wohin er will und zusammen sein, mit wem er will. Er ist jetzt erwachsen.“

„Ich habe gestern auf Twitter gesehen, wie erwachsen er jetzt ist.“

„Himmel.“

„Ja. Ich würde gerne mein Hirn bleichen, aber die gute Nachricht ist, dass seine Entschuldigung absolut perfekt war. Hast du ihn da durchgeführt?“

„Musste ich nicht. Er war von ganz allein ziemlich emotional.“

„Ja, kann ich mir vorstellen.“ Sie seufzte. „Er ist ein guter Junge. Hat mir nie absichtlich Ärger gemacht. Aber Mist folgt ihm, als wäre er verflucht. Das weißt du, oder?“

„Natürlich tue ich das.“

„Was wirst du dagegen unternehmen? Der Junge braucht jemanden, dem er etwas bedeutet und jemanden, den er um sich haben möchte, um zu helfen, sich um ihn zu kümmern. Wirst das du sein?“

Ich räusperte mich. „Das hoffe ich. Aber er ist erst gestern Morgen hier angekommen und wir haben die Zeit mit dringlicheren Dingen verbracht. Wie der Entschuldigung.“

„Wie die ungelöste sexuelle Spannung zwischen euch zu lösen.“

Ich schwieg. Es ging sie nichts an. Ich wusste, dass sie ihre eigenen Schlüsse ziehen würde, und das tat sie.

„Nun, wie du schon gesagt hast, er ist erwachsen. Es ist wahrscheinlich das Beste. Du wirst gut mit ihm klarkommen. Das war schon immer so. Besser als ich es konnte und das ist wahrscheinlich der Grund. Er wollte dich erfreuen. In deiner Nähe zu sein war ihm wichtiger, als mit idiotischen Freunden herumzuhängen oder auf Partys zu gehen. Wenn du dieser Mann für ihn sein kannst, dann soll Gott dich segnen.“

„Ich will es versuchen.“

„In Ordnung. Meinen Segen hast du. Nicht, dass du ihn

brauchst. North hat einen Platz in meinem Herzen. Ich hatte keine Ahnung, dass ich auch nur einen mütterlichen Knochen in meinem Körper habe, bis ich auf diesen Jungen aufgepasst habe. Er ist einfach so süß und dumm."

„Er ist rein", sagte ich, Schuld, weil ich einmal ähnliche Dinge gedacht hatte, traf mich.

„Wie du meinst. Ich wollte nur wissen, wie es läuft. Ich nehme an, es geht ihm gut?"

„Er ist gedemütigt, weigert sich, sein Zimmer hier im Chalet zu verlassen, und will nie wieder nach Hause gehen."

„Vielleicht sollte er das nicht."

„Vielleicht stimme ich zu."

„Hmmpf, diese Familie. Nun, Southerland und Mrs Ford sind nicht komplett unmöglich, aber diese Eltern sind Karikaturen menschlicher Wesen. Für jemanden, der nicht einmal Schauspielerin ist, hat Mrs Astor in diesem Haus jedenfalls einen festen Platz im So-tun-als-ob Bereich."

„Dagegen kann ich nichts einwenden."

„Behalte ihn bei dir. Hol ihn aus diesem Leben raus."

„Ich kann es versuchen, aber er ist der Astor-Ford Erbe, zusammen mit Southerland und ich glaube nicht, dass sie auf ewig ihre Klauen von ihm fernhalten werden."

Sie schnalzte mit der Zunge, bevor sie sagte, dass sie losmusste. „Mein neuer Schützling schleift mich durch Vegas. Sie macht mich *fertig.*"

Ich hustete ein Lachen. Es war nicht professionell von Eleesha, solche Dinge über ihre Kundin zu sagen, aber ich wusste auch, dass Ruby Montague, die Leadsängerin der All-Girl Band Glue You, ziemlich anstrengend war.

„Viel Spaß", sagte ich und beendete den Anruf.

Nach meinem Gespräch mit Eleesha nahm ich die Treppe, hielt die Kaffeekanne an meinen Brustkorb gedrückt, als ich erneut die

Küche betrat. Das Radio auf dem Fensterbrett spielte Musik aus den 80er Jahren und daneben lehnte Rhonda sich aus dem Fenster, mit einer angezündeten Zigarette in der Hand.

Als ich die Kaffeekanne auf die Kochinsel stellte, saugte Rhonda das „Gift", wie Suzanne es nannte, ein und blies es gleichmäßig hinaus in den Wind.

„Ich wünschte, du und Eric würdet damit aufhören", bemerkte ich mit einem Seufzen. Der Geruch von Zimt und Weihnachtsgewürzen füllte meine Nase, blockte beinahe den Gestank des Rauchs.

„Wenn Wünsche Veränderungen wären", sagte Suzanne, schlug die Tür des Kühlschranks zu und musterte ihre Ehefrau.

„Wie viele Male habe ich versucht aufzuhören?", fragte Rhonda.

„Dreizehn Mal", antworteten Suzanne und ich.

„Und wie viele Male habe ich versagt?"

„Dreizehn."

„Genau. Außerdem brauche ich meine Zeit allein mit Eric draußen beim Schuppen, wenn wir rauchen."

Wir beide verdrehten die Augen. Suzanne wandte sich mir zu und ihre Brauen sanken verwirrt nach unten. „Gibt es ein Problem mit deiner Kaffeekanne? Ist die Maschine auf deinem Zimmer kaputt? Und ich dachte, du trinkst keinen Kaffee?"

„North trinkt welchen", sagte ich. „Aber die hier ist nicht von mir. Der Typ auf Zimmer Neun hat sie mir in die Hand gedrückt und mir gesagt, dass ich sie loswerden soll."

Suzanne und Rhonda tauschten amüsierte Blicke.

Rhonda meinte: „Ah, das ergibt Sinn", bevor sie einen weiteren tiefen Zug von ihrer Zigarette nahm.

„Tut es das?"

„Oh ja", bestätigte Suzanne. „Es ist albern. Wir erzählen dir später mehr."

„Gut, dass ich ein geduldiger Mann bin oder ich würde verlangen, dass ich *auf der Stelle* mehr wissen möchte. Er hat mir gestern auch Toilettenpapier gegeben. Er ist seltsam."

„Seltsam und verliebt."

„Oh?" Ich grinste. „Moment, Moment … ist das Max? Erics …" Ich rollte meine Hand, um mehr zu zeigen, als ich Worte hatte, es auszudrücken.

„Genau der", sagte Suzanne.

„Wo ist Eric?", fragte ich und bemerkte erneut die Abwesenheit von Suzannes rechter Hand, Jerome. Ich fügte eine Frage nach ihm hinzu.

„Jerome ist wieder in der Stadt und Eric versucht, bei Verstand zu bleiben, während diese ganze Max-Sache ihn wahnsinnig macht."

Ich lachte. Ich konnte mir nur vorstellen, wie nervös Eric war. Er hatte wirklich geschwitzt nach dem, was mit Max letztes Jahr passiert war. Er war ein Meister im zu viel Nachdenken.

Suzanne wirbelte herum, um Rhonda finster anzustarren. „Ich meine es ernst. Mach diese Giftstange aus und schließ das Fenster. Du wirst uns noch alle erfrieren lassen."

Molly kam vorn irgendwo her getrottet, aber wahrscheinlich aus einem der Zimmer, in dem sich die Gäste aufhielten. Sie lächelte ihr glückliches Ich-bin-so-viel-gestreichelt-worden-ich-bin-im-Hundehimmel-Lächeln und trottete zu ihrer Wasserschüssel, schlabberte unordentlich, bevor sie sich mit einem Schnaufen in ihr Bett im hinteren Teil des Raumes legte.

„Keine Begrüßung für mich, huh?", fragte ich sie. Sie drehte ihren Kopf in meine Richtung, warf mir einen süßen Blick zu und legte ihren Kopf ab.

„Mach schon", sagte Suzanne zu Rhonda, als sie Wasser über den ausgedrückten Stummel laufen ließ und ihn in den Müll warf. „Gib Liam das Gebäck. Ich nehme an, darum bist du hier, weil ihr beide das Frühstück verpasst habt."

„Ja, er schläft gerne aus."

„Und er hat immer noch Angst, sich der Realität zu stellen?", fragte Rhonda, ging durch die Küche, um ein neues Tablett zu holen und fing dann an, eine köstlich aussehende Mischung an Gebäck zusammenzustellen. Mein Magen knurrte und Rhonda zwinkerte mir zu.

Das Lied im Radio endete und der Wetterbericht kam – einhundert Prozent Schneewahrscheinlichkeit, am Anfang leicht, aber bis zum Abend heftiger.

„Klingt, als wird es eine gemütliche Nacht, in der alle Gäste dableiben", murmelte Suzanne. „Ich werde zusehen, dass jede Menge heiße Schokolade und Irischer Kaffee vorbereitet sind. Ich werde wohl noch mehr Sahne schlagen müssen."

„Was ist Weihnachten ohne Schnee?", bemerkte Rhonda, gerade als der Wetterbericht endete und der nächste Song anfing, laut und wild.

Suzanne hörte auf, an dem Auflauf zu arbeiten, den sie gerade machte, um auf den Sender zu wechseln, der vierundzwanzig Stunden lang Weihnachtsmusik spielte. Er fing immer im November an und blieb bis Silvester auf Sendung. Glocken und ein Chor passten viel besser zur Ästhetik der Jahreszeit, verliehen der Atmosphäre ein warmes Glühen.

„Wenn er immer noch Probleme mit seiner Angst hat, warum nimmst du dann nicht Molly mit?", schlug Rhonda vor, reichte mir das Tablett mit dem Gebäck, Orangensaft, Wasser, Kaffee und einer heißen Schokolade für mich, weil ich keinen Kaffee mochte. „Sie kann die Menschen aufheitern. Sie sorgt jedenfalls immer dafür, dass ich mich besser fühle."

Molly hob interessiert ihren Kopf, als ihr Name erwähnt wurde und sie das mit Nahrung beladene Tablett sah. Sie neigte ihren Kopf, ihre Ohren hoben sich und ihre glänzenden dunklen Augen leuchteten auf.

„Das ist eine großartige Idee." Ich küsste Rhonda auf die Wange und warf Suzanne einen Kuss zu. „Ich werde ihn dazu bringen, heute sein Zimmer zu verlassen, ganz egal was kommt. Mit etwas Glück wird er heute Abend am Esstisch sitzen."

„Ich würde sein hübsches Gesicht liebend gern sehen", erklärte Suzanne lächelnd.

„Vor allem, weil wir all seine hässlichen Sachen schon gesehen haben." Rhonda zog die Nase kraus.

„Hey, langsam. Ihr müsst wissen, was ihr gesehen habt, ist erstklassiges, wunderschönes Zeug. Ihr habt Glück, es gesehen zu haben."

„Was schwule Männer und Hetero-Frauen mit diesen Stöcken und Beeren anfangen können, ist mir schleierhaft."

Suzanne lachte leise. „Dafür bin ich dankbar."

Rhonda gab ihr einen Kuss auf die Wange. „Viel Glück mit deinem Mann. Und bring das Tablett und die Teller runter, wenn ihr fertig seid. Eric ist nicht erfreut, sie vor eurer Tür aufsammeln zu müssen."

Ich salutierte und pfiff Molly. „Komm, Mädchen. Ich habe einen neuen Freund für dich."

KAPITEL ZWÖLF

North

ICH WACHTE WIEDER allein auf und dieses Mal gab es keine Nachricht, aber ich wusste, dass Liam wahrscheinlich losgezogen war, um Essen zu holen und dass er gleich wieder zurück sein würde. Dennoch. Während ich im Bett lag, dabei an die Decke starrte, schlich sich Furcht in meinen Blutkreislauf, schlug im Rhythmus meines Pulses.

Was, wenn die Entschuldigung nicht so gut gelaufen war, wie Southerland behauptet hatte? Was, wenn ich niemals wieder ins Internet konnte, ohne mein Gemächt zu sehen? Was wenn, was wenn –

Das ging in einem endlosen Kreislauf so weiter, bis ich aufstand, in eine Jogginghose schlüpfte – die letzte saubere, die ich in meinen Rucksack gestopft hatte – und ein T-Shirt, dann drei Mal durch das Zimmer stapfte, und mir schließlich mein Handy aus der Schublade holte, in die ich es gestern gepackt hatte, nachdem wir uns versprochen hatten, nicht mehr ins Internet zu gehen.

Aber das war gestern und jetzt war heute. Ich musste wissen, ob ich für den Rest meines Lebens in diesem Chalet wohnen würde oder ob ein neuer Skandal bekannt geworden war, der mich vielleicht aus der Schusslinie beförderte.

Twitter war die erste App, die ich öffnete. Wenn irgendetwas höher im Trend lag als mein Schwanz, würde es dort zuerst auftauchen, auch wenn TikTok nicht lang auf sich warten lassen würde. Ich schaute auf die Trend-Liste und meine Hoffnungen stiegen, bis ich zum letzten Punkt kam: *#North'Stange*

Ich klickte ihn an. Ich konnte nicht anders.

Nach zwei Tagen Vermeidungsmodus stellte ich mich dem Problem. Ich zuckte zusammen, als ich sah, dass, ja, nur kurzes Scrollen mir ein Foto meines Schwanzes bescherte. Ich studierte es, versuchte zu verstehen, warum es der Welt so wichtig war. Es war nicht so, dass es der Schwanz meines Vaters war. Er war ein berühmter Schauspieler, nach dem sich Frauen und Männer verzehrten.

Aber ich wusste warum. Es war mir eingebläut worden, seit ich ein Kind war.

Weil meine Eltern berühmt waren, weil ich gut aussehend war, weil ich reich war – darum interessierte es die Leute.

Und, oh Mann, interessierten sie sich. Es gab unzählige Threads mit Diskussionen über mein Missgeschick, die Form meines Penis, die Ethik, dieses Foto zu teilen, über das Foto zu reden, nicht über das Foto zu reden und zu meiner Überraschung gab es auch nette Threads. Die Leute sprachen mich direkt an und sagten, sie hofften, es ginge mir gut.

Ein Kloß bildete sich in meinem Hals.

Die Leute wollten, dass es mir gut ging. Vollkommen Fremde.

Ich öffnete einen solchen Thread, las, dass die Person sich um mich sorgte, weil ich in meiner Entschuldigung so am Boden zerstört ausgesehen hatte und sie hoffte, dass es mir gut ging. Eine weitere Person sagte, dass sie für mich betete. Es fühlte sich gut an, zu wissen, dass jemand Gott bat, mein Herz zu heilen, anstatt ihn anzuflehen, mich zu bestrafen.

Der Schlüssel erklang an der Tür und ich hätte mein Handy beinahe fallenlassen. Erwischt, wie ich im Internet war, obwohl ich versprochen hatte, es nicht zu tun.

Aber die Person, die hereinkam, war nicht Liam. Es war nicht einmal eine Person.

Ein großer, kuscheliger Golden Retriever trottete herein, sein Schwanz wedelte und seine Zunge hing heraus. Liam kam direkt dahinter, das Tablett mit dem Frühstück in der Hand. Ich kniete mich auf den Boden, um meine Hände in das Fell des Hundes zu graben. „Wer ist das?"

„Das ist Molly. Sie ist das Maskottchen des Chalets."

„Sie ist so niedlich!" Ich streichelte sie und ließ sie in mein Gesicht, wo sie meine Haare und meinen Hals beschnüffelte, was mich kichern und unruhig herumrutschen ließ. „Und freundlich!"

„Sie ist ein gutes Mädchen. Ich dachte, sie könnte dich aufmuntern."

Ich schaute zu Liam auf, schenkte ihm ein Lächeln, das ihn zu beruhigen schien, was meinen geistigen Zustand betraf.

„Du fühlst dich schon besser", bemerkte er mit einem Lachen. „Ich wusste, dass sie helfen würde. Du hast Hunde schon immer gemocht. Ich erinnere mich, als ich dich das erste Mal gesehen habe. Da hast du mit Tyson gespielt."

„Tyson war ein guter Junge."

„Das war er."

„Und sie ist auch großartig", gurrte ich, streichelte Molly weiter. „Mit dir zusammen zu sein hat auch geholfen." Ich biss mir in die Unterlippe und warf ihm einen flirtenden Blick unter meinen Wimpern hervor zu, hoffte, dass ich ihn irgendwie von dem ablenken konnte, was ich als Nächstes sagen würde. „Und-" Ich wagte den Sprung und gab es zu. „Ich war online."

„Oh?" Er sah aus, als würde er sich wappnen. „Und es war in Ordnung?"

„Es waren viele schreckliche Dinge, aber auch gute. Einigen Leuten scheint es tatsächlich wichtig zu sein, ob es mir gut geht oder nicht. Sie waren wirklich nett. Das hatte ich nicht erwartet. Ich dachte …" Ich zuckte mit den Schultern. „Ich weiß nicht. Ich dachte wohl, dass sie alle mich jetzt hassen würden oder verurteilen oder sich auf ewig über mich lustig machen.“

„Ich bin froh, dass du ein paar gute Menschen auf der Welt gefunden hast. Es gibt sie immer noch da draußen“, sagte Liam, stellte das Tablett auf den Tisch und setzte sich. „Wie die Leute hier in Camp Bay Chalet. Es sind gute Menschen, die dir nur gute Dinge wünschen.“

„Vielleicht die Eigentümer, aber …“ Ich zog die Nase kraus, stand auf und ging zu dem Stuhl ihm gegenüber, sehr zu Mollys Missfallen, die mir folgte und ihren Kopf an mein Knie presste, sobald ich saß. „Die Gäste? Ich weiß nicht. Ich kann da noch nicht raus. Noch nicht.“

Ich streichelte Mollys Kopf und stürzte mich auf das Frühstück, das Liam gebracht hatte. Wer auch immer das Gebäck für das Chalet lieferte, war ein magischer Bäcker, weil jeder Bissen schmeckte, als wäre er mit Freude überzogen. Ich fragte mich, ob meine Drachen Platz für Zeichnungen von magischen Bäckern machen konnten. Aus irgendeinem Grund gefiel mir der Gedanke. Glückliche, fröhliche Bäcker, mit Mehl und in der Luft hängendem Glitzerstaub … Ich könnte das malen. Es wäre seltsam und hübsch.

„Woran denkst du gerade?“

„Magische Bäcker zu malen“, gab ich zur Antwort.

Liams Lippen zuckten, doch als ich den Blick hob, meinte er: „Wären die Bäcker Drachen?“

„Nein, Menschen. Aber Drachen-Bäcker sind interessant. Welche Art Gebäck würden sie mögen, was meinst du?“

„Sie würden *alles* Gebäck horten.“

„Natürlich.“ Ich lachte und gab etwas von dem glasierten Donut, den ich aß, Molly.

„Ich werde Suzanne nichts davon erzählen.“ Liam lachte. „Sie besteht darauf, dass Molly außerhalb ihres Frühstücks und Abendessens keine Leckereien bekommt.“

„So wie Molly aussieht, glaube ich, dass sie jede Menge Leckereien bekommt.“

„Oh, da kannst du sicher sein. Die Gäste können nicht widerstehen. Und Rhonda auch nicht.“

„Rhonda und Suzanne klingen wirklich cool.“ Ich stocherte in dem Speck herum. Er schmeckte, aber wenn ich daran dachte, dass Rhonda und Suzanne seine zweite Familie waren, wanderten meine Gedanken zu seiner ersten Familie, seiner leiblichen. „Was hält deine Mom davon, dass du hier bei mir bist?“

Liams Gesicht zuckte. „Es ist natürlich für sie in Ordnung.“

„Du hast mir nicht die ganze Wahrheit gesagt.“ Ich war kein Genie, aber ich hatte Liam schon immer lesen können.

„Sie will, dass ich nach Hause komme und auf die Kinder aufpasse.“ Liam verdrehte die Augen. „Aber das ist nicht mein Problem. Ich meine damit, es ist mein *Job*, auf gewisse Weise, aber einer, den ich aus Liebe mache. Ich werde nicht einmal dafür bezahlt, dass ich mich um diese süßen Stinker kümmere. Ich passe im Austausch für Kost und Logis auf sie auf.“ Er lächelte liebevoll. „Ich liebe sie, aber sie sind nicht wirklich meine Verantwortung. Sie sind die Kinder von Maeve.“

„Du hast keinen Job?“, fragte ich, meine Eingeweide verknoteten sich. „Seit ich dich gefeuert habe?“

Liam streckte die Hand aus, um mit seinen Fingern durch meine Haare zu streichen. „Ich hatte Jobs. Ich *habe* sogar jetzt Jobs. Es ist nur die Art Arbeit, bei der ich selbst bestimme, wann ich etwas tue. Maeve und Mom haben es für angemessen gehalten, meine freie Zeit mit kleinen Monstern zu füllen, die ich von Ärger fernhalten soll.“

„Es macht dir nichts aus?“

„Menschen von Ärger fernzuhalten ist ein Teil dessen, wofür ich ausgebildet wurde. Aiden und Jack sind nur ein wenig kleiner, das ist alles.“

„Aber-“

„Shh. Das reicht", sagte er streng. „Bei mir ist alles in Ordnung. Ich verspreche es."

„Was für bezahlte Jobs hast du?", fragte ich.

„Ich arbeite als bezahlter Polizist für mehrere Skiresorts hier in der Gegend, aber das sind nur Gigs, nichts Konstantes. Im Sommer biete ich dazu noch auf selbstständiger Basis Touren zum Lake Pend Oreille an. Das ist entspannt und macht Spaß. Ich bin draußen und auf dem See. Alles ist gut."

„Es klingt nicht so, als würdest du viel Geld verdienen."

„Nun, darum muss ich meine Kost und Logis verdienen." Liam seufzte. „Hör zu, nachdem ich aufgehört hatte, für dich zu arbeiten, wollte ich einfach nie wieder so viel in jemand anderen investieren."

„Du denkst, dass du dich – ähm, dass du dich auch um deinen nächsten Schützling besonders sorgen würdest?", fragte ich, wobei ein Stoß Unsicherheit durch meine Adern floss.

Liam lachte. „Natürlich nicht. Ich habe nur-" Er hielt einen Moment inne. „Hör zu, die ganze Zeit mit dir zusammen gewesen zu sein, zu sehen, wie es in deiner Familie läuft, die Freunde, die du dir gesucht hast, aber nicht in der Lage zu sein, irgendetwas deswegen zu unternehmen? Das war emotional sehr schwierig. Und so wäre es mit jeder anderen Person, die ich beschütze. Um ehrlich zu sein, wollte ich mich nie wieder so hilflos fühlen. Das ist ein Teil des Jobs, von dem ich nichts wusste, bevor ich mich dafür entschieden habe. Aber jetzt? Nein. Jemanden körperlich beschützen, aber nicht in der Lage sein, etwas für den Geist oder den Verstand der Person zu tun?" Er schüttelte seinen Kopf. „Das ist zu viel."

„Es gefällt dir nicht, ein Bodyguard zu sein?"

„Nein, tut es nicht. Darum habe ich damit nicht weitergemacht." Liam berührte meine Wange, umfasste mein Gesicht. „Ich will auch nicht *dein* Bodyguard sein. Ich will jemand sein, der einschreitet, wenn es schwierig wird, dir hilft, mit Problemen klarzukommen, und sich wirklich um dich kümmert. Ich will in der

Lage sein, deiner Mom und deinem Dad zu sagen, dass sie dich, verdammt noch mal, in Ruhe lassen sollen und-"

„Das würdest du ihnen sagen?"

„Jeden Tag, wenn es sein muss. Ich will deinen Geist und Verstand schützen. Sogar wenn es vor ihnen ist."

„Sie mögen dich", meinte ich.

„Ich gebe zu, ich bin überrascht, dass sie keine Meinung dazu haben, ob ich wegen des Geldes bei dir bin, aber-"

„Oh, sie haben schon seit Jahren Eheverträge für Southerland und mich vorbereitet und die Treuhandvermögen sind so gestaltet, dass nur bestimmte Leute Zugang haben und diese Leute können niemals unsere Ehepartner sein. Du hättest Pech, wenn du wegen des Geldes bei mir wärst."

„Gut. Ich würde nicht wollen, dass irgendjemand zweifelt, ob ich das wegen dir mache." Er lachte leise. „Wir heiraten also, huh?"

„Was?"

„Du hast gesagt, dass es schon Eheverträge gibt, die unterzeichnet werden müssen."

Mein Herz schlug heftig. „Machst du mir einen Antrag?"

„Ich dachte, das hättest du getan", zog er mich auf.

Ich starrte ihn an, mein Herz raste, meine Gedanken waren durcheinander.

Als er meine Verwirrung sah, wurde Liams Gesichtsausdruck ernster. „Baby, mein Herz gehört schon seit langer Zeit dir, aber es wäre voreilig, jetzt schon etwas Dauerhaftes zu machen, oder?"

„Dein Herz gehört mir?"

Liam lächelte schüchtern und mein Blut bitzelte wie Champagner in meinen Adern. „Ich liebe dich. Ich weiß, dass es früh ist und wir uns seit drei Jahren nicht gesehen haben, aber du bist derselbe Junge, in den ich mich verliebt habe und meine Gefühle haben sich nicht verändert. Ich hoffe, das ist nicht zu-"

„Ich liebe dich auch." Ich konnte es nicht zurückhalten. Ich ergriff seine Hände, ein Knoten formte sich in meiner Kehle. „Und du bist derselbe Mann, in den ich mich verliebt habe. Du kümmerst dich so gut um mich, sogar jetzt und-" Meine Stimme bebte und meine Augen brannten von Tränen.

Ich erhob mich vom Tisch und zog Liam mit mir. Er schlang seine Arme um mich und ich kuschelte mich an ihn, roch und küsste die weiche Haut an seinem Hals. Molly schaute uns mit großen Augen zu. „Ich liebe dich", murmelte ich. „Und mein Herz gehört dir ebenfalls. Und mein Körper!", fügte ich hinzu. „Wann immer du meinen Körper willst, kannst du ihn haben."

Liam lachte. „Ich fürchte, dass wir dieses Zimmer nie wieder verlassen werden, wenn ich dasselbe zu dir sage."

„Wäre das so schlimm?"

Liam küsste mich und meine Knie wurden weich, bevor er an meinen Lippen flüsterte: „Ja, weil ich will, dass wir auch andere Dinge zusammen tun. Alles. Nicht nur nackte Dinge."

Ich nickte, obwohl ein alberner Teil von mir sich auch enttäuscht fühlte. Ich würde liebend gerne jeden Tag meines Lebens nackt mit Liam verbringen. Ich würde liebend gerne hier in diesem Zimmer bleiben, vollkommen nackt und uns gegenseitig zum Orgasmus bringend. Was könnte besser sein, als in Liams Gesicht zu blicken, während er in meinem Mund kam?

Mich juckte von dem Bedürfnis, das wieder zu sehen.

Aber ich wusste auch, was er meinte. Ich wollte alles mit Liam machen. All die Dinge, die Liebende in Filmen unternahmen. An den Strand gehen, ein Haus kaufen, ein Haustier adoptieren. Ich wollte für den Rest meines Lebens in seiner warmen, beruhigenden Nähe sein. Mich von ihm umsorgen lassen. Mich von ihm unterstützen lassen.

Im Austausch würde ich ihm all die Liebe in meinem Herzen geben, ihn dagegen verteidigen, dass seine Mutter und Schwester ihn ausnutzten und allen, die zuhören wollten, würde ich erzählen, was für ein guter, wunderbarer, netter Mann er war und wie er mein Leben besser machte, nur indem er im Zimmer war.

„Was denkst du? Du siehst besorgt aus.“

„Ich denke, dass du recht hast.“

„Ja?“

„Ja. Es gibt im Leben wahrscheinlich mehr als Sex.“ Ich ging auf die Zehenspitzen und küsste ihn. „Ich will das alles mit dir teilen. Darum werde ich das Zimmer wohl irgendwann verlassen müssen.“

„'Wahrscheinlich' mehr im Leben als Sex“, flüsterte Liam, wobei wieder ein Lachen in seinen Augen funkelte. „'Wahrscheinlich'.“

„Er ist so gut“, verteidigte ich mich. „Ich wusste nicht, dass Sex so gut sein kann. Und ich habe ihn mit *dir*. Ich will ihn mit niemand anderem haben. Du sorgst dafür, dass ich so hart komme.“

Liams Blick wurde heiß und als er mich küsste, dachte ich, wir würden ganz bestimmt zurück ins Bett gehen. Aber dann ließ Molly ein kleines Bellen hören, erinnerte uns daran, dass sie zuschaute.

Wir trennten und setzten uns erneut, hielten uns aber immer noch an den Händen, wie Idioten, die nicht aufhören konnten, sich zu berühren, für den Fall, dass dies den Zauber brach. Ich wollte weinen. Ich liebte es, verliebt zu sein, und dass Liam meine Liebe erwiderte, war zu gut, um wahr zu sein.

Liam ließ schließlich meine Hand los und widmete sich wieder dem Essen. Er zeigte an, dass ich auch essen sollte. „Wenn wir mit dem Frühstück fertig sind, wie wäre es, wenn ich uns hier herausschmuggle und wir einen Spaziergang machen? Das Wetter ist kalt, aber wunderschön und es wird bald schneien. Lake Pend Oreille ist magisch, wenn es schneit.“

Ich wand mich, aber Molly legte ihren großen Kopf erneut auf mein Knie, schaute mich flehend an. „Kann Molly mitkommen?“

„Sie wäre beleidigt, wenn nicht.“

Ich biss mir auf die Lippe, stellte mir vor, wie ich das Zimmer verließ, nach unten ging und von Fremden entdeckt wurde, die meinen harten Schwanz gesehen hatten. Mein Magen drehte sich vor Furcht um.

Aber ich konnte nicht ewig in diesem Zimmer bleiben, auch wenn ich das wollte und Liam würde bei mir sein. Er würde mich lieben, ganz egal, was diese Leute sagten oder dachten, und ich fühlte mich wirklich eingesperrt. Ein Spaziergang wäre großartig und der See war angeblich wunderschön. Ich sollte ihn mir ansehen.

„Na gut."

Das Lächeln, das auf seinem Gesicht erschien, war süß und perfekt. Trotz meiner Nervosität war ich froh, dass ich Ja gesagt hatte, und ich gestattete ihm, mich in unsere nicht taufrischen Klamotten zu kleiden.

Lagen waren wichtig, erklärte er mir. Viele Lagen.

KAPITEL DREIZEHN

Liam

NORTH' VERHALTEN, ALS wir das Zimmer verließen, wäre lustig gewesen, wenn es mir nicht das Herz gebrochen hätte. Er hatte seine Kapuze hoch- und zugezogen, sodass man sein Gesicht nicht wirklich sehen konnte – nur seine Augen, die Nase und die Lippen. Trotz der Absurdität und meinen Versuchen, ihn davon zu überzeugen, dass er mehr Aufmerksamkeit auf sich ziehen würde, wenn er so aussah, als wenn er mit erhobenem Kopf selbstsicher durch einen Raum marschierte, ignorierte er mich und versuchte, sein Gesicht zu verstecken.

Wir kamen vom dritten Stock herunter, Molly direkt hinter uns und vor der Treppe ins Erdgeschoß zögerte North. Weihnachtslieder und Stimmen – Lachen und Gespräche – wehten von unten herauf. North bedeckte das Wenige, was von seinem Gesicht sichtbar war, und schüttelte seinen Kopf. „Ich glaube nicht, dass ich das tun kann. Was, wenn sie es alle wissen? Was, wenn sie es gesehen haben?", flüsterte er.

„Baby, alles wird gut." Ich legte meinen Arm um seine Schultern und zog ihn in eine Umarmung. Molly schnüffelte um unsere Beine herum, bevor sie sich auf ihre Hinterbeine setzte und uns neugierig anstarrte.

North stand da, sein Gesicht in meiner Halsbeuge, bis ich mich löste und meinte: „In Ordnung, warte hier. Ich gehe mit Molly runter. Ich habe einen Plan, okay?"

„Welche Art Plan?"

„Einen, um alle abzulenken. Wenn die Luft rein ist, werde ich dir signalisieren, herunterzukommen."

Er schnaufte leise, rieb Mollys Kopf und schaute ihr für einen Moment in die Augen, als würde er sich von ihr Aufmunterung erwarten. „Ja, in Ordnung."

„Okay. Komm, Molly. Ich brauche dich."

Sie folgte mir sofort, schaute sich zwei Mal um, ob ihr neuer Freund North ebenfalls kam, und schien sich Sorgen zu machen, als er sich nicht in Bewegung setzte. Die Lobby war voll mit einigen Gästen, die spät für das Wochenende gekommen waren und die Sofas vor dem Kamin waren voller Cocktail und Kakao trinkender Gäste in Pyjamas, die begierig auf den angekündigten Sturm warteten. Ich warf einen Blick zurück zu North. Er schaute die Treppe herunter zu mir, bevor er voller Paranoia über seine Schulter blickte.

Ich bedeutete ihm, zu warten, bevor ich mich der Rezeption näherte und direkt zu einem bestimmten Korb ging, von dem ich wusste, dass er hinter dem Schreibtisch aufbewahrt wurde, schenkte dabei Sal ein breites Lächeln, der versuchte, gleichzeitig Wettermann Bills laufendem Kommentar darüber, warum die Vorhersage für Schnee übertrieben war, zu lauschen und Felicity Powers und ihre Tochter ins Chalet einzuchecken.

Ich schnappte mir einen alten Tennisball aus dem Korb – eines von Mollys Spielsachen – ohne, dass Sal es bemerkte, und klopfte ihm auf die Schulter. Er wollte mich offensichtlich löchern, was mit North los war, aber er hatte keine Zeit, weil Bill weiter plapperte.

Wieder am Fuß der Treppe kontrollierte ich, ob North immer noch da war, und zuckte zusammen, als ich ein anderes schwules Paar an ihm vorbei die Treppe hinuntergehen sah. North lehnte „lässig" an der Wand, sah seltsam und fehl am Platz aus mit seiner Kapuze über seinem Kopf und eng um sein Gesicht. Der Größere der beiden – ein atemberaubend gut aussehender Mann, der ein

Model sein musste – schaute ein paar Mal über die Schulter in seine Richtung, aber sein Ehemann – ausgehend von den Ringen an ihren Fingern – zerrte ihn mit sich, murmelte ihm etwas ins Ohr.

Sie kamen am Ende der Treppe an mir vorbei.

„Du denkst nicht, dass wir uns an der Rezeption nach ihm erkundigen sollten?", fragte der Blonde. „Er kommt mir zwielichtig vor."

„Ich bin sicher, dass alles in Ordnung ist, Walker", murmelte das Wahrscheinlich-Model. „Ich finde, er sieht vertraut aus. Vielleicht ist er eine Berühmtheit, die sich hier versteckt."

Walker schien immer noch zu zweifeln. „Es sind alle mögliche Berühmtheiten hier. Darum ist es hier so exklusiv. Hat zumindest meine Mutter gesagt."

„Bis jetzt habe ich nur den Geisterjäger aus dem Fernsehen gesehen." Das Wahrscheinlich-Model schaute über seine Schulter. „Aber er kommt mir einfach bekannt vor."

„Oder er ist kriminell."

„Oh!" Model-Mann schlug sich die Hände auf den Mund. „Ich weiß. Ich erkenne ihn jetzt und ich weiß genau, warum er sein Gesicht versteckt." Er hob seine Hand, um seinem Ehemann etwas ins Ohr zu flüstern, gerade als sie die letzte Stufe erreichten.

„Ohhh." Walker schaute über seine Schulter, musterte North, der vom nächsten Stockwerk herunterlinste. Sein Gesicht war immer noch zum Großteil versteckt, aber von seinen Gesichtszügen war genügend sichtbar, dass er, ja, immer noch zu erkennen war. „Ich verstehe."

„Schau ihn nicht an. Das ist peinlich für ihn."

Walker verdrehte die Augen. „Ashton, wenn jemand peinlich für ihn ist, dann bist das du mit deinem ganzen Flüstern über ihn."

Sie kamen an mir vorbei und ich fing North' Blick auf und hielt ihn fest. Er ruckte mit seinem Kopf, um anzudeuten, dass ich zu ihm kommen sollte, wollte sich offensichtlich in sein Zimmer zurückziehen. Ich schüttelte meinen Kopf, machte eine Geste, die bedeutete, „gib mir noch eine Minute" und er nickte zögerlich.

Ich entdeckte Molly. Sie war zum Kamin gegangen, sah anbetungswürdig aus, als sie versuchte, Teri – eine Pferdezüchterin aus Montana, die jedes Jahr hierherkam – dazu zu bringen, ihr Ingwerplätzchen mit ihr zu teilen. Mir lief bei dem Anblick das Wasser im Mund zusammen. Ich liebte die Ingwerplätzchen des Chalets. Ich würde mir ein paar aus der Küche holen müssen, bevor sie alle weg waren.

Ich flüsterte: „Molly, komm her."

Ihre Ohren zuckten und ihr Blick huschte für einen Moment in meine Richtung, aber sie ignorierte mich zugunsten möglicher Plätzchenkrümel.

Ich schnalzte mit der Zunge. „Du kleine Bettlerin. Komm her. Komm."

Sie wuchtete sich mit einem Seufzen hoch und kam zu mir, ihre Augen stellten eindeutig die Frage, ob es das für sie wert sein würde. Ich streichelte sie und flüsterte, dass sie brav war, während ich schaute, was Sal gerade machte. Er war abgelenkt, nahm eine Kreditkarte von Felicity, darum –

Ich warf den Ball in Richtung der Gäste, die sich im Sitzbereich gegenüber der Rezeption aufhielten. Molly zögerte nicht. Sie rannte dem Ball hinterher, warf Felicitys Gepäck um und brachte beinahe Olivia zu Fall, als diese einen Schritt von der Rezeption wegmachte.

Der Ball hüpfte unkontrolliert umher und Molly verfolgte ihn zu wild, wodurch er abprallte und durch die Gegend flog. Die Gäste keuchten, lachten, gingen in Deckung und riefen sie, während Sal laut pfiff. Die Leute, die um den Kamin gesessen hatten, standen auf, um das Chaos besser sehen zu können, und ich bedeutete North, dass er schnell die Treppe herunterkommen sollte.

Sobald er mich erreicht hatte, zog ich ihn um die Ecke in den leeren Veranstaltungssaal und brachte ihn dann eilig durch die hinteren Türen auf die lange, breite Veranda, die über den See schaute. Wir fingen zu rennen an, als wären wir Kinder, die vor einer Strafe flohen und machten uns auf den Weg zum See, wobei wir beide lachten. Auf halbem Weg rief North, dass ich langsamer werden sollte, damit er seine Kapuze losbinden konnte.

Irgendwann tat ich das und er holte mich ein, schob die Kapuze zurück. Ich grinste in sein wunderschönes Gesicht. Wenn ich gedacht hatte, dass der Mann von vorhin möglicherweise ein Model war, konnte North ebenfalls eines sein. Er war einfach in jeder Hinsicht perfekt. Ich liebte die Form seines Kiefers – der im Moment dunkel von neuen Stoppeln war, weil er sich für das Entschuldigungsvideo rasiert hatte – und die scharfe Schwärze seiner Haare. Wie sie alles an ihm zu einem Kontrast zwischen blass und dunkel machte.

Auch seine Augen. Sie glänzten im Licht der Vormittagssonne und ich liebte es, ihr Funkeln zu sehen. „Hey", sagte ich, streckte die Hand aus und zog ihn an mich. Er schaute über seine Schulter, als würde er nach Paparazzi suchen. „Es sind nur wir hier."

„Und all die Gäste drinnen."

„Sie werden keine Fotos von dir machen", sagte ich, als ich einen meiner Handschuhe auszog und ihm reichte. „Wir sind in Sicherheit."

„Was, wenn sie es tun?" Er zog sich den einzelnen Handschuh an. Jetzt hatten wir beide zumindest eine warme Hand.

„Dann tun sie das."

„Und was wird das Internet sagen?"

„Dass ein heißer Rotschopf dich irgendwo in Idaho vögelt."

North dachte darüber nach. „Ich denke, das wäre in Ordnung. Ich meine damit, es wäre zumindest wahr. Es stört mich nicht, wenn sie wissen, dass wir Sex haben." Er reckte sein Kinn vor. „Ich bin stolz darauf. Ich will, dass die Welt weiß, dass ich mit dir zusammen bin." Seine Augen wurden schmal. „Warum machen wir es nicht einfach selbst?"

„Was?"

„Der Welt sagen, dass du mich fickst."

„*Das* würde ich dir nicht raten", sagte ich lachend. „Aber wenn du zugeben möchtest, dass ich existiere und du zu mir gehörst, dann ist mir das recht."

Seine Augenbrauen vollführten einen lustigen kleinen Tanz, während ein halbes Dutzend Emotionen über sein Gesicht huschten. „Es würde dich nicht stören? Dass die ganze Welt weiß, dass du mit dem Typen zusammen bist, der seinen Schwanz im Internet gepostet hat?"

„Es ist ein großartiger Schwanz", erklärte ich ihm erneut. „Und er hängt an einem noch besseren menschlichen Wesen und ich schäme mich deiner nicht, North. Ich bin stolz auf dich." Ich nahm seine Hand. „Aber es gibt niemanden auf der Welt, den es etwas angehen sollte, wer wir im Moment gerade sind oder was wir machen. Lass uns einfach spazieren gehen."

„In Ordnung."

Von den breiten Ästen über dem Weg vor den wenigen Flocken geschützt, verliehen die frische kalte Luft, das Knirschen der toten Blätter unter unseren Füßen und der scharfe Geruch des bevorstehenden Schnees unserem Spaziergang ein kristallines Gefühl. Es war, als wären wir durch einen Spiegel in eine Winter-Fantasie getreten.

Wie das Licht auf dem See spielte, war eines meiner Lieblingsdinge an der Aussicht, die man vom Gelände des Camp Bay Chalets hatte. Als wir auf den Weg traten, der uns hinunter zum Ufer brachte, hatten wir zwei Möglichkeiten: Wir konnten uns ein Boot aussuchen, um auf den See zu rudern oder einen schattigen Weg tiefer in die Wälder nehmen.

„Das Licht verändert sich mit jeder Stunde", bemerkte ich. „Und wenn die Jahreszeiten wechseln, bekommt man so viele verschiedene Farben. Das Grau des Winters – die blaue, neblige Weiße – und das Grün des Sommers, all diese vitalen Schattierungen-"

„Vital?"

„Vital in Bezug auf das Grün, aber auch auf das Leben. Das Konzept lebendigen Grüns."

„Okay", sagte er, warf mir einen bewundernden Blick zu, einfach weil ich ein Wort kannte, das er nicht wusste. Er war zu sehr in mich verliebt und es war zu einfach, ihn zu beeindrucken. Eines Tages würde ihm klar werden, dass ich gar nicht so großartig war, aber im Moment fand ich es wunderbar, dass er mich so anschaute. Er war mir wichtig und ihm ebenfalls wichtig zu sein, war, als würde ich pure Freude mit den Händen greifen.

„Und im Herbst …" Ich hörte zu reden auf, nahm seine Hände – eine mit Handschuh, die andere ohne, genau wie meine – und küsste die Knöchel seiner bloßen Hand. „Ist er mit den wunderschönsten Farben gemalt."

North drehte seinen Kopf, nahm den See in sich auf, bevor er mich anlächelte. „Ich habe noch nie versucht, etwas Reales zu malen. Es waren bis jetzt immer Dinge aus meinem Kopf. Aber vielleicht könnte ich das für dich malen."

„Es würde mir sehr gefallen, wenn du es versuchst."

„Wir könnten im Herbst hierher zurückkommen und …" Er brach ab, sein Gesicht wurde rot und sein Blick hob sich zu meinem. „Ich meine, wenn …"

„Ich denke, wir sind uns einig, dass wir das wollen, oder? Wir können nicht nächste Woche zusammenziehen oder so, aber-"

„Warum nicht?"

Ich lachte erneut. „Weil ich mir eine Möglichkeit einfallen lassen muss, wie ich Maeve mit der Kinderbetreuung helfen kann und wir sollten wahrscheinlich sicherstellen, dass wir einander wirklich lieben und mögen und-"

„Wir mögen einander. Du weißt, dass wir das tun. Obwohl wir ein paar Jahre getrennt waren, kennt niemand mich so gut wie du, Liam."

„Aber vielleicht kennst du *mich* nicht so gut. Ich war nicht ganz ich selbst, als ich bei dir angestellt war. Ich habe versucht, professionell zu sein. Was, wenn dir die kleinen Dinge an mir nicht gefallen?"

„Mir wird alles an dir gefallen", sagte North nachdrücklich. „Für immer."

„Das ist ein großes Versprechen."

Er zuckte mit den Schultern. „Ich mag kein Genie sein, aber ich bin klug genug zu wissen, dass was wir haben etwas Besonderes ist *und* ich weiß, dass du mich niemals verlassen wirst, weil ich dumm bin oder-"

„Du bist nicht dumm." Ich fühlte mich schuldig für jedes Mal, dass ich gedacht hatte, er wäre es. Er war auf seine eigene Weise kostbar. Klug auf herzförmige Art, wenn auch nicht hirnförmige. „Beleidige dich nicht selbst."

Er ignorierte das. „Ich sage, dass du bei mir einziehen solltest."

„Und ich sage, das werde ich, wenn wir mehr Zeit zusammen hatten. Ich sage auch, dass wir nächsten Oktober hierherkommen und du dich darin versuchen kannst, die Landschaft zu malen."

North lächelte und blieb stehen, nahm meine Hand und liebkoste meinen Hals. „In Ordnung. Das ist vorläufig gut genug."

Wir küssten uns und der Himmel und die Erde lösten sich in der Hitze zwischen uns auf, bis Stimmen von oben vom Weg in den Wald uns dazu brachten, uns zu trennen.

„Komm", sagte ich, nahm seine Hand und ging in Richtung See. „Folge mir."

KAPITEL VIERZEHN

North

L IAM RUDERTE UNS auf den See, die Berge standen groß und imposant zu beiden Seiten und das Chalet sah gemütlich und festlich hinter uns aus. Mein Gesicht fror im Wind. Ich zog die Kapuze wieder nach oben, um meine Wangen und Ohren zu schützen. Die Wolken wurden dunkler, waren beladen mit Schnee, aber Liam versicherte mir, dass wir nicht so weit draußen waren, als dass es gefährlich wäre zu bleiben. „Der See bleibt während Schneestürmen ziemlich ruhig", sagte er. „Es sei denn, es ist windig. Aber mach dir keine Sorgen. Wir werden nicht zu lang draußen bleiben."

Ohne Mütze oder Kapuze schienen Liams rote Haare und seine Sommersprossen im Licht beinahe zu glitzern und seine Nase und Ohren waren von der Kälte strahlend rosa. Mein Herz klopfte, wenn ich ihn nur anschaute. Er raubte mir den Atem.

Als er aufhörte zu rudern, sehnte ich mich danach, zu ihm zu kriechen und ihn fest zu umarmen, aber das Wackeln des Bootes hielt mich an Ort und Stelle fest. Ich konnte schwimmen, natürlich, ich war in Kalifornien aufgewachsen, aber ich dachte nicht, dass ich in diesen eiskalten See fallen wollte, mit all den Lagen, die Liam mir angezogen hatte. Er hatte aber recht behalten. Mir war warm. Nun, alles, abgesehen von meiner bloßen Hand und meiner Nase. Ich tauschte den Handschuh erneut.

Dann griff ich in die vordere Tasche meines Hoodies und holte mein Handy heraus.

„Hey, ich dachte, wir wollten die im Inn lassen? Die Welt ignorieren?"

„Das wollte ich, aber ich dachte …" Ich ging in die Kamera-App und machte ein paar Fotos von ihm. „Nun, ich dachte mir, dass ich das vielleicht einfangen möchte, damit ich mich für immer daran erinnern kann."

Liam lächelte. Davon machte ich auch ein Foto.

„Können wir eines mit uns beiden versuchen?", fragte ich, bewegte mich vorsichtig, hoffte, dass das Kanu im Gleichgewicht bleiben würde. Liam beugte sich nahe zu mir und unsere Köpfe berührten sich an den Seiten. Ich machte das Foto.

Als ich es anschaute, wurde mir klar, dass es das Erste von uns beiden war. Wir waren beide rosig von der Kälte, aber unsere Augen glühten, als ob jemand unsere Seele angeschaltet hätte, als wäre Weihnachten in uns und würde nach draußen scheinen. Liebe. Das war es wohl, was ich sah. Liebe und das High davon.

„Zeig es mir", bat Liam.

Ich drehte ihm den Bildschirm zu und er grinste.

„Schick es mir."

Als ich seine Nummer von den Textnachrichten holte, die er mir geschrieben hatte, bevor ich angekommen war, las ich sie noch einmal mit dem seltsamen Gefühl, dass sie vor Ewigkeiten geschickt worden waren und doch war es erst gestern gewesen. Ich lud das Foto sehr sorgsam hoch und stellte sicher, dass er der Einzige war, der es bekam und drückte auf Senden.

Dann starrte ich auf die Benachrichtigungen meiner Accounts in den Sozialen Medien. Es waren so viele. Was wenn … was wenn ich ihnen einen Grund gab, noch mehr zu bekommen? Aber dieses Mal wegen etwas ganz anderem? Etwas Wunderbarem?

„Worüber denkst du nach?", fragte Liam mich. „Du siehst verängstigt aus."

„Ich, uh, habe eine Idee."

Liams rote Brauen hoben sich. „Was …?“

Ich räusperte mich und winkte mit dem Handy in seine Richtung. „Was, wenn ich … das hier poste?“

„Das Bild von uns?“

„Ja. Überall. In allem.“

Er musterte mich. „Bist du dafür bereit? Die Leute werden reden. Sie werden Artikel schreiben, sie werden die Vergangenheit ausgraben. Sie werden herausfinden, dass ich dein Bodyguard war und sie werden eine Riesensache daraus machen.“

Ich schluckte schwer. „Die eigentliche Frage ist, ob du bereit bist. Ich habe das ständig.“

Liam seufzte, griff nach meinem Handy und öffnete meine verschiedenen Accounts. Er schaute sich vergangene Fotos an und reichte mir das Handy zurück. „Für mich ist es in Ordnung. Wie ich schon sagte, ich habe nichts zu verbergen und ich bin stolz, mit dir zusammen zu sein.“

„Sie werden herausfinden, wer deine Familie ist. Sie werden anrufen. Sie werden vielleicht sogar auftauchen.“

„An Weihnachten?“

Ich nickte.

Dann schlug Liam vor: „Warum fängst du nicht klein an? Poste es nur für deinen Kreis auf Insta.“

„Wirklich?“

„Nun, wer ist da drin?“

„Southerland, ein paar Freunde von der Uni, bevor ich aufgehört habe – obwohl sie eher Bekannte sind.“

„Das erscheint mir klein genug.“

Ich runzelte die Stirn. Etwas fühlte sich nicht richtig an. „Aber das ist nicht, was ich wollte.“ Ich steckte das Handy wieder in meine Tasche. „Vergiss es. Es ist nicht der richtige Zeitpunkt. Du bist noch nicht bereit.“

„Ich bin bereit, für was immer du willst. Zusammen können wir alles schaffen.“

Ich schüttelte meinen Kopf. Ich wollte nicht, dass er jetzt schon herausfand, wie anstrengend es sein würde, mit mir zusammen zu sein. Er könnte seine Meinung ändern.

Wir beide schwiegen, dachten nach. Ich über meinen Wunsch, etwas über ihn zu posten, das Thema zu wechseln und er … Nun, ich wusste nicht, worüber er nachdachte.

Darum fragte ich.

„Ich denke darüber nach, dass ich dir, jetzt wo du da bist, meine ganze Heimatstadt zeigen möchte, aber ich weiß, dass du noch nicht in die Öffentlichkeit möchtest.“

„Was willst du mir zeigen?“

„Oh, nur meine Lieblingsbäckerei und den Coffeeshop, in den ich immer gegangen bin und so getan habe, als würde ich zusammen mit meinen dämlichen Kumpels rauchen, als ich ein Teenager war und-“

„Du hast geraucht?“

„Hab so getan.“ Liam schüttelte den Kopf. „Es war albern.“ Er grinste. „Ich sollte dich einigen der Jungs vorstellen. Nun, ein paar von ihnen.“ Ein Seufzen ging durch ihn hindurch. „Einige von ihnen – die Mehrheit – haben sich zurückgezogen, als sie herausgefunden haben, dass ich schwul bin. Aber Silas und Caleb sind mir geblieben. Sie wohnen drüben in Clark Fork.“ Er lachte. „Sie sind jetzt zusammen, darum erklärt das wohl, warum sie nicht weggelaufen sind, als ich mich geoutet habe. Der Rest? Zur Hölle mit ihnen.“

„Zur Hölle mit ihnen“, murmelte ich. Jeder, der Liam aus seinem Leben ausschloss, verpasste etwas.

„Aber ja. Ich würde dir liebend gern den besten Blick auf den See zeigen. Er ist-“, er deutete, „da drüben.“ Liam hielt inne und leckte seine Lippen. „Und ich will, dass du meine Mom kennenlernst.“

„Deine Mom?" Mein Herz tat einen Sprung.

Ich hatte geschafft zu vergessen, dass mit Liam zusammen zu sein bedeutete, dass ich die Menschen treffen würde, die ihm am nächsten standen. Wie seine Mom. Und seine Zwillingsschwester. Ich wusste nicht warum, aber ich war mir sicher, dass seine Schwester und Mom mich hassen würden.

Vor allem nach dem, was ich Liam angetan hatte. Wenn jemand Southerland so gefeuert hätte, wie ich Liam gefeuert hatte – während der Pandemie und bei diesem Arbeitsmarkt! – würde ich die Person hassen. Nicht, dass Southerland je würde arbeiten müssen, aber es ging ums Prinzip.

Die Kinder aber. Ich könnte es ertragen, die Kinder kennenzulernen. Ich mochte Kinder. Sie waren niedlich. „Deine Mom?", fragte ich erneut mit brechender Stimme.

„Und Maeve und Jack und Aiden. Sie werden dich lieben."

„Nein, werden sie nicht. Ich habe dich gefeuert. Du lebst wegen mir zu Hause."

„Und dafür sollten sie dankbar sein. Sie haben drei Jahre kostenlose Kinderbetreuung von mir bekommen."

„Werden sie mich nicht hassen, wenn ihnen klar wird, dass ich der Grund sein werde, weshalb sie keine kostenlose Kinderbetreuung mehr haben werden?"

Er lachte. „Oh, Baby, mach dir keine Sorgen. Wir werden eine Lösung finden. Das tun wir immer. Wir Kellys sind eine widerstandsfähige und einfallsreiche Familie."

„Ich könnte für die Kinderbetreuung bezahlen."

Liam schüttelte den Kopf, hatte immer noch ein Lächeln auf den Lippen. „Auf gar keinen Fall. So wird das nicht laufen. Ich werde kein gekaufter Mann sein. Nur ein ausgehaltener."

Ich neigte meinen Kopf. „Huh?"

„Ich meine damit nur, dass du meiner Mom und Maeve keine Mitgift in Form bezahlter Kinderbetreuung geben musst, um meine

Hand zu bekommen.“

„Mitgift?“

Liam winkte ab. „Das erkläre ich später. Ich will damit sagen, dass ich nicht möchte, dass du das Gefühl hast, du müsstest meiner Familie Geld geben. Ich werde hier nicht weggehen, bis ich etwas arrangiert habe, das für alle gut ist.“

„Wenn du mein Geld nicht nimmst, wie wird das dann funktionieren?“ Ich deutete zwischen uns.

„Ich werde mir einen Job suchen.“

„Das musst du nicht. Ich will, dass du dich um mich kümmerst. Ich will, dass du mein Manager bist, und dazu gehört ein Gehalt. Ein Gutes.“

Liam zögerte. „Ich will mich auch um dich kümmern und ich verspreche, das werde ich, aber ich will es für *Liebe* tun, nicht für Geld.“

„Es kann für beides sein.“

„Das ist ein seltsames Gespräch für eine romantische Bootsfahrt“, zog er mich auf. „Wir wollen uns bei einer Sache einig werden und den Rest können wir dann später lösen. Wirst du zustimmen, meine Mom zu treffen?“

Ich holte tief und zittrig Luft, Adrenalin pumpte durch mich. Wie würde seine Mutter sein? Würde sie wie Liam aussehen? Ich wollte sie kennenlernen, damit ich ihn noch besser verstehen konnte und ich fürchtete mich davor, weil ich in meinem Herzen wusste, dass sie nicht begeistert sein würde.

Weil sie meinen Schwanz gesehen hatte.

Jeder hatte das.

Das war eine viel größere Hürde als jegliche Aufregung über Jobs oder Geld oder Kinderbetreuung. Mein Schwanz war in ihre Gedanken eingebrannt und ich dachte nicht, dass ich ihr in die Augen sehen konnte.

Doch als ich meinen Mund öffnete, bereit, ihm zu erklären,

warum ich Nein sagen musste, wurde ich von der Hoffnung in Liams Augen zum Schweigen gebracht. Es würde ihm eine Menge bedeuten. Es stand ihm ins Gesicht geschrieben. Er wollte wirklich, dass ich seine Mom kennenlernte.

„Na gut."

„Gut", sagte er und seufzte. „Weil ich ihr schon versprochen habe, dass ich dich zu Weihnachten nach Hause bringen werde."

„Was?", quiekte ich. „Ich habe gesagt, dass ich sie kennenlernen werde. Ich habe nicht-"

Liam beugte sich vorsichtig vor, das Boot wankte dennoch hin und her, auf eine Weise, die mir den Magen umdrehte. „Hey, ich werde bei dir sein. Es ist in Ordnung. Sie will dich unbedingt kennenlernen. Sie wird dich lieben, das verspreche ich."

„Und Maeve?"

„Sie wird schwieriger zu knacken sein", gab er zu, seine Lippen verharrten kurz vor meinen. „Aber du wirst sie am Ende kleinkriegen. Das weiß ich einfach."

Der Kuss war sanft, süß und weckte in mir den Wunsch, am Boden des Kanus zu einer Pfütze zu schmelzen.

„Hey, gib mir dein Handy", bat Liam, sein Atem puffte an meinen Lippen.

Ich griff in meine Tasche und reichte es ihm. Mit den Fingern seiner nackten Hand öffnete er es erneut, zeigte mir die Aufriss-App, die der Grund für meine Demütigung gewesen war und, als ich nickte, löschte er sie von meinem Handy.

Er öffnete Insta, machte einen neuen Post, lud das Foto von uns hoch und reichte mir das Handy mit blinkendem Cursor zurück. „Mach", ermutigte er mich. „Ich bin bereit, wenn du es bist."

Mit zitternden Fingern – von der Kälte und der Aufregung – tippte ich: *Verbringe den Weihnachtsabend mit meinem festen Freund in einem Kanu.*

Ich postete in meinem geschlossenen Kreis und schob das Handy zurück in meine Tasche.

Als wir uns erneut küssten, Zungen und Lippen heiß in der kalten Luft, gingen die Vibrationen in meiner Tasche los. Aber dieses Mal fühlten sie sich nicht bedrohlich an.

Sie fühlten sich wie ein Feuerwerk zur Feier an.

IRGENDWANN WURDE ES zu kalt und das Boot zu wackelig, darum ruderte Liam zurück zum Chalet, seine Arme bewegten sich voller Kraft, schoben das Wasser zur Seite und beförderten das Kanu vorwärts.

Als wir am Ufer ankamen, fing es richtig zu schneien an.

Ich rannte zurück hinauf zur Veranda, nicht um dem Schnee zu entkommen, sondern um die Schaukelstühle dort für uns zu beanspruchen und zuzusehen, wie er immer dichter wurde. Ich fühlte mich schwindlig vor Aufregung. Liam schien ebenfalls glücklich zu sein, er strahlte wie ein Kind, das sein Lieblingsgeschenk von Santa herzeigte. Er saß in dem Schaukelstuhl neben mir, wir beide keuchten von dem Lauf den Hügel hinauf und lachten.

„Das ist unglaublich", bemerkte er. „Einerseits kann ich mich nicht daran gewöhnen, dass du hier bei mir bist, aber andererseits fühlt es sich an, als ob ich deine Seite nie verlassen hätte."

Als mein Handy weiter mit neuen Benachrichtigungen summte, hoffte ich, dass er seine Entscheidung, an die Öffentlichkeit zu gehen, nicht bereuen würde. „Ich bin dir wirklich nicht peinlich?"

„Baby ..." Liam verdrehte leicht seine Augen und schüttelte seinen Kopf. „Niemals."

„Was, wenn ich stattdessen mein Arschloch gepostet hätte?"

„Es ist ein wunderschönes Arschloch." Er zuckte mit den Schultern. „Aber ich würde das lieber für uns behalten, wenn es dir nichts ausmacht."

Ich lächelte.

Heilige Scheiße, wenigstens hatte ich nicht mein Arschloch gepostet. Obwohl, war das wirklich schlimmer als mein Schwanz?

Die Tür öffnete sich und die Eigentümerin, Rhonda, kam mit zwei Tassen, in denen Zuckerstangen steckten und einem breiten Grinsen heraus. „Heißer Kakao", erklärte sie, reichte sie uns und schaute Liam erwartungsvoll an.

„North, das ist Rhonda. Meine ehemalige Chefin und andere Mutter."

Sie schien erfreut zu sein, schlug ihm aber auf die Schulter und verdrehte die Augen, als wäre sie dazu verpflichtet, für den Fall, dass sie gefühlsduselig wirkte.

„Es freut mich, dich kennenzulernen", sagte ich, gab ihr meine Hand und schüttelte sie fest.

Sie hat meinen Schwanz gesehen, sie hat meinen Schwanz gesehen, sie hat meinen Schwanz gesehen.

Hitze brannte in meinen Wangen und meine Lippen zitterten, als die Demütigung mich traf. Aber Rhonda schien das nicht zu bemerken. Sie lächelte nur und meinte: „Ich hoffe, du weißt mittlerweile, wie willkommen du hier bist. Es würde uns sehr freuen, wenn du es heute zum Mittagessen oder zum Abendessen schaffen würdest. Unsere Gäste sind alle sehr offen und freundlich." Sie zögerte. „Nun, die meisten jedenfalls. Aber du bist herzlich willkommen." Sie tätschelte meine Hand, zwinkerte Liam zu und ging wieder nach drinnen.

„Sie hat meinen *Schwanz* gesehen."

„Sie ist eine Lesbe. Sie hat keine andere Meinung als ‚interessiert mich nicht'. Aber Baby, sie ist eine wirklich nette Frau und ich weiß, dass sie mit dir fühlt. Bitte ziehe den Gedanken in Betracht, dass nicht jeder das gegen dich verwenden wird. Erinnere dich daran, was du heute Morgen online gesehen hast. Es gibt Menschen, die sich Sorgen machen, welche Auswirkungen das auf dich hat und die nur wollen, dass du dich besser fühlst."

Ich nickte, aber meine Kehle war eng und ich schien den Kloß nicht schlucken zu können. Die Tränen in meinen Augen waren ebenfalls peinlich. Nicht, weil es vor Liam passierte, sondern weil das Paar, das vorhin auf der Treppe an mir vorbeigegangen war, nach draußen kam. Der dunkelhaarige wunderschöne Mann grüßte uns mit einer Bemerkung über den Schnee und Fragen nach der Wahrscheinlichkeit auf weiße Weihnachten.

„Wir haben bei dieser Reise wirklich Glück, nicht wahr, Walker?" Er drehte sich zu uns und streckte seine Hand aus. „Hi, ihr alle. Ich bin Ashton Sellars."

„Liam Kelly."

„Walker Ronson."

Hände wurden geschüttelt, bevor ich an der Reihe war, etwas zu sagen. „Hi, ich bin, äh, North Astor-Ford." Und in meiner Panik fügte ich hinzu: „Und ja, das ist mein Schwanz, den ihr gesehen habt."

Liam erstarrte neben mir und Ashtons atemberaubende Augen wurden groß. Walker hustete und wandte zunächst den Blick ab, aber nach einem Moment legte er seinen Arm um Ashtons Schultern und schaute mich wieder an, sein Gesichtsausdruck war freundlich und voller Mitgefühl.

„Du bist so ehrlich", sagte Ashton, klopfte meine Schulter und grinste. Er war ein wenig übertrieben in seinen Bewegungen und er sprach mit einem leichten Lispeln. „Das gefällt mir für dich." Er drückte meinen Arm. „Stört es euch?" Er deutete auf die leeren Schaukelstühle.

Ich schüttelte meinen Kopf. Er nahm den Schaukelstuhl auf meiner anderen Seite. Sein fester Freund, Walker – nein, Ehemann, die zusammenpassenden Ringe sagten, dass sie verheiratet waren – nahm den leeren Schaukelstuhl neben ihm.

Ashton sagte: „Nachdem du den Elefanten auf der Veranda

angesprochen hast, sozusagen, will ich dir nur sagen, dass du dich sehr gut entschuldigt hast. Als wir dich vorhin auf der Treppe gesehen haben, habe ich dich erkannt und ich muss zugeben, dass ich auf meinem Handy einen kleinen Blick auf die neuesten Nachrichten über dich geworfen habe und wurde natürlich mit einer verdammten Menge an Meinungen in Bezug auf deinen – ahem, Vorfall, konfrontiert. Aber nach deinem Entschuldigungsvideo scheinen viele der Leute im Internet dir jegliches Fehlverhalten verziehen zu haben, wenn nicht sogar alle."

„Danke?" Ich wusste nicht, was ich sagen sollte, auch wenn ich erleichtert war, es zu hören. Es war alles so peinlich.

Zum Glück wechselte Ashton das Thema. „Jedenfalls sind Walker und ich wegen unseres Jahrestags hier." Er warf seinem Ehemann einen glühenden Blick voller Liebe zu. „Am Weihnachtstag sind wir drei Jahre offiziell zusammen. Wir haben auch am Weihnachtstag *geheiratet*. Das ist unser Ding."

„Das ist schön", bemerkte Liam, wollte damit wohl das Gespräch vorantreiben.

Ashton nahm Walkers Hand und küsste den Handrücken und Walker zwinkerte ihm mit einer Süße zu, die meinen Magen Purzelbäume schlagen ließ.

In der Gegenwart von Menschen zu sein, die sich liebten, ließ mich meine eigene neue Liebe noch mehr spüren. Meine kribbelige Freude erwachte erneut und ich konnte nicht anders, als zu Liam zu schauen, nur um festzustellen, dass er mich ebenfalls anblickte.

„Walkers Eltern haben uns diese Reise als Geschenk zum ersten Jahrestag gegeben. Bis jetzt hat sie nicht enttäuscht." Ashton lächelte und ich war davon geblendet. Er hatte ein unvergessliches Gesicht, anders als sein Ehemann, der, um ehrlich zu sein, irgendwie gewöhnlich aussah.

„Drei Jahre zusammen", sagte Liam. „Wie habt ihr euch kennengelernt?"

„Wir waren Geschäftspartner", erklärte Walker mit ruhigem Ton.

„Eine Büroromanze!", rief Ashton, verlieh der Geschichte mit seinem Enthusiasmus sofort Schwung. „Wir waren ein Rom-Com Klischee, durch und durch."

„Was ist mit euch beiden?", wollte Walker wissen. „Ist das neu?"

„Ja, ihr glüht alle beide." Ashton grinste.

Liam räusperte sich und schien der Frage ausweichen zu wollen. Ich wusste nicht warum, aber ich wollte nicht, dass er unseren Anfang leugnete, auch wenn er in den Augen der Gesellschaft wahrscheinlich „falsch" war. Ich platzte heraus. „Er war während der High School mein Bodyguard. Ich habe mich damals in ihn verliebt."

Ihre Brauen vollführten interessante Dinge und ich wusste, was sie sich vorstellten.

„Aber es war nicht so", beeilte ich mich zu erklären.

„Wir waren nur Arbeitgeber und Angestellter", führte Liam aus. „Aber irgendwann haben sich unsere Gefühle von professionell zu weniger professionell gewandelt, darum habe ich aufgehört, für ihn zu arbeiten."

„Drei Jahre lang ist er auf Abstand gegangen. Hat nicht einmal auf meine Textnachrichten reagiert." Ich schmollte.

„Und jetzt …" Liam lächelte, richtete seine glücklichen Augen auf mich. „Jetzt ist die richtige Zeit."

„Du meinst, er hat das richtige Alter?", fragte Ashton und es klang mit seinem leichten Tonfall mehr wie ein brutales Aufziehen als eine Anklage.

„*Alles* ist richtig", korrigierte Liam. „Manche Dinge brauchen einfach Zeit. Das hier zwischen uns-", er nahm meine Hand und küsste den Handrücken, wie Ashton es bei Walker getan hatte, „-war das Warten wert."

Mein Herz schmolz und ich schenkte ihm ein freudiges Lächeln.

Die Tür öffnete sich mit einem leisen Quietschen und Rhonda kam wieder auf die Veranda, diesmal mit Zuckerstangen garnierten Tassen für Ashton und Walker. Molly war bei ihr und wir alle streichelten sie. Ashton und Walker plauderten mit Rhonda, stellten Fragen über Molly – ihr Alter, ihre Rasse, wie sie und Suzanne sie ausgesucht hatten.

Sie holten ihre Handys heraus und fingen an, ihr Fotos ihrer eigenen Hunde zu zeigen. Ein Pudel, zwei Beagle-Mischlinge und ein Golden Doodle. Eine *Menge* Hunde. Liam und ich schaute sie uns auch an und stimmten zu, dass sie alle niedlich waren. Wir beide mussten gestehen, dass wir im Moment keine Tiere hatten.

„Keine Hunde, aber ich habe Neffen", meinte Liam, als Rhonda sich entschuldigte, um in der Küche zu helfen. Er öffnete Fotos von Jack und Aiden. Mir wurde klar, dass dies das erste Mal war, dass ich sie sah. „Sie sind genauso wild wie Welpen, soweit ich das verstanden habe. Und machen genauso viel Unordnung."

Mein Herz veranstaltete komische Dinge, als Liam ein Foto von sich zeigte, wie er das Baby hielt, während der andere Junge ihn wie einen Baum erkletterte. Der, den er als Aiden identifizierte, hing an seinem ausgestreckten Arm und Liam grinste fröhlich. Alle drei waren so niedlich und einer der Jungen sah aus, als könnte er Liams Sohn sein. Die Ähnlichkeit war so groß.

Plötzlich wollte ich sie unbedingt am Weihnachtstag treffen, wenn Liam mich mit zu sich nach Hause nahm. Sogar wenn ich die Demütigung ertragen musste, von Liams Mom und Schwester gesehen zu werden und zu wissen, dass sie nicht nur eine Meinung dazu hatten, dass ich Liam damals auf diese Weise entlassen hatte, sondern auch, dass sie meinen harten Schwanz gesehen hatten. Ich schüttelte den Gedanken ab und hörte wieder zu, wie Liam und unsere beiden Bekannten über Hunde redeten.

Als der Schnee anfing, den Garten weiß zu färben, standen

Liam und ich auf, um ins Haus zu gehen, und Ashton hielt meine Hand länger als nötig. Er schaute mir in die Augen, sagte dazu: „Ich habe eine Menge Erfahrung mit Demütigung und ich werde dir einen kleinen Ratschlag geben, den du annehmen oder ignorieren kannst. Ich weiß nur, dass er mir geholfen hat."

„Ich höre."

„Lass es einfach geschehen. Hör auf, dich zu wehren. Es ist vorbei. Es ist erledigt. Tu so, als ob jede einzelne Person, die du für den Rest deines Lebens kennenlernst, es gesehen hat und *steh dazu*. Du wirst schockiert sein, wie stark es sich anfühlt, sich *einfach nicht mehr zu scheren*."

Ich war von seinem ungewollten Ratschlag ein wenig genervt, aber ich dankte ihm dennoch.

Obwohl ich seine Worte abtun und wieder panisch und paranoid sein wollte, hörte ich, als ich mit Liam neben mir wieder ins Inn ging, Ashtons Stimme in meinem Kopf. *Steh einfach dazu.*

Ja, mehrere Köpfe drehten sich in meine Richtung, inklusive dem Mann von der Rezeption, der um das Autogramm meines Vaters gebeten hatte. Ich hob meinen Kopf und schaute jeder Person in die Augen. *Sie haben meinen Schwanz gesehen. Sie alle.* Ich holte noch einmal Luft. *Na und?*

Ich war mir nicht sicher, ob ich mir selbst glaubte, aber für den Moment war es genug.

Ich folgte Liam nach oben in unser Zimmer, wo er mich in seine Arme nahm, sobald die Tür sich hinter uns geschlossen hatte. Zehn Minuten später war ich in einem Nebel der Lust verloren. Voller Dankbarkeit, dass ein Mann jetzt *sehr* vertraut mit meinem Schwanz war.

KAPITEL FÜNFZEHN

Liam

Nachdem North und ich unsere kalten Körper auf dem Zimmer wieder aufgewärmt hatten, hatten wir ein kleines Nickerchen gehalten, bevor wir zusammen zum Mittagessen nach unten gegangen waren.

Der Speisesaal war so, wie er immer gewesen war, mit vier Tischen, die Platz für jeweils zehn Leute boten, im Moment aber für acht gedeckt waren. Es wärmte mir das Herz, dass Rhonda für mich und North gedeckt hatte, in der Hoffnung, dass er willens war, wieder aus seinem Versteck zu kommen. Ich war mir sicher, dass sie bei jeder Mahlzeit für ihn gedeckt hatte, seit er eingecheckt hatte und für mich, seit ich angekommen war.

Wir nahmen die leeren Plätze neben Ashton und Walker an Tisch Drei, weil North sich mit ihnen jetzt wohlzufühlen schien und als wir uns setzten, wurden wir Pierce Hunter und Haven Sage vorgestellt. Sie waren ein weiteres queeres Paar, dieses Mal aus Pennsylvania. North' Schultern entspannten sich sichtlich, als klar wurde, dass keiner von ihnen ihn erkannte. Aber ich erkannte Pierce. Er war der Star meiner Lieblingsgeisterjägerserie.

Während wir darauf warteten, dass Rhonda, Jerome, Suzanne und Sal das Mittagessen brachten und in die Mitte des Tisches stellten, plauderten Ashton, Walker und ich leichthin mit unseren neuen Bekannten.

„Wie lautet dein Urteil?", fragte Walker Pierce, nachdem sein fester Freund, Haven, erwähnt hatte, dass sie Gerüchten nachgingen, dass es im Inn einen Geist gab. „Denkst du als professioneller Geisterjäger, dass es in Camp Bay Chalet spukt?"

„Ich bin noch nicht bereit, das zu beurteilen", erklärte Pierce. „Wir müssen erst noch ein paar Tests machen."

Haven unterbrach ihn lachend. „Mit anderen Worten, ihr müsste die nächste Staffel *Paranormal Hunters* anschauen, um herauszufinden, was er wirklich denkt."

Ein Schauder durchlief North und ich drückte erneut seinen Oberschenkel unter dem Tisch.

„Es ist insgesamt eine ziemlich zahme Geschichte", fuhr Pierce fort. „Der Mann, der das Chalet in den Vierzigerjahren gebaut hat, Joseph Morton, hat all seine vier Söhne mitarbeiten lassen. Es hat acht lange Jahre gedauert, es fertig zu bauen, während denen sie Rückschlag um Rückschlag verkraften mussten. Und als es fertig war, konnte Joseph nur zwei Nächte in dem fertigen Chalet schlafen, bevor er anscheinend an einem Herzinfarkt gestorben ist."

„War es Mord?", fragte North leise.

„Nein, es war ein Herzinfarkt", sagte Pierce. „Aber die Gerüchte besagen, dass er bis heute in diesem Haus spukt. Jetzt kann man mitten in der Nacht …" Pierce senkte seine Stimme, fügte einen Hauch unheimliches Drama seinen Worten hinzu, „in Zimmer Acht und *nur* in Zimmer Acht, sein *Hämmern* hören."

North packte meine Hand und drückte sie.

Ein hohes Lachen fiel aus Ashtons Mund. Er sah ebenfalls nervös aus. „Jetzt da ich die ganze Nacht wach sein werde, um auf Geister-Hämmern zu lauschen, lasst uns den unheimlichen Teil des Gesprächs beenden. Haven, was machst du?"

„Oh, da wirst du kein Glück haben", meinte Pierce mit einem Lachen. „Na los, sag es ihnen."

„Ich bin Horror-Autor." Havens Augen funkelten amüsiert.

North war, wie vorauszusehen, sehr still, während wir darauf warteten, dass der Rest der Gäste in den Speisesaal kam.

Das Essen war gerade an unseren Tisch gestellt worden, sehr zu aller Erleichterung, weil wir langsam hungrig wurden, als ein älteres Paar hereinkam und sich für die Verspätung entschuldigte. Ich erkannte sie als Mr und Mrs Tottenham, die immer mal wieder Weihnachten im Camp Bay Chalet verbrachten und als Star-Jäger bekannt waren.

Wenn Pierce überall einen Geist finden konnte, dann konnte Mrs Tottenham eine Berühmtheit finden. Als sie sich an unseren Tisch setzte, schaute sie zwei Mal hin, komplett mit schmal werdenden Augen, als sie sowohl Ashton als auch North spekulierend musterte.

„Welcher von ihnen ist berühmt?", flüsterte sie ihrem Ehemann laut zu.

Mr Tottenham musterte sie beide, was North unruhig hin und her rutschen ließ. „Der Große."

North war ziemlich groß, aber nicht so groß wie Ashton. Mrs Tottenhams Aufmerksamkeit richtete sich ganz auf Ashton und Ashton machte mit. Er zwinkerte und winkte ihr nur mit seinen Fingern.

Walker flüsterte ihm etwas ins Ohr und Ashton tat so, als wäre er schüchtern, lehnte sich an seinen Ehemann und errötete beinahe. „Du bist so süß! Noch süßer und ich nehme zu und das kann ich mir nicht leisten! Du weißt, dass die Kamera zehn Pfund draufpackt!"

„Kamera?", fragte Mrs Tottenham. „Sind Sie im Fernsehen?"

„Filme", sagte Ashton mit funkelnden Augen.

„Oh? Irgendetwas, in dem ich Sie gesehen habe?"

Walker packte Ashtons Arm, aber auf seinem Gesicht lag ein unleugbares Grinsen, als ob er wüsste, dass nichts seinen Mann von dem abhalten konnte, was er gleich sagen würde.

„Kennen Sie Honeypot Productions?"

Mrs Tottenham schüttelte ihren Kopf.

„Ah, sie sind eine aufstrebende Produktionsfirma für Schwulen-Pornos und ich bin ihr größter Star."

North versteifte sich und schaute mich an, seine Brauen waren hochgezogen, als er sich zu mir lehnte und meinte: „Ich dachte, er würde in der Werbung arbeiten?"

Ich zuckte mit den Schultern. *Ich weiß nicht*, formte ich mit dem Mund.

Mrs und Mr Tottenham erstarrten. „Entschuldigung? Ich glaube, ich habe Sie falsch verstanden", sagte Mr Tottenham, legte eine Hand hinter sein Ohr.

„Nein, du hast ihn schon richtig verstanden", sagte Mrs Tottenham, erhob sich von ihrem Stuhl und entdeckte zwei leere Stühle an Tisch Eins. „Komm, da drüben sind Plätze frei und ich möchte mit Rhonda darüber sprechen, wie dieses Inn vor die Hunde geht. Ein Porno-Star ist keine Berühmtheit", sagte sie streng zu Ashton, erschoss uns alle mit ihren Dolchblicken.

Nachdem das alte Paar weg war, grinste Ashton und meinte zu Walker: „Ah, das hat Spaß gemacht! Weckt Erinnerungen an unser erstes Weihnachten zusammen!"

„Die Leute zu belügen, wer wir sind?", fragte Walker mit einer Zuneigung, die seinen Worten jegliche Schärfe nahm.

„Sie in die Irre führen. Zum Wohle aller", korrigierte Ashton, lächelte dabei North an. „Wir waren Arbeitskollegen, aber wir mussten auch so tun, als wären wir feste Freunde, für die Hochzeit seiner Schwester."

„Er ist übrigens kein Pornostar-"

„Nicht, dass irgendetwas falsch daran ist, einer zu sein", verdeutlichte Ashton. „Positive Einstellung zu Sex und all den guten Sachen."

„Wir sind beide in der Werbung. Er ist nur ..." Walker lächelte, eindeutig von seinem gut aussehenden Partner erstaunt, sogar nach einem Jahr Ehe, „so."

„Und ich liebe das für dich", meinte Ashton süß, bevor er hinzufügte, „Und für mich."

Ashton erzählte dann Pierce und Haven die Geschichte, wie er und Walker zusammengekommen waren und wir verteilten das Essen, aßen, lachten und hatten Spaß.

Ich konnte sehen, dass das Mittagessen sich als einfacher und lustiger herausgestellt hatte, als North gedacht hatte. Mitten während der Mahlzeit spielten wir eine Runde Pin-the-Tail mit Rudolph. Rhonda verband den teilnehmenden Gästen einem nach dem anderen die Augen und schickte sie in Richtung eines großen Rudolph-Posters an der Wand, mit einem magnetischen Schwanz, den sie anbringen mussten. Scott Lennox, ein Profi-Golfer im Ruhestand, wenn ich mich richtig erinnerte, gewann.

Nach dem Essen wurden vornehme Weihnachtscocktails serviert und wir folgen Ashton und Walker hinaus in den Gemeinschaftsbereich um das Feuer herum, um weiter zu plaudern, während wir unsere Getränke leerten.

Es war eine Erleichterung zu sehen, dass North sich überhaupt mit jemandem wohlfühlte. Ich war diesen Männern dankbar, dass sie ihn aus seinem Schneckenhaus gelockt hatten.

Später, wieder auf unserem Zimmer, stand North am Fenster, schaute zu, wie der Schnee fiel. Er war fasziniert davon. Obwohl er hin und wieder Schnee in seiner neuen Heimat in Seattle zu Gesicht bekam, war er in Kalifornien aufgewachsen und die Menge an weißem Wunder, die Idaho ihm bieten konnte, war ihm neu.

Ich schaltete den Gas-Kamin an und blau-orangene Flammen sprangen sofort hoch. Das Chalet konnte zugig sein und auch wenn wir es die ersten beiden Nächte absolut angenehm gehabt hatten, wusste ich, dass der fallende Schnee und die sinkenden Temperaturen nach zusätzlicher Wärme verlangten. Ich schaltete das Licht aus, ließ das Glühen des Feuers das Zimmer erhellen.

North hatte mir den Rücken zugewandt, seine Augen waren auf

den Schnee gerichtet, als ich meine Kleidung auszog, sie gefaltet auf den Stuhl platzierte und mich ins Bett legte, bereits hart und hungrig auf ihn.

„Was, wenn deine Mom mich hasst?", flüsterte er.

„Wird sie nicht."

North drehte sich nicht um und ich fing an, mich langsam zu pumpen, wollte ihm eine gute Show liefern, wenn er es endlich tat.

„Was, wenn deine Schwester es tut?"

Es war schwieriger, darüber zu lügen, weil Maeve wirklich wütend auf North war. Tatsächlich hatte sie mir vorhin, vor dem Mittagessen, eine Textnachricht mit einem Clowngesicht-Emoji und den Worten *Tu dir das nicht an*, geschickt. Entweder hatte Mom es ihr erzählt oder sie hatte selbst erkannt, dass ich Gefühle für North hatte.

„Sie kennt dich noch nicht."

North seufzte und drehte sich um, seine Augen wurden groß. „Du bist schon-" Er zerrte hastig an seiner eigenen Kleidung – oder besser gesagt an der Kleidung, die er sich geliehen hatte (und wow, wie sehr es mir gefiel, ihn in meinen Sachen zu sehen). Er war ziemlich hektisch, verfing sich in den Armen des weiß-schwarzen Fair Isle Pullis, den er trug.

Als er nackt war, von der Anstrengung keuchte, erhob sein großer Schwanz sich aus seinem Nest schwarzer Schamhaare. Er war wunderschön – gut gebaut und stark. Ich nahm mir einen Moment Zeit, ihn zu bewundern, bearbeitete meinen Schwanz, bevor ich nach unten griff, um seine Eier zu umfassen. „Was willst du tun?"

„Ich will …" Er wandte schüchtern den Blick ab.

„Komm schon, Baby. Ich will hören, was du willst."

„Ich – ich will, dass du das Kommando übernimmst."

Ich streckte die Hand aus, zog ihn zu mir. „Ich werde dich kommandieren."

Haut an Haut, mein Mund an seinen gepresst, und er ergab sich meiner Intensität. Als ich ihn auf mich zog, wimmerte er. Ich streichelte meinen Schwanz zusammen mit seinem, leckte in seinen Mund und brachte ihn dazu, vor Begehren zu stöhnen. Er war begierig und ich war zu geil auf ihn. Ich wusste, dass wir es wieder nicht schaffen würden, es in die Länge zu ziehen, wenn ich nicht die Kontrolle übernahm.

Also tat ich es.

„Hol das Gleitgel", murmelte ich.

„Wo?"

Ich deutete mit dem Finger.

North tastete hektisch nach dem Gleitgel auf dem Nachttisch, wo ich es den Tag zuvor hingelegt hatte, und öffnete es. Als er wieder auf seinen Knien war, rittlings auf mir, zögerte er, schaute mich um Anleitung bittend an.

„Verteil es auf deinem Loch und ein wenig im Inneren."

Zitternd drückte North eine Tonne auf seine Hand, mehr als genug für die meisten Jungs, aber wahrscheinlich nicht ganz ausreichend für eine Jungfrau und gehorchte meinem Befehl. Er blieb über mir, seine Knie zu beiden Seiten meiner Oberschenkel, während er sich öffnete.

Ich legte meine Hand auf seinen Oberschenkel und hielt ihn. „Hattest du schon einmal etwas da drin?"

Er errötete und ich war sofort wieder bezaubert. Wie konnte er immer noch so süß sein, nach allem, was wir schon getan hatten? „Ja."

„Es hat dir gefallen?"

„Oh ja."

Sorgsam bedeckte ich die Finger meiner rechten Hand mit Gleitgel, während er zusah, dann packte ich erneut seinen Ober-schenkel und hob meine feuchte Hand zwischen seine Beine. Während ich ihn anschaute, flüsterte ich: „Es kann sein, dass es sich am Anfang seltsam anfühlt."

Aber wenn es das tat, gefiel North das Seltsame. Seine Unterlippe rollte zwischen seine Zähne und sein harter Schwanz zuckte, tropfte eine süße Perle aus Liebestropfen auf meine Schamhaare. „Liam", stöhnte er, als ich in ihn eindrang. „Oh, verdammt. Das ist ... du bist in mir."

„Ich werde schon bald noch tiefer in dir sein", flüsterte ich.

Es dauerte nicht lang, bis North schwitzte, fluchte und sich um meine Finger zusammenzog, als ich seine Prostata streichelte und daran arbeitete, ihn zu öffnen. Immer wieder packte er seinen Schwanz und löste seine Finger dann wieder, als wäre es zu viel, sich selbst zu pumpen und gleichzeitig meine Finger zu spüren. Dennoch verteilte er weiter Liebestropfen, bis eine kleine Pfütze meine Schamhaare befeuchtete und an der Innenseite meines Oberschenkels nach unten glitt.

Er zischte unglücklich, als ich mich aus seinem Körper zurückzog und fing dann an, einen süßen, winselnden Laut von sich zu geben, als er sah, dass ich meinen Schwanz mit Gleitgel einrieb. „Liam", flüsterte er. „Oh Gott, wirst du mich ficken?" Seine Stimme zitterte vor Lust und ein wenig Nervosität.

„Ich werde dich ficken", murmelte ich. „Ich werde in dir sein."

Er stöhnte erneut.

„Ich werde dein Inneres mit meiner Wichse bespritzen. Und dann werde ich sie dort lassen. Für dich."

Meine Worte ruinierten die ganze Sache beinahe, weil North' Augen sich verdrehten. Seine Hüften bebten und sein Schwanz zuckte heftig. Seine Eier wurden hart und ich wusste, dass er gleich kommen würde. Ich packte seine Eier, drückte sie leicht und zog sie nach unten. Er fing an zu schwitzen, als ich es schaffte, seinen Orgasmus zu stoppen.

„Liam", wimmerte er. „Bitte. Tu es. Tu das mit mir. Ich will nicht länger warten."

„Ich auch nicht." Ich war überall gerötet und schwitzte vor

Begehren, meinen schmerzenden Schwanz in seinem wunderschönen Körper zu versenken. „Wie willst du mich aufnehmen?"

Er zögerte nicht. „Auf meinem Rücken."

Mit zitternden Gliedmaßen brachten wir uns in Position und als ich mich über ihm erhob, meinen mit Gleitgel bedeckten Schwanz in der Hand hielt, war es schwer, meinen Blick von seinen geröteten Wangen und dunklen Augen abzuwenden, um sicherzustellen, dass ich richtig positioniert war.

„Es ist so weit", knurrte ich. „Ich werde dich jetzt ficken, Baby. Was wir immer gewollt haben. Was du brauchst."

„Jaaaa." Er griff nach mir und ich stieß gegen sein Loch.

Es war nicht erfolgreich und North' Hals rötete sich noch mehr, ob vor Schmerz oder Scham war ich mir nicht sicher. „Mach es noch einmal", verlangte er nach einer Sekunde, biss sich auf die Unterlippe, um sich zu stählen.

„Es wird ein wenig wehtun", sagte ich, tätschelte seine Hüfte und ermunterte ihn, sich zu entspannen. „Aber es wird besser."

„Ich weiß. Ich habe Dildos."

Ich unterdrücke ein weiteres Lachen. Er war so anbetungswürdig und lustig. Ich liebte ihn. „Was machst du, um einen Dildo leichter in dich zu bekommen?"

„Ich atme aus."

„Ja. Lass uns das versuchen."

Er holte tief Luft, seinen Blick auf mich gerichtet und ich beugte mich vor, um einen Kuss auf seine Lippen zu drücken, sagte dabei: „Jetzt ausatmen."

Er atmete lang aus und ich stieß vorwärts – langsam, aber hart. Das Eindringen war immer gut für mich, eines meiner Lieblingsdinge bei einem Fick, aber mit North war es exquisit. Tränen brannten. Er war so eng und innen war er heiß wie Blut. Ich stieß erneut zu, stöhnte, als ich tief einsank. Die Liebe traf mich wie ein Schlag. Ich warf meinen Kopf zurück, weil es so intensiv war. Das waren ich und North. Ich machte ihn auf jede erdenkliche Weise zu meinem Eigentum. Ich wollte weinen. Mein Herz schmerzte, weil es so voll und freudig war.

„Fuck", flüsterte North, seine Augen verdrehten sich und seine Kehle zog sich zusammen. „Fuuuck."

„Mm." Ich küsste seinen Mund, aber er drehte seinen Kopf zur Seite, schnappte nach Luft. „Geht es dir gut? Es dauert einen Moment-"

„Es ist zu gut", sagte er, seine Stimme war schwer von Tränen. „Du bist wirklich hier. In mir. Das bist du." Er zog sein Loch zusammen und ich stöhnte. „Es tut mir leid." Er wischte mit einer Hand über seine Wimpern. „Ich weine. Das ist dämlich, oder? Ich bin dämlich."

„Nein, Baby. Solang du nicht vor Schmerzen weinst, ist es nur …" Ich küsste seinen Hals, seine Schlüsselbeine und bewegte meine Hüften. Leichte Stöße, rein und raus, die ihn unter mir zum Stöhnen und Zittern brachten. „Dann ist es nur Liebe."

„Liebe", wimmerte er. „Ich liebe dich."

„Oh, North." Jetzt waren auch meine Augen voller Tränen. „Ich wollte mich schon so lange auf diese Weise um dich kümmern."

Ich bewegte mich zärtlich in ihm, schaffte es nur, nicht wie ein Weihnachtsfeuerwerk abzugehen, indem ich meine Augen schloss und alte Gebete aufsagte, die ich als katholisches Kind gelernt hatte, das schreckliche Angst davor hatte, schwul zu sein. Jetzt halfen sie mir, mich zu beherrschen.

North zitterte am ganzen Körper, bebte und zog sich unter mir zusammen, aber sein Orgasmus kam nicht schnell. Tatsächlich war sein Schwanz zunächst weich geworden und er wurde nur durch die Arbeit seiner Hand zwischen uns wieder hart. Sobald er es war, stimulierte er sich selbst, hielt sich am Klippenrand, wollte nicht, dass es vorbei war.

Wir fickten langsam, das Feuer glühte auf unserer Haut und das

Zimmer wurde so warm, dass der Schweiß in Strömen an uns herablief. Wir küssten uns und flüsterten Worte der Liebe, Zärtlichkeit und Versprechen, von denen ich hoffte, dass wir sie halten würden. North ließ seinen Schwanz los, klammerte sich an mich, bebte vor Ekstase und ließ mich mit jedem Stoß über seine Prostata reiben, bis er meinen Hintern mit seinen Fersen anschlug und seine Nägel in meinen Rücken grub. Er zitterte am ganzen Körper und ich küsste seinen Hals, seine Wangen und seine Lippen, sah zu, wie er sich auflöste.

„Süßes, wunderschönes Baby", ermutigte ich ihn. „Gut so. Komm auf meinem Schwanz. Du bist so gut."

Das Lob schien ihn in eine noch höhere Ekstase zu befördern und er packte mich, hielt mich tief in sich, keuchte und krallte, während ich ihm ins Ohr flüsterte, wie heiß er sich innen anfühlte, wie ich seinen Puls an meinem Schwanz spüren konnte und dass wir jetzt miteinander verbunden waren.

„Ich liebe dich", schluchzte er, als ich anfing, seine Prostata erneut zu nageln. „Das ist so gut. Wie schaffst du es, dass ich mich so gut fühle?"

„Liebe", erklärte ich ihm. „Das ist alles Liebe."

Ich stieß gleichmäßig zu, aber das reichte ihm nicht.

„Ich brauche dich in mir", schrie er, packte seinen Schwanz erneut. „Geh noch nicht. Geh *nicht*."

„Wir sind noch nicht einmal gekommen", erinnerte ich ihn. „Wir stehen nicht einmal kurz davor."

Er schüttelte seinen Kopf. „Ich bin so kurz davor. So, *so* kurz davor, Liam."

„Shh", beruhigte ich ihn, zog seine Hand von seinem Schwanz. „Bleib bei mir. Augen auf mein Gesicht."

Der Schock unserer verbundenen Blicke war elektrisch. Er brannte durch meinen gesamten Körper, elektrifizierte meinen Schwanz mit Lust und brachte meine Zehen dazu, sich aufzurollen.

Wir starrten einander an, als wir uns gemeinsam bewegten. Im schwachen Licht des Zimmers glühten seine Iriden um die weite Dunkelheit seiner großen Pupillen. Ich fühlte mich, als könnte ich in ihnen ertrinken, als würde ich seine Seele ficken und er zeigte mir alles in seinem Blick.

Die Lust zwischen uns wuchs und wuchs und endlich, als North wieder anfing zu weinen, zu betteln, „Bitte, Liam, ich brauche mehr. Ich kann es nicht ertragen. Es ist so gut, bitte", erhöhte ich das Tempo.

Schneller, schneller, stieß ich in ihn und zog mich zurück, bis ich ihn härter fickte, als ich das wahrscheinlich sollte. Und doch wimmerte North wie ein Mann kurz vor dem Orgasmus und ich stand so kurz davor, dass ich das Kribbeln an der Basis meines Rückgrats spürte, in meinem Arschloch und meinen Eiern.

„Fass dich an", befahl ich ihm. „Hol dir einen runter."

Er zögerte nicht und als er sich selbst pumpte, hart und schnell, küsste ich ihn. Unsere Zungen und Atem verflochten, unsere Körper vereint, sammelte die Lust sich, drehte sich, wuchs und –

„Fuck!", schrie ich. „Oh, Baby, oh fuck!"

North' Wichse spritzte zwischen unsere Körper und er kratzte mit seiner freien Hand über meinen Rücken, als er sich zusammen-zog. Sein Stöhnen war tief und laut, guttural, als ob Lust wie ein geknotetes Seil aus seinem Schwanz gezerrt würde.

„Gut so", ermutigte ich ihn, als er unter mir bebte. „Gib mir alles, was du hast."

„Liam", wimmerte er.

„Ich habe dich. Ich habe dich und du bist bei mir sicher."

North seufzte und hielt mich fest, seine Hände legten sich um meinen Rücken, verschmierten die Wichse von seinen Fingern dort.

Ich zog mich aus dem Kuss zurück, erhob mich auf meine Ell-bogen, um sein Gesicht zu sehen. Seine Augen waren geschlossen und sein Mund hing auf, reine Ekstase war auf seinen Gesichtszügen zu sehen. Ich bewegte meine Hüften, spürte das Glitschen, wo ich meine Wichse in ihm gelassen hatte. Es sollte nicht so heiß sein – aber ich hatte das noch nie mit jemandem gemacht. Auf gewisse Weise hatte North die Reste meiner Jungfräulichkeit genommen, genau wie ich seine Anfänge.

„Wenn ich mich zurückziehe, wird Sperma herauskommen", warnte ich ihn.

Er hob seine Beine und schlang sie um meine Hüften. „Nein. Bleib in mir."

„Mein Schwanz wird nicht hart bleiben. Ich werde ihn irgendwann rausziehen müssen."

„In Ordnung", flüsterte er. „Aber bleib, bis du nicht länger kannst."

Das tat ich.

Mein Schwanz strafte mich Lügen. Ich wurde nur ein wenig weich, bevor ich, als ich spürte, wie North sich um mich zusammenzog, wieder hart wurde. North machte es mir nach und wir begannen wieder mit einem langsamen Fick, unsere Körper bewegte sich im Gleichklang, als die Lust sich zwischen uns aufbaute.

Wir fickten für gefühlt Stunden und Ewigkeiten, keinem von uns wurde das Gleiten unserer Körper zu viel, die Hitze unseres Liebesspiels. Wir küssten und leckten und gaben uns stille Versprechen.

Der zweite Höhepunkt war süßer, weicher und North überzeugte mich, in ihm zu bleiben, bis ich herausglitt. Aber er war nicht bereit dafür, dass es vorbei war. Er blieb neben mir, leckte meine Nippel, küsste meinen Hals und als ich endlich wieder hart wurde, setzte er sich auf mich und ritt mich in seinen dritten Orgasmus in dieser Nacht. Ich schaffte es nicht, die Seligkeit verweigerte sich mir, aber es war wunderschön zu sehen, wie er sich wand und sich selbst pumpte, bis Wichse meinen Körper bedeckte.

Nach einer langen Ruhephase, in der wir in den Armen des

anderen dösten, weckte North mich erneut, als kleiner Löffel an meine Seite geschmiegt und flüsterte: „Lass uns das Abendessen überspringen."

„Du wirst später Hunger bekommen."

„Das ist mir egal. Wirst du mich wieder ficken? Ich glaube nicht, dass ich noch einmal kommen kann, aber ich will es einfach wirklich."

Ich war noch nie in der Lage gewesen, ihm irgendetwas abzuschlagen.

Nachdem wir erneut Gleitgel aufgetragen hatten, fickten wir verschlafen, bis wir einschliefen, ein weiterer Orgasmus blieb uns beiden verwehrt, aber wir blieben verbunden, bis ich weich wurde. Ich zog ihn an mich, roch an seinen Haaren und küsste seine Schulter. Ich liebte ihn so sehr.

Als ich in der Nacht mit knurrendem Magen aufwachte, mich fragte, ob ich damit durchkommen würde, mich in die Küche zu schleichen und für uns beide ein Tablett zu machen, dachte ich daran, wie unfair es war, dass wir uns je wieder trennen mussten. Ich freute mich nicht auf das Ende dieses Wochenendes. Aber ganz egal, was zwischen uns passierte, wir beide hatten einiges zu erledigen, bevor dies unser Leben werden konnte.

Ich kroch aus dem Bett, schlüpfte in Kleidung und schlich auf Zehenspitzen zur Tür, ging dann die Treppe zur Lobby hinunter. Als ich am Absatz für den zweiten Stock vorbeikam, hörte ich Flüstern, gefolgt von einem leisen Aufschrei. Ich bleib stehen, drehte mich in den dunklen Flur, der von gedimmten Lampen am Boden, die für Notfälle installiert waren, ein wenig erhellt wurde.

Ashton stand mit seiner Hand über seinem Mund und Walkers Arm um seine Schultern da. „Oh mein Gott, ich dachte, du wärst der Geist!", flüsterte er laut, seine Stimme zitterte.

„Nein, ich bin nur auf dem Weg in die Küche."

Ashton ließ ein lautes, erleichtertes Seufzen hören und sackte gegen seinen Ehemann. „Es tut mir leid, dass ich so gekreischt habe."

„Kein Problem." Ich war aber neugierig. „Was habt ihr hier draußen gemacht?"

Ashton schaute zu Walker, der zu Ashton schaute, mit einem „du sagst es ihm" Gesichtsausdruck.

„Nun, wir waren in der Bibliothek", erklärte Ashton.

„Wir haben getanzt", fuhr Walker fort.

„Ihr habt in der Bibliothek getanzt?"

Ashton wedelte mit seinem Handy. „Ja, zu einem Sufjan Stevens Weihnachtsalbum – *Silver and Gold*. Kennst du es?"

„Nein?"

„Es ist gut", kommentierte Walker.

„Ja, ähm, das haben wir gemacht", fasste Ashton zusammen.

Ich lachte und winkte ihnen. „Nun, dann gute Nacht. Tut mir leid, dass ich euch erschreckt habe." Ich hatte keine Zweifel, dass sie etwas mehr in der Bibliothek gemacht hatten, als nur zu tanzen, aber ich machte ihnen keinen Vorwurf. Es war ihr Jahrestag und sie waren immer noch so verliebt. Sie hatten wahrscheinlich angefangen, da drin herumzumachen, und die Zeit vergessen.

Ich konnte das verstehen. Ich vergaß die Zeit, wann immer ich North berührte.

Ich stellte in der Küche ein kleines Tablett mit Käse und Obst zusammen, dachte dabei darüber nach, dass der Sex mit North sich ganz anders anfühlte als mit anderen Männern, mit denen ich zusammen gewesen war. Er bedeutete so viel mehr. Jeder andere Typ war darauf fokussiert gewesen, einen Orgasmus zu bekommen, ob nun mit mir oder ohne mich, aber North war so darauf fixiert, was es für mich bedeutete, ihn zu berühren, in ihm zu sein. Es war wunderschön.

Ich trug das Tablett hinauf in unser Zimmer, dachte daran, dass der erste Mann zu sein, der North geliebt hatte, ziemlich aufregend war, aber ich wusste, dass wir viel mehr waren, als was unsere Körper im Bett machten.

Er brachte das Beste in mir zum Vorschein, den großzügigsten Teil meiner selbst. Und ich brachte seine Stärke zum Vorschein. Wir waren gut zusammen. North zu helfen, ein glückliches Leben zu haben, würde ein unbezahlbarer Preis sein.

Das größte Geschenk von Weihnachten an mich.

KAPITEL SECHZEHN

North

24. Dezember

ICH ZISCHTE, ALS ich mich aus dem Bett hievte, war überrascht von dem leichten Schmerz in meinem Loch. Es fühlte sich an, als wäre mein Schließmuskel etwas wund.

„Tut es weh? Wir haben letzte Nacht ziemlich viel gefickt", bemerkte Liam, streckte die Hand nach mir aus, wobei Sorge seine Brauen nach unten zog. Er drehte mich herum, fuhr mit seinen Fingern nach unten zwischen meine Pobacken, um mich dort zu berühren. „Nicht geschwollen. Brennt es, oder-" Er deutete auf die Matratze. „Beug dich einfach über das Bett und lass mich nachsehen."

„Nein, schon gut", sagte ich, fühlte mich plötzlich schüchtern bei dem Gedanken, mich vorzubeugen und ihn mein Loch ansehen zu lassen. Es war nicht so, dass es ihm vor wenigen Stunden nicht komplett gehört hatte. Aber in der Hitze des Augenblicks war das etwas anderes.

Jetzt, in der Kühle befriedigter Liebe und Lust und der Klarheit einiger Stunden Schlaf, fühlte es sich peinlich an. „Alles ist in Ordnung. Lass uns einfach Frühstück holen – nun, jetzt wohl eher Mittagessen. Wir können uns zu Ashton und Walker setzen und dann einen langen Spaziergang im Schnee machen. Ich will einen Schneemann bauen oder – ich weiß! Lass uns eine Schneeball-schlacht machen! Du weißt, dass ich gewinnen werde!"

„Niemals. Ich würde dich mit Leichtigkeit besiegen." Dann

schaute Liam auf die Uhr und stöhnte. „Ich würde liebend gern all das tun, Baby, aber wir haben keine Zeit. Wir müssen zu meiner Mom. Wir müssen duschen, uns rasieren und anziehen und nach Sandpoint fahren."

Mein Magen zog sich zusammen. „Ich dachte, wir würden morgen hingehen? Hat deine Mom nicht gesagt, dass sie mich zu Weihnachten sehen will?"

Liam wischte sich mit einer Hand übers Gesicht, Sorge verdunkelte es. „Es tut mir leid. Ich hätte mich klarer ausdrücken sollen. Meine Familie feiert mit einem Abendessen und Geschenken am Weihnachtsabend, seit mein Dad gestorben ist."

Ich kniete mich neben ihn, nahm seine Hände. Ich wusste, dass Liams Vater gestorben war, bevor ich ihn kennengelernt hatte, aber obwohl er mir alles über seine Camp Bay Chalet Familie erzählt hatte, als er für mich gearbeitet hatte, hatte er nie viel von seiner leiblichen Familie berichtet.

„Wann ist er gestorben?"

„In meinem letzten Jahr auf der High School."

„Es tut mir leid."

Liam seufzte. „Es war beschissen. Wir standen uns nicht nahe, waren aber auch nicht entfremdet. Er war nicht glücklich darüber, dass ich schwul war, aber er hat daran gearbeitet, es zu akzeptieren. Ich glaube, dass er es, im tiefsten Inneren, immer gewusst hat."

Ich setzte mich neben ihn, sagte nichts, weil ich nicht wusste, was ich sagen sollte. Mein Vater war arrogant und von seinem Ruhm besessen, aber er hatte meine Bisexualität ohne Probleme akzeptiert. Ich hatte einen Verdacht, dass er das ebenfalls war. Nun, Southerland hatte diesen Verdacht. Sie war diejenige, die es mir erzählt hatte und nachdem sie es angesprochen hatte, stimmte ich ihr zu.

Außerdem konnte ich mir nicht vorstellen, dass mein Dad tot war. Er war überlebensgroß. Ein sprichwörtlicher Filmstar.

„Meine Mom hatte nach seinem Tod ziemliche Schwierigkeiten. Im ersten Jahr haben wir versucht, Weihnachten wie immer zu feiern, aber Mom und Maeve haben die ganze Zeit geweint. Darum haben wir uns entschieden, neue Traditionen zu schaffen."

Ich küsste seine Fingerknöchel, wie er es immer bei mir machte.

„Damals haben wir angefangen, die Familiengeschenke und das große Abendessen am Weihnachtsabend zu machen und am Weihnachtstag kommen wir hierher ins Chalet. Die Festlichkeiten am Weihnachtstag sind für Freunde und Familie der Angestellten und Gäste offen. Obwohl ich technisch gesehen nicht mehr hier arbeite, laden Rhonda und Suzanne meine Familie und mich immer noch ein."

Ich lächelte. „Rhonda scheint eine nette Person zu sein."

„Suzanne ist auch nett. Ich weiß, dass du sie mögen wirst, wenn du endlich mit ihr redest. Und Eric, der Hausmeister, ist ein guter Kerl. Und Jerome und Sal. Alle Angestellten. Sie alle haben sich immer bemüht, dafür zu sorgen, dass meine Mom und Schwester das Gefühl haben, dass sie hier immer willkommen sind, sogar als ich bei dir in Kalifornien gearbeitet habe."

„Wow, das ist wirklich nett."

„Ja. Jedenfalls haben wir jetzt unsere große Familienfeier am Weihnachtsabend im Haus meiner Mom. Ich hätte es dir sagen müssen. Es ist anders."

„Nicht so viel anders als meine Familie. Ich meine damit, meine Eltern ‚feiern' zwei ganze Wochen, darum …"

„Ich erinnere mich."

Liam stand auf und zog mich hoch, ließ einen heißen Blick an meinem Körper auf und ab wandern. „Du bist dreckig, Baby. Du musst duschen."

Ich warf einen Blick nach unten. Mein Bauch und Brustkorb waren mit getrockneter Wichse bedeckt. Vor allem meine Brusthaare waren verkrustet. „Ja. Wow." Ich kaute auf meiner Unterlippe, erinnerte mich an letzte Nacht. Ich war definitiv keine Jungfrau mehr. Ich war immer und immer wieder von Liams Schwanz aufgespießt worden und ich war eingeschlafen und hatte ihn dabei in meinem Hintern gehalten, einfach um das Gefühl, ihn dort zu haben, zu genießen.

Aber jetzt …

Ich wurde ganz rot, erinnerte mich daran, wie ich gebettelt und geweint, all diese unheiligen Laute von mir gegeben hatte, als ich gekommen war. Was hielt Liam jetzt von mir? Und was hatten die Zimmer neben uns gehört? Sie hatten bereits meinen Schwanz gesehen und jetzt hatten sie vielleicht meine Orgasmus-Laute gehört und meine geilen, verzweifelten Bitten, dass Liam mich härter ficken sollte.

„Was ist los? Wenn du nicht zu meiner Mom willst, kann ich ihr sagen, dass es mir leidtut, aber dass keiner von uns beiden es schaffen wird. Ich werde dich hier nicht alleinlassen."

„Nein", flüsterte ich. „Ich komme mit dir."

Was hatte ich mir nur dabei gedacht, so die Kontrolle zu verlieren? Zu vergessen, dass um uns herum Menschen waren? Mich zu verlieren, in –

„North", sagte Liam in einem leicht scharfen, ernsten Ton. „Rede mit mir. Habe ich dir wehgetan? Hast du Schmerzen? Lass mich nachsehen."

„Nein, es ist alles gut", sagte ich. „Letzte Nacht war ich laut. Und ich habe geweint."

„Gefühle sind nichts Schlechtes. Das weißt du. Überwältigt und emotional zu sein, wenn du mit jemandem intim bist, den du liebst? Das ist auch nichts Schlechtes. Es braucht eine Menge Mut, um jemandem gegenüber so offen zu sein, um deine wahren Gefühle zu zeigen."

„Tut es das?"

„Natürlich."

„Warum hast *du* nicht geweint?“

Liam lächelte, zog mich enger an sich. „Das hätte ich beinahe, als du mich geritten hast. Du hast wunderschön ausgesehen. Mein Baby hat sich auf meinem Schwanz zum Orgasmus gebracht. Das war so verdammt herrlich. Das beste Weihnachtsgeschenk meines Lebens.“

Hitze raste an meiner Kehle nach oben in meine Wangen und ich fragte mich, warum ich immer rot anlief, wo *er* doch der Rotschopf war. „Ich liebe dich und es hat sich so gut angefühlt“, gab ich zu.

„Ich liebe dich auch.“

„Was, wenn die Nachbarn es gehört haben?“

„Sie waren zu sehr damit beschäftigt, sich geisterhaftes Hämmern anzuhören oder selbst zu hämmern, versprochen.“

„Aber was, wenn sie es gehört haben?“

„Das hier ist ein romantisches Chalet. Die Leute haben hier Sex. Aber du warst nicht so laut. Diese Wände sind dick – Holzbohlen! Ich habe keinen Laut von den anderen Gästen gehört und ich glaube, du auch nicht.“

Ich schüttelte meinen Kopf. Er hatte recht. Hatte ich nicht.

„Mach dir deswegen keine Sorgen.“

„Okay.“ Ich zögerte, bevor ich hinzufügte: „Dann mache ich mir nur Sorgen darüber, deine Mom zu treffen.“

„Ich wünschte, das würdest du nicht. Sie wird dich lieben.“

Zusammen unter der Dusche – die ziemlich eng war, weil das Chalet ganz sicher nicht geplant hatte, dass zwei Männer sie gemeinsam benutzten – konnten wir unsere Hände nicht bei uns behalten. Oder unsere Schwänze.

Himmel, ich liebte Liams Schwanz in meinem Hintern.

Als ich meine Ladung in den Abfluss der Dusche schoss, meine Knie vor Lust weich wurden und Liam mich aufrecht hielt, war es mir sogar egal, ob mein Schrei der Befriedigung gehört wurde.

Mit Liam zusammen zu sein war einfach zu verdammt gut.

KAPITEL SIEBZEHN

Liam

ICH WAR WUND und müde, nachdem ich North erneut unter der Dusche gefickt hatte. Ich war jung und geil, sicher, aber vier Mal in weniger als zwölf Stunden war mehr, als ich gewöhnt war und wir hatten uns am Tag zuvor so viele Male zum Höhepunkt gebracht. Ich war nicht mehr so oft gekommen, seit ich als Teenager herausgefunden hatte, was mein Schwanz machen konnte.

Meine Beine waren zittrig, mein Kopf schwindlig und ich fühlte mich glücklicher als je zuvor in meinem Leben.

North war so groß wie ich, aber er sank in sich zusammen, als wir in den Aufzug stiegen, die Kapuze seines Hoodies hatte er wieder nach oben gezogen, um sein Gesicht zu verstecken. Anscheinend waren das Selbstbewusstsein des Nachmittags gestern und die Schamlosigkeit, die er im Bett und unter der Dusche gezeigt hatte, komplett verbraucht, denn als ich auf den Knopf drückte, der uns nach unten bringen würde, flüsterte er: „Wie viele Menschen werden im Lobbybereich sein?"

„Ich weiß nicht. Das werden wir dann sehen. Es könnte alles leer sein."

„Denkst du, deine Mom hat es gesehen?", fragte North.

Ich überlege, ob ich ihm die Wahrheit sagen sollte. Ich dachte nicht, dass es eine gute Idee war, wenn er wusste – sicher wusste – dass meine Mom tatsächlich seinen Penis gesehen hatte, bevor wir mit den Weihnachtsfeierlichkeiten anfingen. „Es gibt nichts, was wir tun können, wenn sie ihn gesehen hat. Lass uns einfach Ashtons

Ratschlag annehmen und so tun, als ob sie hätte und das hinter uns lassen.“

„Ich will wieder nach oben“, murmelte North. „Ich glaube nicht, dass ich das kann.“

Ich wich zurück, als der Aufzug das Erdgeschoß erreichte und vor dem Öffnen der Türen pingte. „Dann lass uns so tun, als ob sie das nicht hätte.“

Ein kleiner Schwarm der anderen Gäste befand sich in der Lobby, und so wie sie Schals um ihre Hälse schlangen und mit den Stiefeln stampften, schloss ich, dass sie sich darauf vorbereiteten, die Farm neben uns zu besuchen, um eine Pferdeschlittenfahrt zu unternehmen, die den Gästen des Chalets angeboten wurde.

Ich wollte gerade den Aufzug verlassen, aber North zögerte. „Okay?“

Er schüttelte nur seinen Kopf und ich trat zurück in den Aufzug, legte meinen Arm über seine Schulter und zog ihn an mich. Die Türen glitten zu und wir standen für einen Moment in der Stille des bewegungslosen Aufzugs.

„Ich dachte, ich könnte. Ich wollte – nein, ich *will*. Wirklich, Liam. Ich will gehen. Vor einer Woche wäre es ein Traum gewesen, als dein fester Freund mit dir zu deiner Mom zu gehen, aber jetzt? Jetzt glaube ich nicht, dass ich ihr in die Augen sehen kann. Sie wird denken, dass du etwas Besseres verdienst, als jemanden, der dumm genug ist, seinen Schwanz online zu stellen.“

„North, das ist-“

Der Aufzug ruckte und begann, sich nach oben zu bewegen. Jemand musste in einem der Stockwerke auf den Knopf gedrückt haben.

„Bitte, sag nicht, dass es albern oder dumm ist, weil es sich für mich so groß anfühlt, Liam.“

Ich trat näher zu ihm. „Ich weiß. Ich verstehe. Aber ich verspreche dir, dass du niemals eine liebevollere Frau treffen wirst als meine

Mutter. Sie wird dich in die Arme nehmen und zu Tode umarmen wollen. Das Foto wird ihr vollkommen egal sein."

Da war ich mir zumindest relativ sicher.

„Bist du sicher?"

„Ja."

„Und deine Schwester?"

„Sie wird wegen des Fotos auch nicht aufgebracht sein." Was stimmte. Sie hegte einen Groll wegen der Entlassung, aber ich wollte – nein, sie *musste* – darüber hinwegkommen. Meine Familie musste für North da sein, jetzt und in der Zukunft, weil er meine Liebe war und er eine Familie verdiente, die nicht halb Schakal war.

„Versprochen?"

„Versprochen."

Der Aufzug hielt mit einem weiteren Pingen in unserem Stockwerk. Eric und der Toilettenpapier/Kaffeekannen-Typ, Max, kamen an Bord, wobei Eric so abgelenkt war, dass er mich beinahe umgerannt hätte.

Ich bemerkte, dass Max Eric mit liebevoller Erheiterung musterte, und ich konnte mir nicht verkneifen zu sagen: „Nun, ich nehme an, all die Arbeit, Toilettenpapier und Kaffeekannen zu verstecken, war nicht umsonst."

Max lachte und drückte auf den Knopf für das Erdgeschoss. „Nein, nur dass er sich jetzt benimmt, als würde ich ihn zum Galgen zerren." Er schaute seinen Mann an. „Es ist nur ein Mittagessen, Eric."

Eric schien sehr nervös zu sein und fand das Aufziehen nicht lustig. „Du verstehst nicht. Ich kann da nicht runtergehen. Es gibt einen Grund, warum ich nie mit den Gästen esse. Rhonda und Suzanne wird das nicht gefallen."

Max' Brauen zogen sich verwirrt zusammen. Er öffnete seinen Mund, um etwas zu sagen, aber ich war schneller.

„Unsinn", sagte ich lachend. „Versuch nicht, das auf Rhonda zu schieben. Sie ist nicht der Grund, warum du dich nie unter die Gäste mischst." Eric vermied es schon seit Jahren, Kontakt mit den Leuten zu haben. „Dein Exil war immer schon selbstauferlegt. Das weißt du."

Eric verschränkte schützend seine Arme und musterte mich.

Max neigte seinen Kopf in North' Richtung. „Wo wir gerade von selbstauferlegtem Exil reden, ich bemerke, dass deines vorüber ist?"

North wurde rot, nickte aber und ich zog ihn enger an mich. Nervös zu mir aufschauend und sich wohl fragend, ob Max und Eric seinen Schwanz gesehen hatten – was wahrscheinlich war – bat North mich stumm, die Sache zu übernehmen.

„Max und Eric, das ist North. Eric hat schon von ihm gehört."

North zuckte zusammen, stellte sich das Schlimmste vor, da war ich sicher.

Ich schüttelte ihn ein wenig. „Nicht so! Ich habe ihm von dir *erzählt*."

„Viele Gespräche bei Bier", bestätigte Eric.

„Oh." North hob den Blick. Sein Gesichtsausdruck war immer noch vorsichtig, aber er lächelte. „Ich habe auch von dir gehört. Liam hat über alle hier im Chalet immer wie über eine zweite Familie geredet."

„Und das ist Max, nehme ich an", sagte ich. „Es ist schön, dich kennenzulernen. Ich habe ebenfalls von dir gehört."

Der Aufzug pingte, als wir ankamen und als die Aufzugtüren sich öffneten, kam North dieses Mal mit uns heraus. Gruppenzwang hatte seine Vorteile.

Die Fahrt nach Sandpoint war still.

Ich konnte sehen, dass er nervös war, trotz meiner Versicherungen im Aufzug. Hin und wieder machte er eine Bemerkung zu den Sehenswürdigkeiten und Aussichtspunkten. „Der Schnee auf den Bäumen ist so hübsch", sagte er, deutete auf Stellen, wo der Schnee wie Zuckerguss hing, jeden Ast bedeckte.

„Du vermisst das warme L.A. Weihnachten nicht, an das du gewöhnt bist?"

Er streckte die Hand aus, um sie auf mein Knie zu legen, schaute dabei weiter aus dem Fenster. „Nein. Ich bin lieber hier mit dir."

„North?"

„Ja?" Er wandte seine Aufmerksamkeit von der Aussicht ab.

„Die letzten beiden Tage waren aus der Realität ausgeschnitten, das weißt du? Und die nächsten paar werden sich wahrscheinlich genauso anfühlen. Aber irgendwann werden wir zurück in die Wirklichkeit müssen und uns überlegen, was wir tun werden. Wie unser nächster Schritt aussehen wird."

North seufzte, strich sich mit den Händen durch die Haare, zerzauste sie. Sein Kinn war immer noch leicht verschattet, sogar nachdem er sich frisch rasiert hatte und ich bewunderte die Form seines Kiefers, der vom Fenster erhellt wurde. Er war so attraktiv. Ich fragte mich, wie er in seinen Vierzigern aussehen würde, wenn sein Inneres so reif war wie sein Äußeres. Ich wollte in seinem Leben sein und es herausfinden.

„Wo willst du wohnen?", fragte North.

„Wie bitte?"

„Willst du hier wohnen? In der Nähe deiner Mom? Ich kann hierherziehen. Das Apartment in Seattle ist mehr als genug wert, dass ich hier ein Haus kaufen kann, da bin ich mir sicher. Und wenn nicht, ich habe einen Treuhandfond."

„North-"

„Oder willst du bei mir in Seattle wohnen? Ich habe dir schon gesagt, dass ich mit den Kindern helfen kann, wenn die Betreuung zu teuer ist. Ich will nur mit dir zusammen sein. Überall auf der Welt. Du musst nur sagen wo. Ich werde dafür sorgen, dass es passiert."

„Baby ..." Ich war kurz so schockiert, dass ich schwieg. Ich wusste, dass er so empfand und auch ich wollte überall auf der Welt mit ihm zusammen sein, aber das hier war keine Entscheidung, die übers Knie gebrochen werden konnte. „Alles hat seine Vor- und Nachteile. Wir müssen ein paar ernste Gespräche darüber führen, was wir beide vom Leben wollen und dann Entscheidungen treffen, die uns helfen, dorthin zu gelangen. Wir müssen strategisch sein."

„Was willst du vom Leben?", fragte North. „Ich habe dir von meinen Träumen über den Garten erzählt, aber das ist etwas, das ich überall machen kann." Er hielt inne. „Pflanzen wachsen überall, oder? Außer in der Wüste? Ich stimme dafür, dass wir nicht in die Wüste ziehen."

Mir war schwindlig. Ich konzentrierte mich auf die enge Abwärtskurve vor mir, bevor ich wieder zu unserem Gespräch zurückkehrte. „Was will ich vom Leben?"

„Ja. Ich will mit dir zusammen sein, Drachen malen, einen Drachengarten anlegen und nachdem ich die Fotos von Ashtons und Walkers Hunden gesehen habe, will ich vielleicht ein paar. Ich vermisse Tyson."

„Oh."

„Wir müssen uns keinen Hund zulegen, wenn du keinen willst."

„Nein, ich mag Hunde", sagte ich, während meine Gedanken sich im Kreis drehten. *Was will ich vom Leben? Was will ich …?* „Es ist nur …"

„Moment, du willst mit mir zusammen sein, oder?" North klang panisch. „Southerland sagt, dass ich nicht gut darin bin zu lesen, was andere Menschen meinen. Ist das deine Art zu sagen-"

„Baby, du weißt, dass ich dich liebe und ich will mit dir zusammen sein. Mir ist nur gerade klar geworden, dass ich …" Ich hielt inne, schämte mich, das überhaupt laut auszusprechen. Schließlich sah North mich als eine Art Mentor, oder zumindest hatte er das in der Vergangenheit getan und wenn ich das zugab, würde er die Wahrheit kennen. Auf gewisse Weise war ich ebenso verloren und verwirrt, was meine Zukunft betraf, wie er es war.

„North?"

„Ja?" Er drehte sich auf seinem Sitz zu mir, sein Blick folgte jeder meiner Bewegungen. Ich konnte sehen, dass er versuchte, meine Gedanken zu lesen. Er war anbetungswürdig.

„Ich weiß nicht, was ich will, abgesehen davon, dass ich dich will." Ich blinzelte schnell. „Ich habe diese letzten Jahre auf Autopilot gelebt. Zuerst habe ich mein Leben auf Pause gestellt, um mich um die Jungs zu kümmern, und die Pandemie hat alles zum Erliegen gebracht. Danach habe ich einfach … so weitergemacht. Ich habe nicht daran gedacht, in die Zukunft zu blicken. Aber jetzt bist du hier und ich tue so, als würde ich so viel über alles wissen. Die Wahrheit ist, ich weiß nicht, wie mein Leben aussehen soll oder wie ich will, dass es ist – nur dass ich weiß, dass ich dich darin haben möchte."

„Du kannst mich darin haben. Ich werde hierherziehen."

Er sagte das so einfach.

„Aber was, wenn ich nicht hierbleiben möchte? Ich weiß, dass ich nicht für den Rest meines Lebens auf meine Neffen aufpassen, im Sommer Touren anbieten und im Winter als Aufpasser arbeiten möchte. Ich möchte eine Art *Karriere* und *Richtung*."

„Ich werde deine Richtung sein", bot North an.

„Du wirst mein Nordstern sein?", fragte ich, lachte und nahm seine Hand mit meiner freien.

„Nein, ich werde dein Nordpol sein." Er grinste. „Ich werde dein ewiger Trend sein."

Ich lachte und schaute ihn mit einer gewissen Bewunderung an. Er war, wie immer, eine Überraschung. Ich hatte diese Witze nicht kommen sehen.

„Aber im Ernst", meinte North. „Wir sind beide jung. Es ist nicht so, dass wir jetzt schon wissen müssen, was wir mit unserem Leben anfangen wollen, oder? Das sagt Großmutter Ford immer."

Er verdrehte die Augen. „Großmutter Astor sagt, dass es nicht zu spät ist, mich zu verpflichten und vom Militär zum Mann machen zu lassen. Sie sagt auch, dass ich zu hübsch bin, um in den Krieg zu ziehen. Ich weiß nicht, was sie von mir will, aber ich glaube nicht, dass ich es in ihren Augen je richtig machen werde."

Er war jetzt nachdenklich, aber nach ein paar Augenblicken wandte er sich wieder mir zu. „Als du ein Kind warst, was wolltest du sein?"

„Superman", gestand ich mit einem schamhaften Grinsen.

„Du würdest in dem Kostüm gut aussehen." North schloss seine Augen. „Ich kann dich darin sehen." Er leckte seine Lippen. Ich machte mir eine geistige Notiz für zukünftige Rollenspiele, wenn ihn das heißmachte. „Aber was noch? Nachdem dir klar geworden war, dass du nicht Superman sein kannst, weil er ein Alien ist."

Ich lachte, erheitert, dass das Problem darin lag, dass Superman ein Alien war und nicht, dass er fiktional war. „Ich wollte für irgendjemanden ein Held sein. Darum habe ich als Bodyguard angefangen."

„Du bist mein Held."

Es war kitschig und albern, aber Glück stieg in mir auf.

North lehnte sich zurück, legte seine Hand wieder auf mein Knie. „Ich glaube, das ist ein Problem, das wir, wie Southerland sagen würde, nicht an einem Tag lösen können."

„Das meine ich auch. Wir müssen uns über einiges klar werden, bevor wir zusammen sein können."

„Nein. Es ist in Ordnung. Ich werde einfach mein Apartment in Seattle verkaufen und hierherziehen. Ich werde anfangen, den Drachengarten zu planen, mir Online-Kurse suchen, um zu lernen, wie man so etwas macht, oder so. Außerdem ist hier in der Gegend eine Menge Land zu kaufen. Ich habe die Schilder gesehen." Er nickte nachdrücklich. „Ich kann damit anfangen und du kannst dir in Ruhe überlegen, was du vom Leben willst."

Er ließ es so einfach klingen. Beinahe pragmatisch, obwohl es albern und sorglos war. Vielleicht sogar waghalsig.

„Was, wenn du all das machst und es zwischen uns nicht funktioniert?", fragte ich.

„Du hast gerade gesagt, dass du immer mit mir zusammen sein willst. Hast du gelogen?"

„Nein, aber etwas zu wollen sorgt nicht automatisch dafür, dass es passiert."

„Mein Dad hat immer gesagt, dass etwas zu wollen neunzig Prozent der Schlacht sind."

„Gesprochen wie ein reicher Mann", murmelte ich.

„Die anderen neunzig Prozent sind Hingabe und harte Arbeit."

„Ich glaube nicht, dass die Summen passen."

North runzelte die Stirn. „Du weißt, dass Mathe mein schlechtestes Fach ist."

„Es tut mir leid." Ich lachte. „Weißt du was?"

„Was?"

„Ich habe immer geliebt, dass das Chalet für mich ein zweites Zuhause war. Ich würde gerne einen Ort schaffen, der ein zweites Zuhause für andere Menschen sein kann. Wie ein Jugendheim oder eine Art Pflegeheim für Teenager. Ich erinnere mich, dass ich etwas über einen Typen von der Band Vespertine gelesen habe – hast du schon von ihnen gehört?"

„Nein."

„Nun, der Partner des Leadgitarristen führt ein Heim für LGBTQ+ Jugendliche und als ich das gelesen hatte, habe ich mich inspiriert gefühlt. Ich habe aber nie eine Ahnung gehabt, wie ich das erreichen kann und das tue ich wohl immer noch nicht. Aber wenn ich sage, dass es das ist, was ich will, habe ich laut deinem Dad neunzig Prozent der Schlacht schon gewonnen."

„Richtig. Und die andere Hälfte ist Arbeit und Hingabe."

Ich lachte.

„Vergiss nicht, dass er Schauspieler ist und für seinen Lebensunterhalt immer nur so tut als ob.“

Ich lachte erneut. „Du bist lustig, weißt du das?“

„Ich bin froh, dass du das denkst.“ North lächelte mich an und mein Herz sang. Die Fahrt zu meiner Mom flog nur so, als wir weiter über unsere Träume für die Zukunft diskutierten. Als ich in die Auffahrt abbog, hatte North beinahe vergessen, nervös zu sein.

Bis er meine Mom auf die Veranda treten sah, um uns zu begrüßen.

Er drehte sich zu mir und sagte: „Lass uns zurückfahren.“

„Nein“, erwiderte ich. „Wir werden bleiben.“

North schluckte seine Nervosität, nahm meine Hand und flüsterte: „Du wirst mich beschützen?“

„Ich werde dich immer beschützen. Das weißt du.“

KAPITEL ACHTZEHN

North

DAS HAUS VON Liams Mom war genauso, wie ich es erwartet hatte.

Ein richtiges Familienhaus.

Nicht wie die Villa, in der ich in Kalifornien aufgewachsen war, die mehr aus Drama und hellem Glas als aus Gemütlichkeit und abgetretenen Holzböden bestand. Das war es, was Liams Haus hatte. Das und einen Weihnachtsbaum mit selbst gebasteltem Schmuck von Maeves Kindern, vermischt mit gekauften Kugeln.

Die vielen perfekt abgestimmten Bäume meiner Mutter waren immer mit Schmuck behangen, der teuer genug war, dass ich Angst hatte, daran vorbeizugehen, für den Fall, dass ich etwas umwarf.

Liams Haus hatte auch flauschige Teppiche, die bessere Tage gesehen hatten und ein eingesessenes Sofa mit ein paar Flecken auf den Kissen. Fotos der Familie hingen an den Wänden. Und in diesem Haus gab es Umarmungen. Viele, viele Umarmungen. Heilige Scheiße, ich hatte noch nie so viele Umarmungen in meinem Leben bekommen und definitiv nicht innerhalb so kurzer Zeit.

Zuerst von Liams Mom. Sie hatte mich drei Mal umarmt, bevor ich das Haus überhaupt betreten hatte, was all meine Furcht vor ihr endgültig den Abfluss hinunterspülte. Dann von Liams Neffen, Aiden, der unbedingt so auf mir herumklettern wollte wie auf seinem Onkel. Irgendwann musste Liam ihn von mir lösen.

Von dem Baby, Jack, der meine Wange „küsste" – was bedeutete, dass er seine Lippen zu einem winzigen, klebrigen Schmollen formte und sie gegen mein Gesicht drückte. Er war anbetungswürdig. Ich war willens, meinen Traum von der Zukunft anzupassen, um ein Baby wie ihn zu haben, wenn Liam je Vater werden wollte.

Aber Maeves Umarmung war kalt.

Entweder hatte sie die Kelly-Art der Umarmung einer Person, damit diese sich so fühlte, als würde sie bis in ihre tiefste Seele geliebt, nie gelernt oder sie hasste mich. Ich war mir ziemlich sicher, dass es Hass war, weil sie Liam ganz anders umarmte. Sie schlug ihm auch auf die Schulter, zeigte ihm eine hochgezogene Braue und sagte „Im Ernst?", mit so viel Enttäuschung und Sarkasmus, wie sie aufbringen konnte.

In dieser Hinsicht erinnerte sich mich an Southerland, was sie etwas weniger angsteinflößend wirken ließ.

Ich wurde in ihrem Heim aufgenommen wie ein lang verlorenes Familienmitglied und als ich meine Schuhe auszog, hörte ich, wie Mrs Kelly Liam zuflüsterte: „Er ist ein Goldstück. Ich kann das erkennen, wenn ich ihn nur ansehe." Sie klopfte seinen Arm, als ob sie stolz auf ihn wäre, als wäre ich ein Fang. Und nicht wegen meines Geldes oder meines Aussehens.

Ich war mir nicht sicher, wie sie mein „gutes Herz", jetzt schon von außen hatte sehen können, aber ihr Lob zu hören, fühlte sich gut an.

Nach der Begrüßung verschwanden Mrs Kelly und Maeve in der Küche, um nach dem Essen zu sehen. Jack stolperte ihnen nach. Kurz darauf folgte Liam, sagte, dass er gleich wieder da sein würde, und ließ mich mit Aiden allein.

Während ich in meinen Socken durch das Haus tappte, fühlte ich mich fehl am Platz, hatte aber auch das Gefühl, dass ich meinen Platz hier irgendwann *finden* könnte. Es war vertraut, anders, fremd und richtig. Ich fühlte mich, als würde die Zukunft mich rufen. Ich entschied mich, das Liam später zu erzählen. Das würde ihm gefallen.

Als die Zeit ohne Liam im Zimmer verging, drängte Aiden mich, in sein Zimmer zu kommen, um mir seine Spielsachen anzusehen. Aiden nahm meine Hand und zog mich in sein Zimmer. Auf dem Weg sammelten wir Jack ein und dann saßen wir alle auf dem Teppich und fuhren Autos auf der mit Klebeband markierten Rennstrecke auf dem Boden. Wir ließen sie rasen und Unfälle bauen und schufen einen großen Haufen mit allen Autos am Fuß seines Schrankes.

Irgendwann fand Liam uns. Ich wusste nicht, wie lang er uns am Türrahmen lehnend beobachtet hatte, aber schließlich räusperte er sich und ich drehte mich zu ihm. Maeve war nicht weit hinter ihm, ihr Gesichtsausdruck weniger kalt, als er es bei meiner Ankunft gewesen war, aber auch nicht wirklich freundlich.

„Hast du Spaß?", fragte Liam.

Ich lachte. „Ob du es glaubst oder nicht, das habe ich."

Ich hatte in meiner Jugend nie viel spielen können. Das riesige Spielzimmer, das ich gehabt hatte, war immer bis zum Rand mit Spielzeugen gefüllt und viel zu überwältigend gewesen. Ich hatte nie gewusst, wo ich anfangen sollte. Aber hier mit Aiden, der mich führte und mir sagte, was ich mit den Autos tun sollte, hatte ich wahnsinnig viel Spaß. Ich konnte dieses Spiel jederzeit wieder mit ihm spielen.

Liam sagte: „Das Mittagessen ist spät."

„Mittlerweile ist es ein Mitendessen", bemerkte Maeve.

„Mom sagt, dass es noch ungefähr vierzig Minuten dauert. In der Zwischenzeit werden wir ein Spiel spielen."

Aiden jammerte, aber Maeve kam vor und nahm seine Hand. „Du kannst meine Figur auf dem Spielbrett bewegen, Kumpel, in Ordnung?"

„Ich will North' Figur bewegen."

„Nun, das ist North' Entscheidung."

„Gern doch", stimmte ich zu, wusste aber nicht, worum es ging. „Das geht klar."

Maeve nahm auch Jacks feiste kleine Hand und die drei verließen das Zimmer. Liam zog mich hoch, rieb seine Finger über meine Stoppeln, die bereits wieder wuchsen und beugte sich vor, um mich zu küssen. Es war nicht sinnlich, nur zärtlich. Glücklich.

Es war ein glücklicher Kuss.

Und ich erwiderte den Kuss.

„Du wirst in Kalifornien überhaupt nicht geschätzt", murmelte Liam.

„Ich habe eine Lebensversicherung über viele Millionen Dollar", versicherte ich ihm. „Ich werde sehr geschätzt."

„Oh, Baby, das habe ich nicht gemeint."

Als ich ihm aus dem Zimmer in den Flur folgte, bemerkte ich Fotos an den Wänden. Vor allem von ihm und Maeve, aber es gab auch ein paar mit der ganzen Familie. Inklusive einem mit ihnen allen vor einem Wasserfall. Ich stoppte und Liam hielt ebenfalls an.

„Dein Dad?", fragte ich.

Liams Lippen hoben sich in einem Lächeln. Es war dasselbe Lächeln, das der Mann auf dem Foto zeigte. „Ja, das ist er. Er war, hmm, wahrscheinlich neununddreißig? Das ist eine gute Erinnerung. Einer der wenigen Ausflüge, auf dem Maeve und ich keinen Ärger bekommen haben, weil wir uns gestritten haben."

Southerland und ich stritten uns nicht wirklich. Zwischen uns funktionierte es so, dass ich etwas sagte, sie erklärte mir, dass ich ein Idiot war, beleidigte mich und half mir, etwas Besseres zu denken oder zu sagen oder zu tun. Aber ich wusste, dass die meisten Geschwister viel stritten und bis jetzt hatte ich den Eindruck, dass Maeve sich gerne auf Auseinandersetzungen einließ.

„Er war gut aussehend."

„Ja", stimmte Liam zu und nahm erneut meine Hand, um mich weiter den Flur entlang ins Wohnzimmer zu ziehen. Dort fand ich eine Runde Cluedo aufgebaut.

„Wir werden es folgendermaßen machen", verkündete Mrs Kelly. „Wir spielen Cluedo, bis das Essen fertig ist und der Sieger bekommt die erste Portion des Weihnachtsessens."

„Essen, verstehst du, weil es weder Mittag- noch Abendessen ist, sondern am Nachmittag stattfindet, darum sagt Mom Essen, obwohl es eigentlich dasselbe ist", erklärte Maeve.

„Ah", sagte ich, als würde ich verstehen. „Ich mag Cluedo."

„Bist du gut?", fragte Aiden. „Weil Mommy der Champ ist."

So wie diese kühlen, dunklen Augen alles und jeden musterten, konnte ich mir das sehr gut vorstellen. „Ich bin nicht gut", erklärte ich. „Aber ich bin kein schlechter Verlierer."

„Lasst uns die Spielfiguren verteilen", sagte Mrs Kelly, setzte sich im Schneidersitz auf den Boden vor einer Seite des Kaffeetischs. Jeder der anderen drei Erwachsenen nahm eine Seite und Aiden kroch auf Maeves Schoß, während Jack wieder mit Autos auf dem Teppich in der Nähe des Christbaums spielte.

„Ich nehme Gelb", meldete ich mich. „Colonel Mustard." Ich lächelte und murmelte: „Danke, Mrs Kelly", als sie mir die Figur reichte.

„Oh, nenn mich einfach Julie."

„In Ordnung. Julie." Wir grinsten einander an und ich konnte Liams Freundlichkeit auch in ihr sehen. Er hatte sein Lächeln von seinem Dad, wie ich auf dem Foto gesehen hatte, aber die roten Haare und Sommersprossen kamen von Julie. Sein Dad war schwarzhaarig und tief gebräunt gewesen. Wie Maeve.

Das Spiel verging schnell und ich verlor gegen alle, inklusive Aiden. Sie hatten ihm eine Figur gegeben, die er herumschieben konnte, obwohl er nicht wirklich mitspielte. Er rief oft Dinge wie, „Miss Scarlet auf dem Klo mit einer Haarbürste", nur um lustig zu sein. Ich lachte jedes Mal. Genau wie Liam.

Aber ich bekam den Eindruck, dass Liam *mich* anlachte, weil ich niedlich war. Als es zu Ende war, erklärte Aiden sich zum Sieger mit Professor Plum in der Küche mit einer Schlange und niemand machte sich die Mühe, mit ihm zu streiten.

Wir zogen in die Küche, um unser Mahl an einem großen Tisch vor einem Fenster zu essen, das auf einen eingezäunten Garten schaute, in dem der Schnee sehr hoch lag. Es wurde wie ein Buffet serviert und wir alle nahmen uns einen Teller und häuften auf. Das Essen war köstlich und so unglaublich normal, dass ich beinahe vor Freude weinte.

Es gab kein einziges Stück mit essbarem Gold, keine Weißeichen-Trüffel, keine Austern oder Kaviar. Es gab selbst gemachte Soße und Kartoffelpüree. Gebackenen Schinken, einen Süßkartoffelauflauf und warme Brötchen, die Maeve gemacht und in Vorbereitung auf den großen Tag eingefroren hatte. Es gab auch Pies und anscheinend war einer davon Liams Kreation. Ebenfalls vor einer Woche gemacht und eingefroren, damit wir ihn heute essen konnten.

Ich keuchte, als ich einen Bissen von seinem Apfelkuchen nahm. „Du könntest Bäcker werden!", platzte ich heraus.

Er grinste. „Du könntest mein Helfer werden. Du kannst Kuchen in Drachenform backen."

„Ich frage mich, wie schwer das sein würde?", dachte ich nach, war von der Idee fasziniert. Es war nicht so riesig wie ein Drachengarten-Plan, aber warum sollte ich nicht beides machen können? „Ich habe noch nie einen Kuchen gebacken. Ich würde es gern versuchen."

„Oh, dann musst du wiederkommen und mit mir einen Kuchen backen", verkündete Julie, ihre Augen funkelten vergnügt. „Oder nicht, Maeve?"

„Mom backt großartige Kuchen", sagte Maeve angespannt, ihr Blick wanderte über mich, als würde sie versuchen, einen Grund zu finden, mich weiter zu hassen.

Die Kinder aßen ziemlich unordentlich, spielten mit ihrem Essen und hüpften schließlich von den Stühlen, um weiter mit ihren Autos im Wohnzimmer zu spielen. Der Wein, den Julie servierte, entspannte uns alle und ich hatte plötzlich den Wunsch, mich bei Liams Mom und Schwester für die Vergangenheit zu entschuldigen.

Ich trank nicht mehr viel und niemals Wein, weil mich das an meine Mutter und ihre Alkoholprobleme erinnerte, aber an diesem Abend hatte ich zwei und jetzt fühlte ich mich rührselig. Ich hatte das Gefühl, dass ich an einer Familienerfahrung teilnehmen durfte, die ich nicht verdiente, mir nicht erarbeitet hatte und die ich vielleicht nie wieder bekommen würde, wenn ich mich nicht bei allen im Raum entschuldigte.

„Es tut mir leid", platzte ich heraus, als wir alle aufstanden, um wieder ins Wohnzimmer zu gehen, um mit dem Filmteil nach dem Essen weiterzumachen. „Ich hätte Liam nicht feuern sollen und es tut mir leid, dass ich es getan habe. Ich hoffe, ihr könnt mir vergeben. Ich weiß, dass es schlechtes Timing war und dafür hasst ihr mich wahrscheinlich, aber-"

Ich holte zittrig Luft, fühlte mich sogar noch emotionaler als zuvor. „Aber ich hatte mich in ihn verliebt und ich musste ihn feuern, weil es nicht richtig war und ich gerade erst achtzehn geworden war, und es hätte einen Riesenskandal gegeben. Darum musste ich und ich hoffe, das könnt ihr verstehen und es tut mir leid."

Liam schüttelte seinen Kopf und öffnete seinen Mund, um etwas zu sagen, aber Maeve hob ihre Hand, um ihn aufzuhalten. Er warf ihr einen warnenden Blick zu, aber sie sah das nicht einmal. Sie hatte ihre Augen auf mich gerichtet.

„Liam und Mom werden sagen, dass du dich nicht entschuldigen musst, und vielleicht haben sie recht, denn, nun, so wie ihr einander anschaut-", sie seufzte, „seid ihr verliebt und ich verstehe, dass das sehr schlimm hätte enden können, wenn er damals geblieben wäre. Das sehe ich jetzt. Aber ich weiß diese Entschuldigung von dir auch zu schätzen, North, weil, ja, du Liam damals in eine schlimme Situation gebracht hast, was seine Finanzen und Karriere betraf. Es war schwer, ihn das durchmachen zu sehen."

„Maeve-", fing Liam an.

„Es tut mir leid", wiederholte ich.

„Hör zu, ich bin froh, dass du anerkennst und siehst, was es ihn gekostet hat, auch wenn, ja, es das Richtige war. Ich weiß zu schätzen, dass du zugeben kannst, etwas zu bedauern und Fehler gemacht zu haben. Das verheißt für eine Beziehung nur Gutes." Sie lächelte, das wärmste Lächeln, das ich bis jetzt von ihr bekommen hatte. „Einige Menschen, wie mein Ex zum Beispiel, sind nie in der Lage, das zu tun. Es sagt sehr viel über deinen Charakter und, fürs Protokoll, ich vergebe dir."

„Ja?"

„Klar." Sie grinste mich an. „Wäre es dir lieber, wenn nicht?"

„Ich will nur sicher sein. Ich will nicht in meiner Aufmerksamkeit nachlassen und dann feststellen, dass du meinen Kaffee vergiftet hast. Das passiert manchmal. Es ist der Mutter eines Co-Stars meines Dads passiert, weil sie zu nervig war und jetzt ist der Ehemann dieses Co-Stars wegen Mordes im Gefängnis. Es war ein Hollywood-Skandal."

„Wow."

Meine Augen wurden groß. Ich schaute auf mein Weinglas, erkannte, dass ich nicht nüchtern war. „Es tut mir leid. Das wollte ich nicht und ich hatte nicht so viel zu trinken. Wie?" Ich schaute Liam mit offenem Mund an. „Ist es der Wein? Ich kann *so viel mehr Wodka* trinken."

Er lachte. „Es ist in Ordnung. Komm. *Stirb Langsam* wartet auf uns."

„*Stirb Langsam?*"

„Der beste Weihnachtsfilm aller Zeiten", erklärte Maeve, führte uns in Wohnzimmer, das von den Brumm-Brumm Lauten und dem Lärm aufeinanderprallender Autos widerhallte.

Während die Erwachsenen die Streaming-App für den Film vorbereiteten, zeigte Aiden mir, wie er, wenn er genau richtig rannte, den langen Flur zu den Schlafzimmern auf seinen Socken entlangrutschen konnte. Er drängte mich, es zu versuchen und das tat ich, beeindruckte ihn, indem ich direkt gegen die Tür des Badezimmers am Ende des Flurs prallte. Die Tür sprang auf und ich taumelte gegen das Waschbecken, bevor ich anhalten konnte. Zum Glück war die Tür in Ordnung, auch wenn meine Hüfte und mein Ego blaue Flecken hatten.

„Gut so!" schrie Aiden, pumpte seine Faust. „Los, North! Du bist der Beste!"

Ich kam gerötet von Anstrengung und Peinlichkeit zurück ins Wohnzimmer und wurde von amüsierten Blicken der Erwachsenen im Zimmer begrüßt.

„Aiden liebt dich", flüsterte Liam, legte seine Arme um mich und zog mich für eine Umarmung an sich. „Genau wie ich."

Liam und ich bekamen die rechte Hälfte des Sofas, damit wir kuscheln konnten und Maeve und Aiden nahmen die andere Hälfte. Julie setzte sich mit Jack in den Schaukelstuhl und jeder von uns hatte eine Schüssel Popcorn.

Aiden schlief an der Seite seiner Mom ein, lange bevor Bruce Willis seine berühmte Jippie-Yay-Ja Schweinebacke Zeile sagte und Jack war schon früh von den Bewegungen des Schaukelstuhls eingeschlafen. Ich fand es unmöglich, mich auf den Film zu konzentrieren. Mein Verstand sprang von einem Gedanken zum nächsten.

Ich war hier. In Liams Armen.

Ich war in seinem Heim, mit seiner Mutter und seiner Zwillingsschwester. Mit seiner Familie.

Sie hatten mich hier willkommen geheißen. Ich hatte Fotos seines Dads gesehen und ein paar von ihm als Baby und Kind.

Ich hatte Seattle vor drei Tagen voller Scham und Schmerz verlassen und jetzt, in diesem surrealen Moment, saß ich in einem gemütlichen, normalen Heim in Sandpoint, Idaho, mit einem festen Freund, der mich wollte und mich ermutigte und mit dem ich vielleicht eine ganze Zukunft voller Drachengärten, Welpen, Babys, Backen und vielleicht einem LGBTQ+ Jugendheim oder etwas in der Art haben würde. Ich wusste es nicht. Aber ich wollte alles.

Ich war so lange in Liam verliebt gewesen. Das alles fühlte sich perfekt an.

Es war ein Heim, Familie, Liebe und Vergebung. Es war Weihnachten.

KAPITEL NEUNZEHN

Liam

„ICH NEHME AN, wir sind beide nur Kinder", bemerkte North plötzlich auf unserem Weg zurück nach Camp Bay Chalet.

„Wie kommst du darauf?", fragte ich verwirrt.

„Ich meine damit, du bist drei Jahre älter als ich, aber wir beide fangen in unserem Leben gerade erst an. Wir finden immer noch heraus, wie man erwachsen ist."

„Ja, du hast wohl recht."

Der Schnee glitzerte im Scheinwerferlicht unseres Autos und beinahe wie eine Fata Morgana blitzte ein *Zu verkaufen* Schild vor uns auf. North setzte sich auf. „Hast du das gesehen?"

„Das Schild?"

„Ja. Wir sind daran vorbeigekommen, gerade als ich darüber gesprochen habe, dass wir herausfinden, wie man erwachsen ist."

„North …"

Er lächelte mich an, ein strahlendes, breites Lächeln. „Lass uns zumindest nachsehen, wie viel Land es ist. Was, wenn es groß genug für meinen Drachengarten und dein Heim für LGBTQ-Teenager ist? Wenn es uns gefällt, könnte ich es kaufen."

„Das ist ein großes Risiko."

„Nein, ist es nicht. Im Moment werfen wir nur einen Blick darauf", korrigierte North.

Ich zögerte zuzustimmen. Das alles ging so schnell. Aber ich wusste, dass ich mit North zusammen sein wollte und er wollte mit mir zusammen sein und in der Nähe meiner Familie zu sein, war mir wichtig, zumindest bis die Jungs erwachsen waren. Nur weil ich nicht für immer ihr Vollzeitbetreuer sein wollte, hieß das nicht, dass ich nicht da sein wollte, um auszuhelfen.

„In Ordnung", stimmte ich zu. „Nach Weihnachten schauen wir es uns an."

North' Lächeln glühte im Dunkeln des Autos, angeleuchtet von den Lichtern der Konsole und er wurde wieder still, bis die Dekorationen des Chalets in Sicht kamen. Er pfiff leise. „So hübsch. Wie ein Weihnachtsmärchen."

Ich musste zustimmen. Sein Blick auf die Landschaft meiner Kindheit und Jugend ließ sie mich neu schätzen.

Als wir vor dem Chalet parkten, nahm ich seine Hand und wir traten ein und fanden uns in einer Party. In der Lobby und der Bibliothek flossen Cocktails und Worte. Anscheinend hatte es, während wir unterwegs gewesen waren, ein Riesen-Drama mit einem der Gäste im Chalet gegeben, die, wie sich herausstellte, die anderen Gäste bestohlen hatte. Schockierend, um es milde auszudrücken.

„Es war das unweihnachtlichste, was ich je an Weihnachten erlebt habe", sagte Olivia Powers in den Raum, nahm einen Schluck von ihrem Glühwein.

„Ich weiß nicht, für mich war es definitiv ein Geschenk", meinte Ashton, schlenderte mit Walker neben sich herüber. „Nichts peppt eine Party so gut auf wie ein wenig Drama und diese hier war ein wenig fad geworden, bevor die große Enthüllung stattgefunden hat."

Eric, wie es schien, war von all dem traumatisiert worden und Max war bei ihm, um ihn zu beruhigen.

Nachdem wir bis ins Detail über die dramatischen und illegalen Vorgänge der letzten Tage im Chalet informiert worden waren, begaben wir uns in den Speisesaal, um ebenfalls Eierlikör, Nachspeisen und andere Knabbereien zu genießen. In der Bibliothek brannte ein großes Feuer im Kamin und ich fragte North, ob er die Menge verlassen und für eine Weile dort sitzen wollte.

Aber North hatte andere Pläne. Er zog mich in den Veranstaltungssaal, wo örtliche Bands lebhafte Weihnachtsmelodien spielten. Es war ein keltischer Sound, mit Flöte und Saiteninstrumenten und er weckte in mir den Wunsch zu tanzen.

„Willst du?", fragte North, zog mich in Richtung Tanzfläche. „Als du noch mein Bodyguard warst, habe ich mir vorgestellt, wie du auf allen Partys meiner Eltern mit mir tanzt."

„Kein Druck." Ich lachte leise. „Ich erfülle hier nur eine Fantasie. Aber was, wenn ich ein grauenvoller Tänzer bin?"

North grinste. „Dann können wir zusammen grauenvoll sein."

Er log nicht. Er war nicht leichtfüßig, doch als der Flötist eine Pause machte und die Musik zu einer langsamen und sexy Version von „Jingle Bell Rock" wechselte, spielte das keine Rolle mehr.

An ihn gepresst, uns hin und her wiegend, seinen Duft einatmend und unsere Nasen aneinander reibend, hatte nichts sich je so richtig angefühlt.

„Denkst du, alle sind so damit beschäftigt, über dieses große Verbrechensdrama heute Abend zu reden, dass niemand mich anschaut und an meinen Schwanz denkt?"

Ich schaute mich im Raum um und ja, die Leute klatschten und plauderten immer noch. Nicht eine Seele beobachtete uns auf der Tanzfläche. „Ich bin mir nicht sicher, ob alle von deinem Schwanz abgelenkt sind, aber bei den meisten scheint es der Fall zu sein."

North runzelte die Brauen. „Du denkst, es gibt immer noch jemanden, der an meinen Schwanz denkt?"

„Ganz sicher."

„Wer?"

„Ich."

North lachte.

Als der Song zu Ende war, und der Flötist wieder auf die Bühne kam, nahm North meine Hand und zog mich von der Tanzfläche, meinte: „Ich habe vorhin jemanden sagen hören, dass man immer noch Pferdeschlittenfahrten machen kann. Lass uns das tun."

Ich wollte vorschlagen, nach oben zu gehen und langsam nackt zu tanzen, aber seine Augen funkelten vor Interesse und ich entschied, dass Nacktheit warten konnte.

Für eine Weile jedenfalls.

Außerdem würde es Spaß machen, North nach einer kalten, verschneiten Schlittenfahrt in unserem Zimmer wieder aufzuwärmen.

DER SCHLITTEN WAR gemütlich. Wir saßen auf der Rückbank in Decken gehüllt und der Kutscher befand sich deutlich vor uns auf einer separaten, höheren Bank, lenkte die Pferde durch das weiße, vom Mondlicht erhellte, Wunderland um uns herum. Der See war in der Nacht wunderschön, spiegelte den Mond und die Sterne, während er gleichzeitig in seinem eigenen Licht zu glänzen schien.

Die Decken waren dick und warm, aber nicht wirklich weich. Ein wenig kratzig. Dennoch fühlte ich mich neben North so wohl wie die Katze hinter dem Kamin, während die Pferde durch den Wald trabten, unseren Blick auf den Nachthimmel verdeckten. Der Geruch nach Harz und nasser Erde stieg auf, genau wie der frische, scharfe Duft von Schnee.

Ich *entschied* mich nicht, North zu küssen. Es passierte einfach. Er war wunderschön im Mondlicht, seine dunklen Haare glänzten, seine Wangen waren rosig von der Kälte und sein wunderschöner Mund öffnete sich staunend bei jeder Lücke in den Bäumen, die uns einen Blick auf den See und die Berge gestattete.

Zuerst war es ein einfacher Schmatz und dann wurde es zu sanften Küssen mit offenem Mund. Schon bald konnte ich der Art, wie er sich wand und auf jede meiner Berührungen reagierte, nicht mehr widerstehen. Ehe ich mich versah, machten wir herum wie geile Teenager.

North' Hand beschäftigte sich unter der Decke, rieb über meine Beine und mein Gemächt, machte mich hart. Ich gab es ihm gleichermaßen zurück, und als er so erregt war, dass er begierige kleine Laute nicht mehr unterdrücken konnte, öffnete ich seine Jeans, schob meine Hand hinein. North spannte sich an, sein Blick huschte zum Kutscher, aber wie bei Schlittenfahrten üblich, drehte der Mann seinen Kopf nicht, konzentrierte sich auf die Pferde und den Waldweg vor uns.

„Gut?", flüsterte ich, während ich ihn langsam pumpte.

North' Augen funkelten und er nickte. Sein Mund öffnete sich und kleine Atemdampfwolken kamen zwischen seinen roten Lippen hervor. Ich küsste ihn erneut, berührte seine empfindlichen Stellen und zog seine volle Unterlippe in meinen Mund. Dann lehnte ich mich zurück, um in sein Gesicht zu schauen, nahm jede Nuance vom Mondlicht beschienener Ausdrücke auf, suchte nach dem Moment, als Begehren alles andere unter sich begrub.

Er würde kommen. Guter Gott, das war viel mehr, als ich mir vor einem Jahr noch hätte *erträumen* können.

Ich und North.

Meine Hand auf seinem Schwanz.

Meine Lippen auf seinen.

Als der Schlitten um eine weitere Kurve kam, fühlte ich mich schwindlig vor Liebe und Freude. Die Welt um uns herum schrumpfte auf diesen Schlitten, diesen Moment zusammen. Der Wind in meinen Haaren und das Spiel seiner Zunge waren herrlich. Die Welt bestand aus uns und wir waren die Welt, der Wind nur eine weitere Möglichkeit für uns, einander zu lieben und zu streicheln und die Decken eine Erweiterung unserer heißen Körper.

Der Höhepunkt kam schnell. Ich war hin- und hergerissen, ihn daran zu hindern und ihn das alles jetzt genießen zu lassen. Das überirdische Glühen seiner Augen, die Röte seiner Lippen und die Art, wie er „Bitte", flüsterte, halfen mir bei der Entscheidung. Ich prüfte kurz, dass der Fahrer noch auf seine Aufgabe konzentriert war, bevor ich die Decke anhob, meinen Kopf senkte, um die Eichel von North' Schwanz in meinen Mund zu saugen.

Es war nur eine Frage von ein paar schnellen Pumpbewegungen, gutem Saugen und hervorragendem Gebrauch meiner Zunge, bevor North' Hüften nach oben bockten und Wichse meinen Mund füllte. Ich trank alles, leckte seinen Schaft, um jeden Tropfen zu bekommen. Dann tauchte ich aus der Dunkelheit unter den Decken wieder auf in die Kälte der Nacht. Meine Zunge kribbelte, meine Lippen waren feucht und ich küsste ihn erneut.

North schmolz in mich, seine Hand kehrte zögerlich zu meinem Gemächt zurück, um den Gefallen zu erwidern, aber ich schob seine suchenden Finger weg. „Nein. Ich spare das für später. In unserem Zimmer."

North nickte, schmiegte sich eng an mich und wir verbrachten den Rest der verschneiten Fahrt im Nachglühen. Als wir wieder am Inn ankamen, begann das Feuerwerk über dem See. Die Geschenke nahmen kein Ende und die Weihnachtsfreude hörte nicht auf.

KAPITEL ZWANZIG

North

25. Dezember

AM NÄCHSTEN MORGEN wachte ich vom blechernen Klang eines weinenden Kleinkindes und der aufgeregten Stimme eines Kindes auf. Als ich mich herumrollte, sah ich, dass Liam mit Aiden über Facetime telefonierte, der ihm stolz die Süßigkeit zeigte, die in seiner Socke von Santa gewesen war.

Ich lächelte, meine Gedanken kehrten kurz zu meiner eigenen Kindheit zurück und zu Southerland und meiner Aufregung am Weihnachtsmorgen. Die Spielsachen, das Junkfood und wie meine Eltern sich bis Mittag mit Bloody Marys betrunken hatten.

Das waren gute Zeiten gewesen, denn auch wenn meine Eltern betrunken chaotisch waren, waren sie doch auch oft wärmer und lustiger, als wenn sie nüchtern blieben. Es hatte schließlich seinen Grund, warum sie von Alkohol abhängig waren. Sie scherzten, dass er sie „menschlicher" machte, aber sie lagen nicht weit daneben.

„Frohe Weihnachten, Kumpel", sagte Liam, seine Stimme war kratzig vom Schlaf. „Wie es scheint, war Santa dieses Jahr nett zu dir."

„Wann kommst du nach Hause?", fragte Aiden mit leiser Stimme.

Liam warf einen Blick in meine Richtung, bevor er meinte: „Wahrscheinlich morgen. Ich bin mir nicht sicher. Aber ich werde euch heute sehen, wenn ihr alle für die Weihnachtsparty nach Camp Bay Chalet kommt, erinnerst du dich?"

„Ich ʻrinner mich", murmelte er, klang, als wäre das vielleicht nicht gut genug.

Das Handy wurde herumgereicht, wir erhielten Grüße von Maeve, einen Schrei von Jack und einen Kuss von seiner Mutter. Aber der Anruf endete erst, als Aiden Liam das Versprechen abgerungen hatte, dass er an dem Tag, an dem er zurückkam, Maeve helfen würde, das neue Gartenspielhaus aufzubauen, das Santa gebracht hatte.

Nachdem Liam aufgelegt hatte, wandte er sich mit ernstem Gesichtsausdruck mir zu. „Okay, du bist dran."

„Womit?" Meine Gedanken wanderten sofort zu dem Sex, den wir die Nacht davor gehabt hatten und ich fragte mich, ob er wollte, dass ich ihn toppte.

„Deine Familie anzurufen."

Ich wich zurück. „Warum?"

„Es ist der Weihnachtsmorgen." Liam schaute auf seine Uhr. „Sie werden mittlerweile wach sein. Mrs Astor wird jetzt gerade für Southerland diese Pancakes mit den Chocolate Chips machen und sich ihre dritte Bloody Mary mixen."

„Du kennst sie wirklich gut."

„Deine Eltern sind viele Dinge und vorhersehbar ist definitiv eines davon. Vor allem, wenn es um Familienzeit geht. Ich weiß, dass sie schwierig sind, aber sie schätzen die Zeit, die sie mit dir und Southerland haben. Ich habe es gesehen, als ich dort war. Sie werden dich vermissen."

„Sie haben mir gesagt, dass ich nicht nach Hause kommen soll."

„Das haben sie nicht. Du hast entschieden, nicht nach Hause zu gehen, weil du das nicht wolltest."

Ich setzte mich auf, ließ die Decke nach unten gleiten und schauderte in der kühlen Luft. Ich ging zum Kamin und legte den Schalter um, um das Gasfeuer anzumachen, zog mir dann einen Bademantel an. Liam stand auf und schlüpfte in eine Jogginghose, ein T-Shirt und Socken.

Als wir beide nicht mehr nackt waren, nahm ich mein Handy und rief über Facetime meine Familie an. Es war besser, das hinter mich zu bringen.

„Liebling!" Moms Stimme war fröhlich und natürlich schwenkte sie einen strahlend roten Drink und stand in der Küche, machte wahrscheinlich die Pancakes. „Ich hatte gehofft, dass du anrufen würdest."

Ich erwähnte nicht, dass sie meine Nummer hatte und mich selbst hätte anrufen können, weil es mir sinnlos erschien. Liam schaute mich erwartungsvoll an. Das hier war ein Weihnachtstag-Nett-Sein-Moment, keine Zeit, um kleinlich zu sein. „Frohe Weihnachten."

„Dir auch frohe Weihnachten!"

Eine strenge Stimme schnappte: „Lass mich mit ihm reden."

Ich starrte Liam an, Furcht erfüllte mich. Großmutter Astor wollte mit mir reden? Ich hatte gewusst, dass sie da sein würde, aber ich hatte gehofft, dass sie erst später ankommen würde. Wenn ich schon mit einer Großmutter reden musste, hatte ich gehofft, dass es Großmutter Ford wäre, die im Haus wohnte. Aber stattdessen musste ich mich zuerst meiner Feuer speienden Großmutter stellen.

„North, wie sehen deine Pläne aus, diese Demütigung gegenüber deiner Familie gutzumachen?" Großmutter Astor war für ein Frühstück gekleidet, sie trug Perlen und ein matronenhaftes rotes Kleid.

„Mutter", sagte Mom im Hintergrund. „Es ist Weihnachten. Sei nett."

„Wenigstens hast du uns nicht mit einem Kleinen beschämt, aber ich würde gerne wissen, wie du vorhast, deinen Ruf zu retten. Wohltätigkeitsarbeit ist ein guter Anfang. Ich habe eine Liste guter Organisationen, die dich sehr gerne an Bord haben werden. Wenn du morgen nach Hause kommst – du wirst morgen nach Hause kommen, oder? – werden wir uns hinsetzen und eine auswählen. Es kann offensichtlich nichts mit Kindern zu tun haben oder Schwulenrechten. Du hast schon genügend Chaos gestiftet, ohne dass wir alle daran erinnern müssen, dass du eine Schwuchtel bist-"

„Mutter Astor!" Dads wütende Stimme war laut und deutlich zu hören. „Solche Worte benutzen wir in diesem Haus nicht."

Ich saß schweigend da, schaute zu Liam, ließ das Chaos meiner Familie sich wie eine Welle im Zimmer ausbreiten. Liam presste seine Lippen zusammen und, verdammt sollte er sein, er sah aus, als würde er gleich lachen.

„Na schön, schon gut. Aber wir müssen die Welt nicht daran erinnern, dass der Junge ein LGBT ist. Das ist doch der richtige Ausdruck?"

„Nein", sagte ich, während meine Mom und Dad im Hintergrund ebenfalls verneinten.

„Egal. Wenn du wieder zu Hause bist, komm zu mir. Wir werden das in Ordnung bringen."

Das Handy wurde ohne viel Federlesen an meinen Dad weitergegeben, dessen gut aussehendes Gesicht den Bildschirm füllte. Sein Blick folgte Großmutter Astor, bevor er sich wieder mir zuwandte. „Sohn! Frohe Weihnachten! Deine Mutter macht die traditionellen Chocolate Chip Pancakes. Es tut uns leid, dass du nicht hier bist, um sie mit uns zu essen."

Ich erwähnte nicht, dass sie sich keine große Mühe gegeben hatten, mich dazu zu bringen, nach Hause zu kommen. Stattdessen versicherte ich ihnen, dass ich genügend zu essen bekam. „Das Chalet serviert am Morgen hervorragendes Gebäck."

„Und Liam? Ist er heute Morgen bei seiner Familie?"

„Er ist hier. Bei mir."

Auf dem Gesicht meines Vaters erschien ein sonniges Lächeln. „Fantastisch. Er ist ein guter junger Mann. Er wird dich auf Spur halten."

Dads Kommentar schien Liam für einen Moment sauer aufzustoßen. Er spannte seine Kiefermuskeln an, bevor er sie lockerte und mich erneut freundlich anlächelte.

„Das wird er", stimmte ich zu.

„Nicht, dass ich Großmutter Astor zustimme-"

„Der Himmel sei vor, dass du je einem Wort zustimmst, das ich sage", rief sie im Hintergrund.

„Aber wann können wir dich zu Hause erwarten? Und wie sehen deine Pläne aus?"

Ich war in Versuchung zu sagen, dass ich für den Rest meines Lebens nicht mehr nach Hause kommen würde und dass ich hier eine kleine Gemeinschaft gefunden hatte, in der die Leute Dinge wie mein dummes Hirn oder meinen großen Schwanz nicht gegen mich verwendeten und wo ich nicht vorgeben musste, jemand anderes zu sein als ich selbst.

Stattdessen sagte ich: „Vielleicht komme ich zu Silvester nach Hause." Ich warf einen Blick zu Liam, dessen Brauen sich gehoben hatten. „Vielleicht auch nicht. Mir gefällt es in Camp Bay."

Dads Brauen runzelten sich, ähnlich wie die von Liam. „Was kannst du in Idaho schon machen, Sohn? Es ist besser, wenn du nach Hause kommst und uns helfen lässt, dein Leben wieder zu ordnen. Wir können das Apartment in Seattle verkaufen oder vermieten – Immobilien sind dort immer eine profitable Investition – und du kannst-"

„Ich glaube nicht", unterbrach ich ihn. „Ich meine damit, ja, lass uns das Apartment verkaufen. Ich möchte das Geld, um Land hier in Camp Bay zu kaufen."

Mom nahm Dad das Handy aus der Hand, schaute mit leuchtenden Augen in den Bildschirm, die mir sagten, dass sich in der Bloody Mary sehr viel Wodka befunden hatte. „Was würdest du mit *Land* anfangen, Liebling?"

Ich zögerte, weil meine Eltern immer fanden, dass meine Faszination mit Drachen- und Alien-Kunst albern war, aber dann gab ich mir einen Ruck und sagte die Wahrheit. Was sonst sollte ich sagen? „Ich will einen Ort, an dem ich meine Kunst machen kann und ich will lernen, wie man einen Garten kultiviert."

„Gärten kann man am besten in Kalifornien kultivieren", sagte Dad.

„Ich mag den Winter", sagte ich. „Ich mag den Schnee."

„Und Liam ist in Camp Bay", meinte Mom wissend. „Nun, Liebling, wir könnten ihn hierher umziehen. Ihm ein Apartment zur Verfügung stellen, während du dir überlegst, ob ihr als Paar funktioniert und-"

„Das ist nett, Mom, aber seine Familie ist hier."

„Deine Familie ist *hier*", entgegnete Dad.

Ich biss mir auf die Lippe, um sie nicht daran zu erinnern, dass ich noch vor ein paar Tagen eine Peinlichkeit gewesen war. Meine Eltern steckten immer voller gemischter Botschaften. „Kalifornien ist immer da", sagte ich vorsichtig, versuchte mir zu überlegen, wie Liam es formulieren würde. „Es ist nicht so, dass wenn ich eine Weile hierbleibe, ich niemals wieder nach Hause kommen kann."

„Nein", stimmte Mom zögerlich zu. „Das heißt es nicht."

„Mm, ich rieche Pancakes!" Southerlands Stimme erklang. „Redet ihr mit North?" Ihr Gesicht erschien, drückte sich an den Rand des Bildschirms. „Hey, frohe Weihnachten."

„Frohe Weihnachten", gab ich zurück.

„Du siehst glücklich aus", bemerkte sie, ihre Augen wurden schmal und sie schob Dad weg, damit sie mehr Platz auf dem Bildschirm bekam. „Oder so."

Ich lächelte schüchtern, zuckte mit den Schultern. „Ich bin glücklich."

Mom und Dad teilten einen bedeutungsschweren Blick und sie beide kapitulierten auf der Stelle. „Schick uns weitere Informationen über das Land, für das du dich interessierst. Es gibt in der Nähe sicher einen Flughafen. Wir könnten zu Skiferien hinkommen. Das wird funktionieren."

Ich blinzelte. Mir war nicht klar gewesen, dass mein Glück ihnen irgendwie wichtig war. Ich hatte immer gedacht, es ginge nur um ihren Ruf und ihr Ansehen, aber sobald ich mein eigenes, persönliches Glück erwähnt hatte, hatten sie, ohne zu zögern die Spur gewechselt. Ich warf einen Blick auf Liam. Er schien nicht überrascht zu sein.

„Wie läuft es mit Liam?", fragte Großmutter Ford, als sie sich zu dem Familienanruf gesellte, in dem blauen Seidenbademantel, den Dad ihr mit seinem ersten Scheck vor all diesen Jahren gekauft hatte.

Ich war erleichtert, dass sie weder den Fotoskandal erwähnte noch sich meiner zu schämen schien. Ich hätte es besser wissen müssen, aber dennoch brannte sich der Gedanke, dass sie mein Foto gesehen hatte, in meinen Verstand und ich wurde rot.

Sie ignorierte es, als ob es ihr gar nicht aufgefallen wäre. „Ist er immer noch der gute Junge, der er immer war?"

„Ja, wie geht es Liam?", rief Mom vom Herd, wo sie anscheinend wieder Pancakes für Southerland machte.

„Gut. Er ist hier", sagte ich. „Und ja, er ist immer noch gut." Ich wurde noch röter.

„Lass mich mit ihm reden", verlangte Großmutter Ford. „Hol ihn her."

Liam kam näher zu mir und wir beide quetschten uns zusammen, sodass sein Gesicht ebenfalls auf dem Bildschirm war.

„Da sind Sie ja, junger Mann. Der Junge, zu dem mein North gerannt ist, als es schwer für ihn wurde."

Ein gewaltiges Schweigen schien die Pause vor ihrem nächsten Satz zu verschlingen, erfüllte sie mit einer Bedeutung, von der ich wusste, dass sie keine Absicht war.

Liam zwickte sich ins Bein, in einem eindeutigen Versuch, nicht zu lachen.

Ich zwickte ihn ebenfalls und er setzte schnell eine ernste Miene auf.

„Sie waren immer so ein guter Junge. Ich erinnere mich, wie Sie auf ihn aufgepasst, vorausgedacht haben, wie Sie ihm helfen können und ihm Speck- und Avocado-Sandwiches mitten in der Nacht gemacht haben.“

„Das war nur einmal“, warf Liam lachend ein. „Er hatte Hunger.“

„Und absolut in der Lage, sich selbst etwas zu machen, aber Sie haben sich stattdessen um ihn gekümmert. Ich habe das schon damals zu schätzen gewusst und ich weiß, dass es meinem Sohn und Susan ebenso ging.“

„Ich nicht“, bemerkte Großmutter Astor im Hintergrund. „Er ist mir schon immer verdächtig vorgekommen und jetzt wissen wir, dass er es *ist*, also … ich hatte recht. Er ist ein LGBT.“

„Nein, so sagt man das nicht“, korrigierte Dad sie.

„Warum nicht?“

„Es ist einfach … nein.“

„Nun, was sagt man dann?“

„Etiketten spielen keine Rolle“, erklärte Dad überheblich. „Er ist der feste Freund unseres Sohnes und ist das nicht gut genug?“

Großmutter Astor schnaubte und auf dem Bildschirm verdrehte Großmutter Ford ihre Augen. „Wir wissen, dass North bei Ihnen sicher ist.“

„Und ich bin sicher bei North“, entgegnete Liam. „Wir kümmern uns umeinander.“

„Ja, ihr seid beide gute Jungs. Jung und verliebt.“ Sie lächelte voller Zuneigung.

„Na schön, wir sollten zum Frühstück gehen, bevor alle guten Gebäckstücke weg sind“, sagte ich, hoffte, dieses seltsame, schmalzige Gespräch zu einem Ende zu bringen.

Die Familie sammelte sich am Bildschirm, außer Großmutter Astor, die sich auf keinen Fall dabei erwischen lassen würde, sich irgendwo zu sammeln und Southerland sagte die Abschiedsworte. „Frohe Weihnachten, Idiot. Du hast mit Liam Glück gehabt. Ich hoffe, du weißt das zu schätzen." Sie lachte, erkannte ihre zufällige Doppeldeutigkeit. Dann verschwand sie vom Handy, rief dabei: „Oh mein Gott, wie kann das mein Leben sein?"

Meine Eltern und Großmutter Ford wünschten mir einen schönen Tag und Mom meinte: „Was auch immer dich glücklich macht, wer immer dich so zum Lächeln bringt, das unterstützen wir, Liebling."

Ich nickte benommen und beendete den Anruf. Ich hatte nicht wirklich erwartet, dass sie wegen Liam Ärger machen würden, aber ich hatte auch nicht erwartet, dass sie so leicht meinen Camp Bay Plänen zustimmten, sowie der Beziehung, die dafür verantwortlich war.

„Sie lieben dich", sagte Liam, nachdem ich ihnen allen erneut frohe Weihnachten gewünscht, ein paar weitere peinliche Momente mit Großmutter Astor ertragen hatte und ein letztes Mal von Großmutter Ford mit Liebe überhäuft worden war. „Sie zeigen es auf etwas seltsame Weise, aber sie wollen, dass du glücklich bist."

„Aber normalerweise wollen sie, dass ich mit dem glücklich bin, mit dem *sie* mich glücklich sehen wollen."

„Ich bin nur froh, dass sie glauben, dass ich Teil deines Glücks sein kann."

„Ich auch." Liam bedeutete mir so viel, dass wenn meine Eltern sich *entscheiden* würden, gegen meine Beziehung mit ihm zu sein, ich mich weigern würde, nachzugeben, aber ich war dankbar, dass sie unterstützten, was wir hatten.

„Komm, wir ziehen uns an und gehen runter zu diesem Gebäck. Suzanne macht auch ziemlich guten Speck."

KAPITEL EINUNDZWANZIG

Liam

„Fühlst du dich besser?", fragte ich, nachdem wir beim Frühstück gewesen, erneut mit Ashton und Walker gegessen und dann wieder nach oben gegangen waren, um zu kuscheln und ein Nickerchen zu halten. Die Dringlichkeit der vorangegangenen Tage schien mehr in ein Gefühl der Gemeinsamkeit und der Freude überzugehen, auch wenn die Hitze immer da war, unter der Oberfläche, bereit aufzusteigen und uns für ein paar sexy Stunden zu verschlingen.

„Ja, ich war ziemlich hungrig."

„Nein, ich meine den Vorfall mit dem Foto."

North wurde still, bevor er seufzte. „Ich glaube, dass es mir wahrscheinlich immer peinlich sein wird, aber hier im Chalet fühle ich mich sicher. Du hattest recht. Die Leute hier scheint es nicht allzu sehr zu kümmern. Sogar der Typ an der Rezeption-"

„Sal."

„Ja, sogar er scheint darüber hinweg zu sein."

„Für ihn sind es alte Neuigkeiten, da bin ich mir sicher."

„Ich wünschte, es wäre nicht passiert, aber ich will nicht den Rest meines Lebens damit verbringen, darüber nachzudenken. Es gibt aufregendere Dinge, auf die ich mich konzentrieren muss."

„Wie?"

„Wie die Telefonnummer auf dem Schild anzurufen, das wir gesehen haben, um mich nach dem Land zu erkundigen."

„Wir sollten sehr genaue Erkundigungen einziehen, bevor wir

Geld in irgendetwas versenken.“

„Das ist in Ordnung.“

„Ich stelle es mir aber gerne vor. Du und ich, in unserem eigenen Heim, ein Kunststudio etwas abseits vom Haus, aber auch mit Blick auf den See.“

„Du hast dir Einzelheiten vorgestellt? Ich auch. Ich werde einen Garten haben. Klein anfangen. Der große Drachenplan wird warten müssen, bis ich sehe, ob ich Pflanzen überhaupt zum Wachsen bringen kann.“

„Das ist klug.“

„Aber ich sehe immer noch große Drachen, die um Bergflanken geschlungen sind, Dampf über einen großen See atmen. Das könnte ich malen.“

„Könntest du.“

„Vielleicht könnte ich die Bilder verkaufen.“

„Könntest du.“

„Und du wirst anfangen, mit einigen Firmen zu arbeiten, um das Heim für LGBTQ+ Jugendliche zu bauen.“

„Es gibt eine Menge zu bedenken, bevor ich so weit bin.“

„Aber du willst?“

„Es wäre ein Traum.“

„Du könntest mit diesem Typen reden, der, der mit dem Gitarristen dieser Band zusammen ist.“

„Vespertine.“

„Ja. Ich wette, er könnte dir helfen.“

„Wie soll ich je an ihn herankommen?“

„Mein Dad ist Deacon Ford, schon vergessen? Seine Leute werden die Leute von Vespertine anrufen.“ North zuckte mit den Achseln. „Dann hast du ein Meeting.“

„Einfach so?“

„Ja.“

Mir wurde schwindlig, als ich versuchte, mir vorzustellen, wie ich Nico Blue von Vespertine traf und seinen Liebhaber Jasper Hendricks, mit ihnen über ihre Leidenschaft für Jugendhilfe redete, vor allem für LGBTQ+ und mit ihnen diskutierte, was wir hier in der Camp Bay Gegend tun konnten.

In Idaho, überall. Es musste ziemlich viele gesetzliche Hürden geben. Dinge, von denen ich nicht einmal wusste, dass ich sie in Betracht ziehen musste. Gerade im Moment kam mir das alles zu viel vor, aber mit der Hilfe von North' Familie, könnte es ein *echter* Traum sein, nicht nur eine Fantasie.

„Ich habe mich nie zuvor denken lassen, dass es möglich ist."

„Lass uns darüber nachdenken", sagte North. „Lass uns anfangen, unsere Träume zu leben. Ich habe viel zu viel Zeit damit verbracht, mir Sorgen darüber zu machen, was sie wohl in den Klatschspalten über mich schreiben werden. Jetzt haben sie alle meinen Schwanz gesehen und jetzt bin ich deswegen mit dir zusammen, darum spielt es vielleicht keine Rolle mehr. Wenn die Leute denken, Drachen zu malen ist dumm, dann ist das für mich in Ordnung. Ich will es trotzdem tun."

„Was wirst du in der Zwischenzeit machen?", fragte ich. „Es ist eine Menge Platz zwischen dem Hier und Jetzt und den Träumen, die du leben willst."

„Wie meinst du das?"

„Wo wirst du wohnen, North? Morgen, den Tag danach? Wo wirst du sein?"

„Ich will bei dir sein."

Ich schmiegte ihn eng an mich. „Das will ich auch. Aber das Haus meiner Mom ist bereits voll."

North hielt mich, dachte intensiv nach. Ich konnte spüren, wie sein Hirn arbeitete.

„Ich werde hier einziehen. Rhonda, Suzanne und die anderen wird es nicht stören, wenn ich ein oder zwei Jahre hier wohne, während wir alles auf den Weg bringen, oder? Solange ich bezahle?"

Ich blinzelte. Der Gedanken war mir nie gekommen. Das Chalet war immer ein kurzer Aufenthalt für Menschen gewesen, die Urlaub machten, aber es gab keinen wirklichen Grund, warum North nicht länger bleiben konnte. Er würde gut hierher passen. Ich hatte keine Zweifel, dass Rhonda und Suzanne ihn schnell zu einem Teil der Familie machen würden. Und er wäre sicher. Niemand im Chalet würde zulassen, dass ihm etwas Schlimmes zustieß. Und er wäre in der Nähe. Ich könnte sogar oft bei ihm bleiben.

„Ist es das, was du willst?"

„Ja."

„Wie kannst du dir sicher sein?"

„Weil ich nie zuvor irgendetwas wirklich gewollt habe. Ich wollte das Apartment in Seattle nicht oder aufs College zu gehen oder von Robson Reynolds geküsst werden. Ich wollte nicht in Kalifornien wohnen oder auf ein Internat gehen. Aber ich wollte dich von dem Moment an, in dem ich dich gesehen habe. Und jetzt will ich das. Ich fühle es in meinem Bauch. Das sind die Entscheidungen, die *ich* treffen will. Alles davor waren die Ideen anderer Leute. Diese hier ist meine."

Ich küsste seinen Oberkopf. Er war so jung – das waren wir beide – und wir würden sicher eine Menge dummer Fehler machen und vielleicht würden unsere Träume am Ende nur das sein. Aber vielleicht auch nicht.

Ich konnte es nicht erwarten, es herauszufinden.

KAPITEL ZWEIUNDZWANZIG
North

DIE CAMP BAY Chalet Weihnachtsparty war gut besucht. Alle Gäste nahmen teil und die meisten der Angestellten und ihre Familien ebenfalls. Ich kannte immer noch nicht alle vom Chalet gut, aber ich mochte jeden, den ich traf und als ich ein langfristiges Wohnen zur Sprache brachte, war Rhondas Lächeln so warm, dass ich mich sofort wie zu Hause fühlte. Ich wusste, dass ich die richtige Entscheidung getroffen hatte.

„Es wird dir hier nicht langweilig werden?", fragte Suzanne. Sie stand neben dem großen Kamin und wärmte ihren Rücken. „Es ist eine verschlafene Stadt. Die Kinder, die hier aufwachsen, wollen immer so schnell wie möglich weg. Es wird nicht das sein, woran du gewöhnt bist."

„Ich habe den Lebensstil, mit dem ich aufgewachsen bin, nie gemocht. Zu viele Leute, zu viele Partys. Ich will vom Gas runter und Menschen kennenlernen, die sich nicht für den neuesten Klatsch interessieren oder diesen ganzen Hollywood-Kram."

„Nun, wir haben Sal", meinte Suzanne lachend.

Jerome kicherte.

Liam meinte: „North will auch Land hier kaufen, um ein Haus zu bauen, und an seiner Kunst zu arbeiten."

„Kunst?"

„Drachen", sagte ich, hob mein Kinn, war entschlossen, mich nicht zu schämen. Diese Frau hatte ein Foto meines harten Schwanzes gesehen. Sie kam mit meinen künstlerischen Inspirationen klar, ganz egal, wie seltsam oder kindisch sie scheinen mochten.

„Drachen! Ich liebe es. So spezifisch", meinte Rhonda. „Weißt du was? In der Nähe des Geräteschuppens steht ein alter Schuppen. Er muss dringend gereinigt werden, aber wenn du derjenige wärst, der das macht, könntest du dich da draußen einrichten und deiner Kunst nachgehen, solange du hier bei uns wohnst."

„Das würdest du erlauben?"

„Klar. Er wird ohnehin nicht benutzt."

„Wir können uns später über die Einzelheiten unterhalten", sagte Suzanne mit einem freundlichen Klopfen auf meinen Arm. „Lass uns zurück in die Küche gehen. Wir müssen Snacks ersetzen."

Liams Familie kam kurz nach elf Uhr an. Aiden rannte zu ihm und erkletterte ihn wie einen Baum, bis Liam ihn nach oben schwang und auf seine Schultern setzte. Das bedeutete, dass Aiden sich tief über Liams Kopf beugen musste, jedes Mal, wenn sie einen neuen Raum betraten, was der Junge zum Kichern komisch fand.

Die Party bot alle möglichen Aktivitäten – Tanzen, Plätzchen dekorieren, einen Santa für die Kinder, Basteln, Cocktails und heißen Kakao und wieder Schlittenfahrten. Zuerst blieben wir in der Nähe von Liams Familie, standen mit Aiden und Jack in der Schlange, damit sie sich auf Santas Schoß setzen konnten und halfen ihnen, eine Runde Sackloch zu spielen. Jack versuchte, seinen Bruder nachzumachen, obwohl er immer noch unsicher auf den Beinen war.

Ich liebte es, an Liams Seite zu sein, zuzusehen und mit den Kindern zu helfen.

Ich konnte es kaum glauben. Vor weniger als einer Woche hatte ich keine Ahnung, dass es dies geben könnte. Oder dass ich hier sein könnte, mit Liams Mom und Schwester und seinen Neffen und als Familienmitglied behandelt werden würde.

Als ich den Namen in mein GPS eingegeben hatte, hatte ich keine Ahnung gehabt, dass Camp Bay Chalet mein Leben verändern würde. Ich war hierhergekommen, um mich zu verstecken und zu schämen, und stattdessen war ich in einer ganz neuen Zukunft aufgewacht.

„Baby", rief Liam, winkte mich zu sich. „Was sagst du zu einer weiteren Schlittenfahrt?" Sein Lächeln strahlte und mein Herz setzte einen Moment aus.

„Am Tag?"

Er nickte.

„Gerne."

Er nahm meine Hand, zog mich an sich und küsste meine Lippen. „Lass uns gehen."

„Ja."

In den glitzernden Schatten der Wälder holte ich mein iPhone heraus und machte ein weiteres Selfie von uns beiden. Unsere Augen sahen wie Sterne aus und unsere Wangen waren von der Kälte und Aufregung gerötet. Ich schaute auf das Foto, holte tief Luft und flüsterte: „Bist du bereit?"

„Wenn du es bist."

Ich öffnete meine Instagram Story und postete das Foto von uns beiden, fügte einen blinkenden Sticker, der das Wort LIEBE in strahlend rosa Farbe zeigte, hinzu. Ich schickte es und sofort kamen Benachrichtigungen von Facebook und Twitter und überall sonst, wo ich einen Account hatte. Das automatische Cross-Posting war immer noch aktiv.

Aber dieses Mal fühlte ich statt der Kälte des Entsetzens den heißen Thrill der Freude. Es war der Weihnachtstag, eine Zeit für Neuanfänge in der Welt. Das war *mein* Neuanfang als Liams fester Freund, als jemand, der nicht nur „North Astor-Ford vom Astor-Ford Hotel-und-Schauspiel Vermögen" war.

„Kannst du dir die Clickbait Zeilen der Klatschseiten vorstellen?", murmelte ich, als er und ich die Flut ankommender Glückwünsche ebenso wie die abfälligen Bemerkungen anschauten.

Die übliche Mischung.

„North Astor-Ford und sein neuer Mann heizen Weihnachten auf", bot Liam an.

„North Astor-Ford und sein rothaariger Hengst machen eine Schlittenfahrt in die Liebe."

„North Astor-Fords neues heißes Stück Gingerbread."

Als ich mich an den Hashtag in den Trends erinnerte, wackelte ich mit den Brauen. „North' Stange hat ein heißes neues Loch."

Liams Gesichtsausdruck wurde weicher. „Eher North' Stange hat ein neues Heim gefunden."

„Heim? Ist das-", ich deutete zwischen uns, „unser Heim?"

Liam lächelte. „Ist es das nicht?"

„Ja", antwortete ich atemlos.

„Wenn wir zurückkommen, sollten wir uns von meiner Familie verabschieden und nach oben gehen."

„Ja? Warum?"

„Weil ich, Baby, dort ein Heim für deine Stange habe."

Ich lachte. Er lachte. Die Kommentare kamen weiter, aber keiner davon spielte eine Rolle. Noch würden es die Schlagzeilen, wenn sie kamen. Und wenn die Paparazzi morgen auftauchten, würden wir eine Möglichkeit finden, mit ihnen fertig zu werden. Ich liebte Liam und er liebte mich.

Später, nachdem die Party vorbei war, nachdem wir uns von seiner Familie verabschiedet und sie vor möglichen Paparazzi-Anrufen gewarnt, sowie Ashton und Walker bis bald gesagt hatten, waren wir endlich wieder allein in unserem Zimmer.

„Ich werde für ein paar Tage zurück nach Seattle müssen", sagte ich. „Ich muss meine Sachen holen und alles für den Verkauf des Apartments vorbereiten."

„Ich werde dich vermissen."

„Ich weiß. Ich werde dich auch vermissen."

Wir lagen nackt im Bett und versuchten, die Dinge nicht zu

früh enden zu lassen. Er küsste meinen Hals und ich hielt meine Hüften von ihm fern, damit wir nicht zu schnell zu weit gingen. „Weißt du was?"

„Was?", fragte er, seine Stimme war gedämpft, weil sein Gesicht jetzt in meiner Achsel vergraben war, er mich dort beschnüffelte. Ich war nicht kitzlig, aber es fühlte sich dennoch seltsam und intim an. Ich liebte es, ihn mit mir tun zu lassen, was immer er wollte.

„Ich will von jetzt an jedes Weihnachten hier verbringen."

„Mm?" Er leckte meine Achselhaare und verzog das Gesicht. „Schmeckt nach Deo."

Ich lachte. Er fing an, meine Nippel zu küssen, was viel ablenkender war. Ich konzentrierte mich, aber nur schwer. „Willst du nicht jedes Jahr über Weihnachten hier sein? Sogar wenn wir unser eigenes Haus haben?"

„Vielleicht", sagte er, stützte sich über mir auf seine Ellbogen. Seine roten Haare waren ein Durcheinander und sein Gesicht war unter seinen Sommersprossen gerötet. „Ich denke, wir könnten Weihnachten hin und wieder hier verbringen, als eine Art Jahrestag. Aber sobald wir unser eigenes Haus haben, wollen wir vielleicht ruhige, private Feiertage dort verbringen."

„Wir werden sehen."

„Ja." Liam grinste. „Wir werden sehen."

Ich leckte meine Lippen. Liam war so wunderschön und ich brauchte ihn so sehr. Auf jede mögliche Weise. Er war mein Zuhause. Als ich mich an unsere scherzhaften Hashtags erinnerte, kam mir eine Idee, neu und überraschend. „Liam?"

„Ja, Baby?"

„Ich hätte nie gedacht, dass ich dich darum bitten würde. Um ehrlich zu sein, wusste ich nicht einmal, dass ich es will, bis jetzt gerade." Ich lachte. „Es ist seltsam, weil es mir zuvor nie sonderlich verlockend vorgekommen ist, aber mit dir ..."

„Was willst du?"

„Darf ich dich ficken?"

Er rieb seine Nase an meiner und setzte sich auf, griff nach dem Gleitgel auf dem Nachttisch. „Natürlich. Ich bin und war stets zu deinen Diensten." Er sagte es scherzend, aber ich wusste, dass es stimmte.

Nur ein paar Minuten später drang ich zum ersten Mal in ihn ein. Liams Kopf fiel nach hinten, seine Kehle zog sich zusammen, als ich tiefer glitt. „Baby …", flüsterte er. „Du bist so groß. Heilige Scheiße. Ungh." Er grunzte, kämpfte damit, mich ganz aufzunehmen.

„Soll ich aufhören? Tut es weh?"

Liam schüttelte seinen Kopf. „Nein, ich komme klar. Aber verdammt, *Hashtag North' Stange.*"

Ich lachte, doch als ich ihn küsste, füllten Tränen der Dankbarkeit meine Augen. Mein Herz hatte keine Ahnung gehabt, dass so viel Freude existieren konnte.

Liam flüsterte mir zu, als ich anfing zu stoßen, Worte der Ermunterung, Worte der Zuneigung, Versprechen und Schwüre.

Ich flüsterte sie zurück.

Irgendwo im Haus fingen Weihnachtsglocken zu läuten an. Ich wusste nicht, ob das real war oder nur in meiner Einbildung, eine Halluzination, hervorgerufen durch Freude. Es spielte keine Rolle. Als ich in den Orgasmus fiel, zog Liam mich zu einem heißen Kuss heran. Ich brach auf ihm zusammen, zitterte, als seine Arme sich um mich legten, mich eng und sicher hielten, für immer.

Das war Liebe und ich würde sie zu meinem neuen Heim machen und auf ewig mit Liam darin wohnen.

EPILOG

Liam

Drei Jahre später

DIE PAPARAZZI FOLGTEN uns, wann immer wir North' Familie in Kalifornien besuchten.

Mit der Zeit gewöhnte ich mich daran, mein Foto online und in den Klatschzeitungen an den Kiosken zu sehen. Normalerweise hatten sie nichts Negatives über uns zu sagen, abgesehen von giftigen Bemerkungen über unseren „schrecklichen" Kleidergeschmack. Der Gedanke, dass die allerneueste Mode zu tragen nicht zu unserem Lebensstil in Idaho passte, schien ihnen erst gar nicht zu kommen.

Der einzige skandalöse Vorwurf war letzten Monat gekommen, als wir über Thanksgiving in L.A. gewesen waren. North war gestolpert und hatte seinen Latte auf mir verteilt, als wir in der Nähe unseres Hotels aus einem Starbucks zu unserem Auto gegangen waren.

Er hatte aufgeschrien, „Jetzt werden wir zu spät kommen!", als ihm klar geworden war, dass wir zurück auf unser Zimmer mussten, damit ich mich umziehen konnte. Wir waren auf dem Weg zu einem Vortrag von Serenah Prince gewesen, eine der besten Garten-Designerinnen der Welt. North war ein großer Fan von ihr. Er hatte letztes Jahr angefangen, Online-Kurse für Gartenbau zu machen, und arbeitete immer noch an seinen Drachengarten Plänen und Serenahs Design-Stil und wie sie die örtliche Flora und Fauna integrierte, war eine große Inspiration. Er hatte sich schon seit

Monaten auf ihren Vortrag gefreut, darum war er natürlich aufgebracht.

Die hungrigen L.A. Paparazzi hatten seit so langer Zeit nach etwas gesucht, *irgendetwas* Negativem, das sie über uns berichten konnten, dass sie entschieden hatten, dies wäre endlich ihre Chance. Sie verdrehten die Fotos und das Video, das sie gemacht hatten, behaupteten, dass North absichtlich in einem Wutanfall den Kaffee auf mich geschüttet hatte, weil ich Schuld war, dass er zu spät kam. *North Astor-Fords Thanksgiving Ausraster* war die Schlagzeile, die sie wählten.

„Ich würde niemals Kaffee auf dich schütten", hatte North gestöhnt, von den Lügen gestresst.

„Natürlich würdest du das nicht", hatte ich ihn beruhigt.

Die Anwälte der Astor-Fords hatten vorgeschlagen, die Anschuldigung zurückzuweisen, aber ich hatte ihnen gesagt, dass sie es vergessen sollten. Wir beide wussten, was passiert war und jeder, der North auch nur ein wenig kannte, würde niemals glauben, dass er Kaffee auf eine *Ameise* schütten würde, ganz zu schweigen den Mann, den er liebte.

Ich hoffte, dies wäre das letzte Mal, dass die Medien auf North herumhackten, aber ich war mir sicher, dass dem nicht so war.

Zum Glück war drei Jahre nach dem Cross-Posting Fehler, der North in meine Arme gebracht hatte, *Hashtag North' Stange* in den Köpfen der Menschen weit nach hinten gerutscht, eine staubige Erinnerung an einen riesigen Schniedel (wie meine Mutter die Geschlechtsteile meiner Neffen nannte). Im endlosen Strom fabrizierter Star-Skandale konnte North' Penis keinen bleibenden Eindruck in den Köpfen und Herzen wankelmütiger Fans und Tweeter hinterlassen.

Aber er und sein Schwanz hatten mich fest im Griff.

Wir saßen auf der Veranda unseres kürzlich vergrößerten Tiny Houses (Medium House), das auf dem Grundstück gebaut war, das er auf der Fahrt zurück von meiner Mutter an unserem ersten Weihnachten als Paar gesehen hatte.

Wie sich herausstellte, hatte es den perfekten Preis gehabt, mit jeder Menge Platz für mehrere kleine Gebäude, die alle verschiedene Funktionen erfüllten. Ein Kunsthaus, ein Geräteschuppen, eine Lagereinheit, ein Gartenschuppen und ein Gewächshaus. Sowie einen kleinen Stall, der groß genug für drei Pferde war. Er wollte, dass wir reiten lernten.

Wir saßen auf unserem Outdoor-Sofa, vom Schnee befreit und mit den Kissen bedeckt, die wir im Winter in der Regel in der Lagereinheit hatten. Wir hatten uns fest in dicke Decken gewickelt, hatten jeweils eine Hand freigelassen, um unsere Weingläser zu halten, und kuschelten, während wir darauf warteten, dass das Feuerwerk über Lake Pend Oreille begann. Unsere Nachbarn, Camp Bay Chalet, machten es jedes Jahr am Weihnachtsabend um genau neun Uhr.

„Bist du glücklich, Baby?", fragte ich North, lehnte meinen Kopf an seine Schulter. Irgendwie hatte er in den letzten paar Jahren noch mehr Muskeln aufgebaut und war jetzt breiter als ich.

„Ja", antwortete North, sein Atem war frostig. Es war wirklich kalt. Der Schnee war dieses Jahr früh gekommen. Die Welt um uns herum war in Weiß gepackt, wunderschön und eiskalt. „Du?"

„Natürlich."

„Obwohl das County deinen Plan für ein LGBTQ+ Jugendzentrum nicht genehmigt hat?"

Ich seufzte. „Es ist eine Enttäuschung, aber ich hatte nicht erwartet, dass es einfach wird. Jasper hat mich gewarnt, dass *jedes* queere Zentrum oder Organisation mit Gegenwind rechnen muss. Ich habe noch nicht aufgegeben."

In den letzten drei Jahren hatte ich, dank der Verbindungen von North' Dad, regelmäßige Video-Meetings mit Jasper Hendricks gehabt, dem Partner des Gitarristen von Vespertine. Er hatte mir viel darüber beigebracht, wie ich meine Vision festlegen und damit anfangen konnte, sie Wirklichkeit werden zu lassen. Er hatte sogar seine Anwälte gebeten, mit den Anwälten zu arbeiten, die North' Eltern für mich angeheuert hatten. Er hatte seine Leute angewiesen, alles, was sie darüber gelernt hatten, die Organisation richtig aufzubauen, an mich weiterzugeben.

„Du wirst niemals aufgeben", stimmte North zu. „Sogar wenn wir woanders hingehen müssen, um es zu tun. Du bist ein Held und Helden geben nicht auf."

Ich lächelte erneut, war wie immer gerührt von seinem Glauben an mich. „Ich will aber nirgendwo anders hingehen. Das ist das Problem."

„Wir *haben* uns hier ein gutes Heim eingerichtet, nicht wahr? Weit weg von der Welt. Keine Medien, kein Hollywood-Blödsinn. Nur deine Familie und unsere Camp Bay Familie. Und hier, in unserem Haus, liebe ich es, dass es nur du und ich und der Hund sind."

„Wo wir gerade davon sprechen, wo ist Samantha?" Ich hatte unseren zwölfjährigen geretteten Golden Retriever nicht gesehen, seit wir ins Freie gegangen waren. „Sie wird sich fürchten, wenn das Feuerwerk anfängt."

„Sie schläft am Feuer. Sie war zu niedlich, um sie aufzuwecken, nur damit sie nach draußen kommt und mit uns erfriert."

North' Handy summte und er ließ beinahe seinen Wein fallen, als er versuchte, den Facetime Anruf von Southerland anzunehmen.

„Hey, du glücklicher Mistkerl", sagte Southerland, sobald die Verbindung stand. Sie trug ihre Haare hochgesteckt und hatte geschmackvoll Make-up aufgetragen. Das teure, vornehme Kleid, das sie trug, machte klar, dass sie es dieses Jahr nicht geschafft hatte, den Astor-Ford Partys zu entkommen.

„Hast du Spaß?", fragte North.

„Nein."

„Du hättest meinen Vorschlag annehmen und ins Chalet kommen sollen. Die Feiertagsveranstaltungen dort sind ziemlich lustig und Suzannes Abendessen sind die besten, bodenständigsten Mahlzeiten aller Zeiten. Außerdem will Liams Mom dich unbedingt kennenlernen."

„Das ist nett von ihr", meinte Southerland aufrichtig. „Vielleicht komme ich nächstes Jahr. Wo seid ihr gerade? Es ist wirklich dunkel. Ich kann euch kaum sehen."

„Auf der Veranda. Wir warten darauf, dass das Feuerwerk beginnt."

„Wo ist Liam?"

North bewegte den Bildschirm, damit ich auch zu sehen war.

„Oh, gut", sagte Southerland, tat so, als wäre sie erleichtert. „Ich hatte schon Angst, dass du ihn doch noch mit deiner besonderen Dum-" Sie hielt inne.

Ich hatte es der Familie gegenüber deutlich klargemacht, dass niemand und damit meinte ich *niemand* – nicht einmal ich – North je wieder als dumm oder dämlich oder idiotisch bezeichnen würde.

Sie formulierte ihren Satz um. „Deiner besonders nervigen Art vertrieben hast."

„Niemals. Mich wird er nicht los", sagte North. „Weil *er* denkt, dass meine besondere Art von *allem* superheiß ist."

Sie würgte.

„Warum bist du nicht hergekommen?", fragte ich. Auch wenn ich insgeheim froh war. Ich mochte es, North in jedem einzelnen Zimmer des Hauses zu nehmen, ihn meine tiefe Liebe für ihn auf jeder Oberfläche und jedem Teppich spüren zu lassen. Das war schwierig, wenn meine baldige Schwägerin dabei war.

„Nun, ich habe *vielleicht*, irgendwie ein Date für die Partys dieses Jahr", erklärte sie schüchtern.

„Wer?", verlangte North zu wissen, plusterte sich in brüderlichem Beschützerinstinkt auf. Es war anbetungswürdig.

„Du kennst ihn nicht.“

„Sag es mir trotzdem. Wer?“

„Alec Riley.“

North' Schultern entspannten sich. „Oh. Ich habe ihn nie kennengelernt, aber seine Schwester ist ziemlich nett. Ich habe sie damals auf der High School in einer Besenkammer geküsst. Sie hat nicht versucht, das zu ihrem Vorteil zu nutzen.“

„Das umgekehrte Klischee, ein Mädchen im Wandschrank zu küssen und einen Jungen vor dem Altar“, meine Southerland kichernd.

„Nicht bis nächsten Herbst“, warf ich ein. Der Gedanke, North am Lake Pend Oreille zu heiraten, während die Herbstblätter in Orange, Rot und Gelb um uns herum fielen, brachte mein Herz zum Singen.

„Du weißt, was ich meine.“ Sie warf einen Blick über ihre Schulter und seufzte. „Alec ist noch nicht da. Was, wenn er nicht kommt?“ Sie biss sich auf die Unterlippe, sah verletzlich aus. Es war süß, dass sie sich an ihren großen Bruder um Hilfe wandte. Das tat sie so selten.

„Dann ist er ein Idiot“, murmelte North. „Du bist wunderbar. Du solltest nur mit Menschen zusammen sein, die das anerkennen.“ Er warf mir einen Blick zu. „So wie Liam und ich.“

„Ja“, stimmte Southerland zu. Ein weiteres schweres Seufzen. „Nun, ich sollte los. Mom trinkt schon den ganzen Tag Wodka, darum ist sie durcheinander und Dad kippt Manhattans, als wäre es zuckerfreie Cola.“

„Und Großmutter Astor?“ Ich konnte nicht widerstehen zu fragen.

„Keift über den Blumenschmuck *und* das Porzellan *und* die neureichen Gäste *und* meine Haare.“

„Was stimmt mit deinen Haaren nicht?“

„Sie sehen zu sehr nach meinen aus.“ Sie lachte. „Komm nach

Hause, North, sei bis zum neuen Jahr für mich ihr Boxsack.“

„Es tut mir leid, die einzige Person, die North schlagen darf, bin ich und das nur auf die sexy Art.“ Ich tat, als würde ich ihm den Hintern versohlen.

„Iih.“

North lachte.

Irgendwo hinter Southerland musste eine Tür sich geöffnet haben, weil plötzlich die Geräusche einer Party über die Verbindung kamen. Southerland schaute erneut über ihre Schulter, hob eine Hand, zeigte eine Minute an. Als sie sich uns wieder zuwandte, winkte sie. „Ich muss los, aber alle sagen, dass sie euch lieben.“

„Sag ihnen, dass ich sie auch liebe“, sagte North. „Genau wie Liam.“

Ich lernte, North’ Familie für ihre großen, großen Fehler zu vergeben und ich nahm an, dass ich sie wohl dafür liebte, dass sie North gemacht und ihn in meine Leben gebracht hatten. Darum widersprach ich nicht.

Nachdem wir unser Gespräch mit Southerland beendet hatten, leerten North und ich unseren Wein und erinnerten uns an die Feiertage, die wir bis jetzt zusammen verbracht hatten.

„Ich freue mich darauf, die Kinder morgen wiederzusehen“, sagte North, nachdem wir einander die lustigen und niedlichen Geschichten, die wir mit meiner Familie in den letzten drei Jahren erlebt hatten, erzählt hatten. Obwohl wir beide dabei gewesen waren, liebten wir es, die besten Teile unseres gemeinsamen Lebens noch einmal durchzugehen. „Sie werden sich über unser Überraschungs-Extra-Geschenk wirklich freuen, meinst du nicht auch?“

„Ich kann mir keinen richtigen Jungen vorstellen, der sich nicht darüber freut zu hören, dass er ein Pony bekommt.“

„Und Maeve hat gesagt, dass sie mir noch einen dieser Süßkartoffelaufläufe bringt, die ich so liebe.“ North rutschte unter der Decke, trank seinen Wein aus und stellte das Glas auf den kleinen

Tisch neben dem Sofa. Ich tat dasselbe.

„Du bist heute mit den vier Portionen, die du hattest, nicht statt geworden?"

„Nein. Und Maeve hat gesagt, dass es ihr nichts ausmacht, mir einen zu machen."

Meine Schwester liebte North jetzt, da sie ihn kannte. Es störte sie auch nicht, dass er eine weitere Person war, die sie um Kinderbetreuung bitten konnte. Vor allem seit Mom in der Arbeit mehr Stunden ableisten musste, weil ein Mitarbeiter krank war und ich immer noch einige meiner Gelegenheitsjobs machte, mich weigerte, sie ganz aufzugeben, bis ich das LGBTQ+ Zentrum am Start hatte. Ich wollte nicht vollkommen von North' Eltern abhängig sein.

Das erste Feuerwerk erhob sich in die Nacht und explodierte über dem See. Wir hatten von unserer Veranda den perfekten Blick und das Funkeln der Lichter, die sich im Wasser spiegelten, war atemberaubend.

North erhob sich, um durch die Glastür ins Wohnzimmer nach Samantha zu schauen. „Sie schläft immer noch. Sie ist wohl zu alt und taub, um es zu hören. Süßes Mädchen. Ich liebe sie."

„Ich liebe sie auch."

North' Lächeln, das vom zweiten Feuerwerk erhellt wurde, weckte in mir den Wunsch zu weinen. Ich liebte *ihn*. Der Klumpen in meiner Kehle wollte nicht weggehen. Wie viel Glück hatte ich, diesen Mann mit dem reinen Herzen zu haben?

„Komm her", sagte ich, überwältigt von dem plötzlichen Bedürfnis, ihn zu halten. Ich legte mich ganz hin und er kroch an meine Seite. Wir passten kaum hin. Zwei erwachsene Männer auf einem mittelgroßen Outdoor-Sofa. Aber der Geruch seiner Haare war beruhigend und wunderbar und als das nächste Feuerwerk losging, drückte ich ihn an mich, schaute zu, wie es am Himmel explodierte.

Nach fünf Explosionen flüsterte ich: „Schau dir dieses genau an.“ Ich hoffte, Rhonda und Jerome hatten es geschafft, den besonderen Böller zu bekommen, um den ich gebeten hatte.

Als der nächste nach oben schoss, eine Spur aus Feuer im Himmel hinterließ, wartete ich, war erfreut, als er explodierte und zeigte, dass Jerome in der Tat erfolgreich gewesen war.

North' Atem stockte. „Schau, es ist ein Drache. Wie? Das ist … Liam!“

„Ich sehe ihn“, murmelte ich.

„Wow.“

Als die tanzenden Lichter verblassten und der Drache sich in Rauch auflöste, der in der Nachtluft davontrieb, drehte North sich zu mir, fiel dabei beinahe vom Sofa, aber meine Arme verhinderten ein Desaster.

„Du hast das gemacht, oder?“

„Frohe Weihnachten.“

North' glücklicher Gesichtsausdruck machte all die Mühe wert, die ich auf mich genommen hatte, um so ein kurzlebiges Geschenk zu organisieren. „Ich liebe dich, Liam.“

„Ich liebe dich auch. So sehr. Du machst mich so glücklich, Baby.“

„Rate, was für ein Überraschungsgeschenk ich für dich habe?“

„Ein Pferd?“

„Nein.“

„Ein neues Kanu.“

„Nein. Es ist wahnsinnig speziell. Einzigartig.“

„Ein-“

„Die ganze Welt weiß, wie wunderbar es ist. *Rate.*“

Ich hatte Probleme, an einen beliebten neuen Gegenstand zu denken, der voll im Trend lag.

North lachte und drückte sich enger an mich. Ein weiterer Böller stieg auf. „Ich gebe dir einen Hinweis. Manche Leute denken, es wäre oben auf der Weltkugel, aber in Wirklichkeit ist es in meiner Hose.“

Ich lachte. „Oh Gott.“

„Es ist North' Stange“, flüsterte er in mein Ohr. „Willst du sie jetzt auspacken?“

„Du weißt, dass ich das will.“

Als das Finale des Camp Bay Chalet Feuerwerks mit einer donnernden Abfolge an Knallern und einem Vorhang aus Licht im Himmel endete, kam North in meiner Hand. Danach blieben seine Lippen auf meine gepresst, er atmete meinen Atem und wimmerte. Ich hielt seinen Schwanz, bis er weich war und hob dann meine Hand, um sie sauberzulecken, schmeckte seine Wichse.

Das, er, wir. Wir hatten Glück. Unser Leben war so ein Geschenk.

Als wir uns aneinander kuschelten, eingehüllt in dicke Decken, den Duft des anderen einsogen und zuschauten, wie die Sterne wieder erschienen, als der Rauch sich in der Nacht auflöste, dachte ich mit unerträglicher Zuneigung an *Hashtag North' Stange*. Auch wenn ich North den Schmerz dieser Demütigung um jeden Preis gerne erspart hätte, konnte ich dennoch nicht anders, als für sein Missgeschick dankbar zu sein. Das war es schließlich, was North zu mir nach Hause gebracht hatte.

Ich streichelte North' Haare und küsste seine Wange, dankte Gott für ihn und unser Leben zusammen. Rein. Loyal. Aufrichtig. Die ganze Welt mochte North' Schwanz gesehen haben, aber seine Liebe hatte immer mir allein gehört. Und er hatte immer mein Herz gehabt. Würde es immer haben.

Ich war sein Held und er war meine Richtung – mein Nordpol, ja, aber auch mein Nordstern.

„Frohe Weihnachten, Liam“, flüsterte North.

„Frohe Weihnachten, Baby.“

Ende

Könnt ihr nicht genug von den Camp Bay Figuren bekommen?

Es gibt noch ein Buch, das im Camp Bay Universum spielt:

Ihr wollt mehr über **Eric und Max** erfahren? Dann lest *Gestohlene Weihnacht* von Marie Sexton!

Brief von Leta Blake

Liebe LeserIn,

vielen Dank, dass du North' Stange gelesen hast! Ich habe es geliebt, diese süße Geschichte über Liam und North zu schreiben. Es war im letzten Jahr ein entspannter, freundlicher Ort, an den ich entkommen konnte. Ich hoffe, du hast sie auch geliebt.

Wenn dir North' und Liams Liebe gefallen hat, dann nimm dir bitte einen Moment Zeit, eine Rezension zu posten! Rezensionen helfen LeserInnen nicht nur, zu entscheiden, ob ein Buch etwas für sie ist, sie helfen auch, dass ein Buch in den Suchmaschinen erscheint.

Die absolut beste Art, auf dem Laufenden zu bleiben, ist meinen *Newsletter* zu abonnieren. Ich schicke in der Regel einmal pro Woche etwas. Dort findest du all meine Neuigkeiten sowie Informationen über Neuerscheinungen.

Um weiter sicherzustellen, dass dir kein neues Buch von mir entgeht, kannst du meiner Autorenseite auf *BookBub* oder Goodreads folgen, die dich benachrichtigen, wenn es Neuerscheinungen oder Deals gibt. Wenn du einige der Quellen für meine Inspiration sehen möchtest, kannst du mir auf *Pinterest* folgen. Und auf *Facebook* oder I*nstagram* gibt es Ausschnitte aus meinem täglichen Autorinnenleben oder komm in meine *Facebook-Gruppe* für Ankündigungen und besondere Geschenke.

Für jene, die Audiobücher lieben, sind viele meiner Bücher in diesem Format erhältlich und alle werden von fähigen und talentierten Erzählern gespielt. Such mich auf *Audible*.

Vielen Dank, dass du ein/e LeserIn bist!
Leta Blake

Weitere Bücher von Leta Blake
in deutscher Sprache

Vespertine: Der Priester und der Rockstar
Heat for Sale
Smoky Mountain Dreams
Stay Lucky
Auch in diesem Leben
Das Herz findet immer einen Weg

Mr. Christmas-Serie
Mr. Frosty Pants
Mr. Naughty List

In der Hitze der Liebe
Langsame Hitze
Alpha-Hitze
Langsame Geburt
Bittere Hitze

Training Season
Training Season
Training Complex

Wake Up Married
Überraschend … verheiratet!
Überraschend … verliebt!
Endlose Flitterwochen

Über die Autorin

Autorin des Bestsellers *Smoky Mountain Dreams* und Fanlieblingen wie *Training Season, Will & Patrick Wake Up Married* und *Slow Heat*, zieht Leta Blake M/M Romantik-LeserInnen seit über einer Dekade in ihren Bann. Ob sie nun Contemporary Romance oder Fantasy schreibt, sie nutzt ihren Hintergrund in Psychologie, um komplexe Charakter zu zeichnen und Liebesgeschichten zu erfinden, die sich real anfühlen. In den südlichen USA zu Hause, arbeitet Leta hart daran, das Gleichgewicht zwischen ihrem Schreiben und ihrer Familie zu finden.